Ullstein Kriminalroman

Ullstein Kriminalroman
Lektorat: Georg Schmidt
Ullstein Buch Nr. 10554
im Verlag Ullstein GmbH,
Frankfurt/M – Berlin
Titel der amerikanischen
Originalausgabe:
Poison

Deutsche Erstausgabe

Umschlaggestaltung:
Horst Kraus
Umschlagbild:
Uwe Arens

Printed in Germany 1988
Gesamtherstellung:
Ebner Ulm
ISBN 3 548 10554 8

Oktober 1988

Vom selben Autor
in der Reihe der
Ullstein Bücher:

Neugier macht Mörder (10001)
Kings Lösegeld (10062)
Mordgespenster (10115)
Killers Lohn (10159)
Clifford dankt Ihnen (10183)
Schwarze Hochzeit (10194)
Ich war's, ich war's (10206)
Schnapp-Schuß (10218)
Die Greifer (10230)
Das Unschuldslamm (10260)
Heißer Sonntagmorgen (10284)
Polizisten leben gefährlich (10412)
Der Pusher (10389)
Späte Mädchen sterben früher (10461)
Acht schwarze Pferde (10498)
Alarm in Chinatown (10517)
Neugier macht Mörder (10521)
Die zehn Gesichter der Annie Boone (10545)

CIP-Titelaufnahme
der Deutschen Bibliothek

MacBain, Ed:
Reines Gift: e. Roman aus d.
87. Polizeirevier / Ed MacBain. Übers. von
Bernd Holzrichter. – Dt. Erstausg. –
Frankfurt/M; Berlin: Ullstein, 1988
(Ullstein-Buch; Nr. 10554:
Ullstein-Kriminalroman)
Einheitssacht.: Poison <dt.>
ISBN 3-548-10554-8
NE: GT

Ed McBain

Reines Gift

Ein Roman aus dem 87. Polizeirevier

Übersetzt von Bernd Holzrichter

Ullstein Kriminalroman

Für Stanley Machenberg

Die hier geschilderte Stadt existiert nicht. Die Personen und Schauplätze sind frei erfunden. Die Beschreibung der Polizeiarbeit allerdings basiert auf authentischen Ermittlungsmethoden.

1

»Eine schöne Schweinerei hier drin«, sagte Monoghan.
»Ein schöner Gestank hier drin«, sagte Monroe.

Vorsichtig beäugten die beiden Detectives vom Morddezernat den Toten auf dem Teppich und stiefelten um Hal Willis herum, der, die Hände in die Hüfte gestemmt, ebenfalls auf die Leiche blickte. Es war nicht schwer, dem klein geratenen Willis auszuweichen. Monoghan und Monroe, wie Mammuts gebaut, dachten beide, daß sie höchst ungern einen Partner wie Willis zugeteilt bekämen, einen dürren, drahtigen Wicht, der in der guten alten Zeit wohl der geforderten Mindestgröße von 172 Zentimetern zum Opfer gefallen wäre, aber heutzutage konnte man ja so groß wie ein Hydrant sein und trotzdem, der Vorschriften über faire Einstellungspraktiken wegen, nicht abgewiesen werden. In der Stadt gab es mittlerweile einige Cops, die man sich in die Westentasche stecken konnte.

Monoghan und Monroe trugen beide dunkle Anzüge mit Weste. Sie trugen dunkle Mäntel und dunkle Hüte. Die bittere Märzkälte hatte ihre Gesichter gerötet. Wegen des Gestanks von Erbrochenem und Fäkalien in der Wohnung hielten sie sich Taschentücher vor die Nase. Es war schwierig, einen Schritt zu tun, ohne den Fuß in Erbrochenes oder Exkremente zu setzen. Monoghan und Monroe haßten schmierige Fälle. Sie bevorzugten gute alte Verbrechen mit Messer oder Pistole. Die Wohnung stank außerdem nach abgestandenem Zigarrenrauch. In allen Aschenbechern lagen Stummel, das Opfer mußte gequalmt haben wie ein Schlot.

Das Opfer lag auf dem Rücken neben dem Bett, in seinen eigenen Ausscheidungen. Der Tote war nur mit einer Unterhose bekleidet. Der Telefonhörer lag neben der Gabel. Wahrscheinlich hatte er jemanden anzurufen versucht, als er krepierte. Oder er hatte den Hörer bei seinem Sturz heruntergeschlagen. Die blauen Augen des Toten standen weit auf, die Pupillen waren geweitet. Sein Gesicht war auffallend blaß. Der stellvertretende Polizeiarzt kniete über der Leiche und fühlte mit den Händen die Körperwärme. Er schien kein bißchen glücklicher als alle anderen Anwesenden. Vielleicht war er sogar noch unglücklicher, denn er war der Leiche und ihren Ausscheidungen am nächsten. Zwei Techniker der Fotoabteilung waren damit beschäftigt, Polaroids vom Schauplatz des Verbrechens zu machen. Monoghan und Monroe traten wie ein Paar Ballettänzer einige Schritte von der Leiche zurück. Sie hielten immer noch die Taschentücher gegen ihre Nasen gedrückt.

»Als ich so was zum letztenmal gesehen hab'«, sagte Monoghan, »so eine Schweinerei, da hatten wir 'ne alte Dame, die in die Badewanne gefallen war, und sie war in der Badewanne verhungert. Die Wanne war voller Scheiße, und die Jungs von 911 mußten sie mit der Schaufel rausschippen.«

»Das war ein widerlicher Fall«, sagte Monroe.

Der Polizeiarzt sagte nichts. In seinen Augen war der vorliegende Fall ebenfalls ziemlich widerlich. Warum war er nicht in seiner Privatpraxis draußen in Sands Spit geblieben? Frank O'Neill, Dr. med. In Gedanken sah er noch das Schild und das propere weiße Schindelhaus dahinter. Und statt dessen jetzt das hier. Früher Montagmorgen und ein Toter, der in seinem eigenen Dreck lag.

»Nun, was meinen Sie?« fragte Willis.

»Vergiftet?« gab O'Neill achselzuckend zurück.

»Oder vielleicht ein Herzanfall«, sagte Monroe.

»Da wird man im Morgengrauen rausgerufen, und irgend so ein Typ hat einen Herzanfall«, sagte Monoghan.

»Nein, ein Herzanfall war es nicht«, sagte O'Neill.

Und Morgengrauen war es auch nicht. Es war zwanzig Minuten nach neun, wie die Uhr am Bett des Opfers anzeigte. Es war der erste Fall, den Willis und Carella heute erwischt hatten; eine tolle Art, die Woche zu beginnen. Carella hatte seit ihrer Ankunft nicht viel gesagt. Die Putzfrau des Opfers hatte die Polizei angerufen, als sie in die Wohnung gekommen und ihren Arbeitgeber neben seinem Bett in seinen Ausscheidungen gefunden hatte. Die uniformierten Blauen hatten dem 87. Revier die Leiche gemeldet. Carella und Willis hatten das Morddezernat unterrichtet, weil es auf den ersten Blick und Geruch nicht nach natürlicher Todesursache aussah. In der Stadt wurden Mord und Selbstmord auf exakt dieselbe Weise untersucht, und die Hinzuziehung der Detectives vom Morddezernat war obligatorisch, auch wenn der Fall offiziell den Detectives des Reviers gehörte. Carella sagte immer noch nichts.

Er war ein hochgewachsener Mann mit dunklem Haar und leicht schrägstehenden braunen Augen, was seinem Gesicht einen orientalischen Anstrich gab. Monroe schätzte, daß er im Baseball-Team der High-School gespielt hatte; er sah aus wie ein Ballspieler und bewegte sich auch so. Monroe mochte ihn etwas lieber – wenn auch nicht sehr – als die meisten übrigen Cops vom 87. Die Bullen hier oben nahmen die Dinge zu ernst. Carella zeigte jetzt einen beinahe gequälten Gesichtsausdruck, als er auf den Toten auf dem Teppich hinabstarrte.

»Also, welche Todesursache tragen wir ein?« fragte Monroe. »Vergiftung?«

»Todesursache unbekannt«, widersprach O'Neill, »bis wir den Autopsiebericht vorliegen haben.«

»Todesursache ist Kotzen und In-die-Hose-Scheißen«, sagte Monroe lachend.

»Todesursache ist mangelndes Lokustraining«, sagte Monoghan und stimmte in das Lachen ein.

»Irgendeine Vorstellung, wann er gestorben ist?« fragte Willis.

»Nicht vor der Autopsie«, entgegnete O'Neill und ließ seine Tasche zuschnappen. »Viel Vergnügen noch, Jungs«, meinte er heiter und ging in Richtung Tür.

Die schwarze Putzfrau, die die Leiche entdeckt hatte, war sichtlich verängstigt. In ihrem ganzen Leben hatte sie noch nie Ärger mit der Polizei gehabt, und sie glaubte, jetzt reichlich Ärger zu haben. Und das ohne eigene Schuld. Sie saß auf einem Stuhl an der Wand und beobachtete die Ermittlungsbeamten, die sich um die Leiche geschart hatten. Überall flammten Blitzlichter auf. Im ganzen Zimmer stellten Männer mit allen möglichen Geräten alle möglichen Dinge an. Als der Arzt – sie nahm an, daß er Arzt war, er hatte so eine Tasche – das Zimmer verließ, fragte jemand: »Sind Sie durch?« Und der Arzt nickte und winkte im Hinausgehen ab. Jemand anders fing an, ein Pulver um die Leiche herum auszustreuen und so die Umrisse zu zeichnen.

»Versucht, nicht in die Scheiße zu treten«, sagte Monoghan. »Sie könnte ein Beweismittel sein.«

Das war sie tatsächlich. Die technischen Helfer würden sie ebenso wie das Erbrochene zusammenschaufeln und zum Labor an der High Street schaffen. Es war ein rundum schmieriger Fall.

»Uns braucht ihr nicht mehr, wir verduften jetzt«, sagte Monroe.

»Vielleicht könntet ihr ein paar Fenster öffnen, wenn die Techniker fertig sind«, empfahl Monoghan.

Beide Männer zuckten die Achseln, steckten die Taschentücher ein und gingen zur Tür. Ihnen kamen zwei 911-Cops mit einer Trage, einem Gummituch und einem Leichensack entgegen.

»Da habt ihr einiges zu tun«, sagte Monoghan und ging hinaus.

Die Vernehmung der Putzfrau hatten sie in knapp fünf Minuten erledigt. Ihre Rolle in dem Fall war nach Überzeugung der Beamten völlig unschuldig und sogar durchaus lobenswert: Sie hatte einen Toten entdeckt und unverzüglich die Polizei informiert. Im Laufe der Vernehmung hatte sie ihren Arbeitgeber als Jerome McKennon identifiziert. Während jetzt die Polizeitechniker dabei waren, überall im Zimmer nach verborgenen Fingerabdrücken zu suchen, Haare und Fasern aufzusaugen und die ekelerregenden Körperflüssigkeiten vom Teppich aufzunehmen, begannen Willis und Carella mit der Suche nach Beweismaterial, das die Identität bestätigte.

Auf der Kommode gegenüber dem Bett fanden sie eine Brieftasche, einen Schlüsselring, einen Kamm und eine Handvoll Münzen. Die Brieftasche enthielt zwei Fünfzigdollarscheine, einen Zwanziger, einen Fünfer und drei Dollarnoten. Außerdem enthielt sie mehrere Kreditkarten und einen Führerschein, die den Toten tatsächlich als Jerome Edward McKennon auswiesen. Sie durchsuchten die Taschen sämtlicher Kleidungsstücke, die im Schrank hingen, fanden aber nur ein kleines Federmesser in der rechten Tasche einer Sportjacke. Sie durchsuchten alle Schubladen der Kommode. Nirgendwo im Schlafzimmer fanden sich leere Medikamentenflaschen.

In den Schubladen eines Schreibtisches, der in einem kleinen Nebenraum des Schlafzimmers stand, fanden sie Scheckhefte, auf denen der Name Jerome Edward McKennon sowie die Adresse am Silvermine Oval aufgedruckt war, dazu Briefpapier mit Name, Adresse und Telefonnummer. Es schien keinen Zweifel zu geben, daß der Mann, den man in einem Leichensack aus der Wohnung getragen hatte, Jerome Edward McKennon gewesen war. Außerdem fanden sie in der obersten Schublade des Schreibtisches ein privates Adressenverzeichnis, das sie oberflächlich durchblätterten und dann einsteckten, um es später im Revier gründlicher in Augenschein zu nehmen.

In dem kleinen Bad fanden sie mehrere Fläschchen mit verschreibungspflichtigen Medikamenten, von denen – nach den Aufschriften auf den Etiketten zu urteilen – keines tödlich zu sein schien. Trotzdem packten sie alle fürs Labor ein.

Sie durchsuchten jede einzelne Schublade in der Wohnung, fanden aber keine weiteren Medikamente. Sie durchsuchten die Küchenschränke nach Insektenmitteln oder anderen Haushaltsmitteln, die möglicherweise Gift enthielten. Bis auf ein Aerosolspray gegen Küchenschaben fanden sie nichts, und der Plastikring über der Verschlußkappe war noch nicht aufgerissen.

»Wenn er sich vergiftet hat«, überlegte Willis laut, »was hat er dann benutzt?«

Im Schlafzimmer waren die Polizeitechniker noch bei der Arbeit.

»Seid ihr mit dem Telefon hier fertig?« fragte Carella.

»Klar«, sagte einer der Techniker, und Carella nahm den Hörer ab.
»Wen rufst du an, Steve?« fragte Willis.

»Das Büro des Leichenbeschauers. Ich will schnellstmöglich den Bericht haben.« Er zögerte und besah sich die Unterseite des Telefonapparats. »Er hat eine Wiederwahlautomatik«, sagte er.

»Versuch's mal«, meinte Willis.

Carella drückte die Taste für die Wahlwiederholung. Ein Freizeichen, dann wählte das Telefon die gespeicherte Nummer an. Es läutete, einmal, zweimal ...

»Hi, hier ...«

»Hallo ...«

»... ist Marilyn. Ich bin im Moment nicht zu Hause ...«

»Anrufbeantworter«, sagte Carella zu Willis.

»... aber wenn Sie Ihren Namen, Ihre Telefonnummer und die Zeit Ihres Anrufes hinterlassen, rufe ich so bald wie möglich zurück. Bitte warten Sie auf das Pfeifzeichen.«

Carella wartete das Pfeifzeichen ab, stellte sich als Detective der Polizei vor und bat um einen Anruf unter 377 80 24, der Nummer des Reviers.

»Ein Name?« fragte Willis.

»Nur Marilyn.«

»Hat sie ihre Nummer genannt?«

»Nein.«

»Stecken Batterien in dem Apparat?«

Carella drehte das Gerät um und öffnete das Batteriefach.

»Ja«, sagte er.

»Dann stöpseln wir ihn doch besser aus und nehmen ihn mit«, sagte Willis.

Bevor sie das Haus verließen, klopften sie an jede Wohnungstür. Langweilige Ermittlungsroutine, die das Gehirn betäubte. Die Hälfte der Mieter, mit denen sie sprachen, kannten McKennon nicht einmal, was für diese Stadt nicht verwunderlich war. Keiner von ihnen wußte, welchem Beruf er nachging. Keiner hatte bemerkt, ob an diesem Morgen oder am Vorabend jemand seine Wohnung betreten hatte. Der Hausmeister sagte ihnen, daß McKennon dort fast ein Jahr gewohnt hatte; ein idealer Mieter, über den es nie Beschwerden gegeben hatte. Kurz vor drei kamen sie mit McKennons Telefon und seinem persönlichen Adressenverzeichnis aufs Revier zurück. Im Verzeichnis fand sich niemand mit Namen Marilyn. Entweder hatte er ihre Nummer auswendig gekannt, oder sie war ihm nicht wichtig genug gewesen, um sie in die Liste aufzunehmen.

Die meisten alleinstehenden Frauen in der Stadt ließen in die Verzeichnisse der Telefongesellschaft nur ihren Nachnamen und den Anfangsbuchstaben ihres Vornamens eintragen, weil sie hofften, dadurch obszönen Anrufen zu entgehen. Doch war dies keine Garantie, daß die Keucher und Hechler sich narren ließen; einige unter ihnen suchten gezielt Nachnamen mit Initialen. Aber Marilyn Sowieso hatte sich eindeutig als allein lebende Frau zu erkennen gegeben, indem sie sagte, ». . . rufe *ich* so bald wie möglich zurück«, was für jeden potentiellen Einbrecher ein Signal wäre, loszurennen und die Wohnung auszuplündern.

In dieser Stadt hätte sie sich besser damit begnügt zu sagen: »Hi, Sie haben 846 03 18 angerufen. Wenn Sie nach dem Pfeifton eine Nachricht hinterlassen . . .« Eine Bandaufnahme ohne Kinkerlitzchen und ohne Hinweise für obszöne Anrufer oder Einbrecher. Kein Name. Nur die Telefonnummer, die der Anrufer ohnehin kennt, selbst wenn er sie nur wahllos aus dem Telefonbuch herauspickt. Keine Erklärung, warum niemand ans Telefon geht. Sollte sich doch der potentielle Einbrecher den Kopf darüber zerbrechen, ob der (oder die) Bewohner gerade in der Badewanne oder im Bett liegt. Denn eins fürchtet jeder Einbrecher: daß er dem Wohnungsinhaber geradewegs in die Arme spaziert.

Die Detectives wünschten, Marilyn hätte ihre Telefonnummer auf Band gesprochen, doch das hatte sie nicht. So hatten sie nur eine unbekannte Nummer, die irgendwo in dem Telefon steckte, das sie aus McKennons Wohnung mitgenommen hatten. Wenn der Anruf einem örtlichen Anschluß galt, hätte die Telefongesellschaft keine Aufzeichnung darüber. Auf die entfernte Chance hin, daß es vielleicht ein Ferngespräch war, sprach Carella mit einem Aufseher der Telefongesellschaft und fand heraus, daß seit dem 13. März, der jetzt elf Tage zurücklag, von McKennons Anschluß keine Ferngespräche geführt worden waren. Es war unwahrscheinlich, daß dies McKennons letzter Anruf gewesen war. Sie wählten die Nummer an, die bei der Gesellschaft registriert war, und erreichten einen Versandhandel für Herrenkleidung in Kalifornien.

Willis hatte sofort nach Batterien im Telefonapparat gefragt, weil er annahm, daß der Speicherinhalt automatisch gelöscht wurde, wenn man die Leitung unterbrach. Einige der neumodischen Telefonmodelle waren knifflige Geräte, und die Batterien waren so etwas wie eine Sicherung.

Sie hatten es hier mit ausgeklügelten Apparaten zu tun. McKennons Telefon würde automatisch die zuletzt angewählte Nummer erneut anwählen, wenn man die entsprechende Taste im Sockel des Apparats drückte. Marilyns Telefon war mit einem Anrufbeantworter gekoppelt, so daß jeder Anrufer eine vorbereitete Tonbandnachricht hörte, solange der Apparat auf Automatik geschaltet war.

Die Detectives hatten keinen Zweifel, daß die Zauberer im Labor Marilyns Nummer dem Speicher von McKennons Telefon entlocken konnten, aber manchmal dauerte es Wochen, bis das Labor Rückmeldung machte. Deshalb entschieden sie sich für eine Vorgehensweise, die der altmodischen Pflastertreterei sehr nahekam.

Im Schreibbüro stöpselten sie McKennons Telefon ein und baten um kontinuierliche Betätigung der Wiederholungstaste. Die Anweisung an die Angestellte im Büro lautete, die Taste immer wieder zu drücken, bis sich Marilyn in Person anstelle ihres Anrufbeantworters meldete. Unter keinen Umständen sollte das Telefon für andere Anrufe benutzt werden, die womöglich die Nummer von McKennons letztem Anruf löschen würden. Die Angestellte war nicht sonderlich glücklich, mit diesem Job betraut zu werden. Alf Miscolo, der das Schreibbüro leitete, war ebenfalls nicht sonderlich glücklich.

Normalerweise war er kein unwirscher Mensch, aber im Moment bemühte er sich, die Akten von zwei Wochen aufzuholen, und seine düstere Miene verriet seinen Ärger. Einen blauen Pullunder über dem Uniformhemd, dunkle Augen mit einer knorrigen Nase und buschigen Brauen, kurzer stämmiger Hals, der seinen Kopf praktisch direkt auf den Schultern sitzen ließ, machte er einen beinahe bedrohlichen Eindruck.

»Wir haben hier drin genug zu tun, ohne daß wir auch noch *eure* Arbeit erledigen müssen«, grummelte er und starrte das Telefon böse an.

»Hier drin« war ein kleiner, vollgestopfter Raum im zweiten Stock des Gebäudes an der Grover Avenue. Das Aroma des gerade durchlaufenden Kaffees zog durch das Zimmerchen. Keiner der Detectives schätzte Miscolos Brauexperimente, doch dieser hielt die Kanne nichtsdestotrotz rund um die Uhr unter Dampf, mischte kolumbianischen mit Wiener Kaffee, koffeinfreien mit normalem. Die Detectives fragten ihn ständig, ob er ein verrückter Wissenschaftler auf der Suche nach einem Gebräu sei, das ihm die ewige Jugend bringen würde. Miscolos Antwort war stets die gleiche: ein unflätiger Ratschlag.

Das Kaffeearoma schwebte durch die offene Tür und folgte den Detectives durch den Flur bis in ihren Dienstraum, wo Carella sich sofort mit dem Büro des Leichenbeschauers verbinden ließ. Als er einhängte, sagte er: »Sie tun ihr Bestes.«

»Das heißt, nächstes Weihnachten«, knurrte Willis.

Er sollte sich irren.

Um zwanzig vor vier am selben Nachmittag, kurz vor Schichtwechsel, rief Paul Blaney an.

»Na, ist das ein Service?« fragte er.

»Was habt ihr rausgefunden?« fragte Carella zurück.

»Und es war gar nicht einfach, das kannst du mir glauben«, fuhr Blaney unbeirrt fort.

Carella sagte nichts. Es war besser, Blaneys Rhythmus nicht zu stören.

»Schwer nachweisbares Gift«, sagte Blaney.

Carella wartete.

»Der Tabakgeruch war der entscheidende Hinweis«, sagte Blaney. »Aber der taucht nicht immer auf.«

Auf seinem Platz am Schreibtisch hob Willis fragend eine Augenbraue. Carella zuckte die Achseln. Auf der anderen Seite des Dienstraums schob sich Meyer Meyer gerade durch die Schwingtür in der Holzbarriere. Er trug einen kurzen Mantel mit imitiertem Pelzkragen und hatte sich eine blaue Strickmütze über den kahlen Schädel gezogen. »Ist es März?« fragte er und blies sich in die Hände. »Ist es eine Woche vor Ostern?«

Am Telefon sagte Blaney: »Blutüberfüllung und akute Entzündung im Magen-und-Darm-Trakt. Deutet darauf hin, daß das Gift durch den Mund aufgenommen wurde. Blutandrang in *allen* Organen; sehr dunkles, sehr flüssiges Blut. Ich habe Mageninhalt, innere Organe und Gehirn testen lassen. Farbreaktionen bei allen Proben positiv. Gelb mit leichtem Orangeschimmer bei der Nitrosulfonsäure. Gelb mit Braunschimmer bei der konzentrierten Schwefelsäure; keine Veränderung beim Erdmann- oder Mecke-Test, blaßorange mit Braunschimmer beim Marquis-Reagens. Weinrot beim Janowsky, tiefrot bei Para-Dimethyl ... Nun gut, ihr braucht ja nicht alle Farbtests zu wissen. Beim Platinchlorid-Reagens hatte ich noch große gelbe Kristalle und beim Goldchlorid einen amorphen Niederschlag. Ich bin mir ziemlich sicher, daß ich es aufgespürt habe.«

»Was für ein Gift war es?« fragte Carella.

»Nikotin«, antwortete Blaney.

Auf der anderen Seite des Raums zündete Meyer sich eine Zigarette an, noch bevor er Mütze und Mantel auszog.

»Nikotin?« fragte Carella.

»So ist es«, bestätigte Blaney zufrieden. Carella konnte beinahe sehen, wie er lächelte. »Tödliches Gift«, fuhr er fort. »Wird wohl auch kein angenehmer Tod gewesen sein. Heißes Brennen im oberen Verdauungstrakt von Mund bis Magen. Speichelfluß, Übelkeit, Erbrechen, Durchfall, Schmerzen im Unterleib. Körperschwäche, Erschöpfung, fallender Blutdruck, konvulsivische Zuckungen, dann Atemlähmung. Da möchte man das Rauchen aufgeben, was?«

»Ich rauche nicht«, sagte Carella und schaute zu Meyer hinüber, der wie eine Lokomotive qualmte. »Wie groß ist die tödliche Dosis?«

»Hängt von der Quelle ab. Vierzig Milligramm werden gewöhnlich als Minimum genannt.«

»Wie schnell wirkt es?«

»Nur Blausäure ist schneller.«

»Und wie schnell ist die?«

»Blausäure tötet binnen Minuten. Sekunden, manchmal.«

»Und Nikotin?«

»Schüttelkrämpfe innerhalb von Sekunden, Tod innerhalb von Minuten. Geht's dir um die Todeszeit?«

»Sie würde uns helfen.«

»Wenn man alles in Betracht zieht – Körperwärme, Leichenblässe, Mageninhalt und so weiter –, würde ich meinen, daß ihr es mit einer ziemlich frischen Leiche zu tun habt.«

»Wie frisch?«

»Irgendwann heute früh.«

»Wie früh?«

»Er ist um sieben Uhr vierundzwanzig gestorben«, entgegnete Blaney. »Exakt um sieben Uhr vierundzwanzig und sechsunddreißig Sekunden.«

Einen Moment glaubte Carella, er meine es ernst.

»Laß mir etwas Spielraum, ja?« sagte Blaney. »Irgendwann am frühen Morgen, weiter kann ich es jetzt nicht eingrenzen.«

»Und es wurde durch den Mund eingenommen, ja?«

»Keine Frage.«

»Mindestens vierzig Milligramm.«

»Vierzig müßten reichen. Sechzig wären besser. Neunzig noch besser.«

»Wieviel sind vierzig Milligramm?« fragte Carella. »Ein Teelöffel voll?«

»Machst du Witze? Wir sprechen über einen *Hauch.*«

»Höchst wirkungsvoll, was?«

»Klassifizierung sechs. Supertoxisch.«

»Also, danke«, sagte Carella. »Ich weiß das sehr zu schätzen. Wann habe ich den schriftlichen Bericht?«

»Braucht ihr ein Zahndiagramm? Ihr habt doch schon eine positive Identifizierung.«

»Schaden würde es nicht.«

»Dann laß mir zwei Tage, ja! Du bist noch nicht besonders scharf auf den schriftlichen Bericht, oder?«

»Nicht, wenn ich von Nikotin ausgehen kann.«

»Darauf hast du mein Wort«, sagte Blaney.

»Okay. Nochmals danke.«

»Schon gut«, sagte Blaney.

Carella legte den Hörer auf. Im gleichen Moment betrat Cotton Hawes den Dienstraum. Sein Gesicht war von der Kälte draußen gerötet. Zusammen mit dem roten Haar verlieh ihm das ein glühendes Aussehen, das nur durch die weiße Haarsträhne über der rechten Schläfe abgemildert wurde. Er sah sofort auf die Wanduhr und murmelte: »Tut mir leid, ich bin zu spät dran.«

Willis kam zu Carellas Schreibtisch.

»Und was ist es?« fragte er.

»Nikotin«, antwortete Carella.

»Jetzt fang *du* nicht auch noch damit an!« sagte Meyer. »Von Sarah höre ich Tag und Nacht dasselbe. Nikotin, Nikotin, Nikotin.«

»Wir hatten heute früh eine Leiche«, sagte Carella. »Ein Mann mit Nikotinvergiftung.«

»Laß es, ja!« sagte Meyer.

»Du solltest mit dem Rauchen aufhören«, meinte Hawes.

»Hab' ich. Schon fünfmal.«

»Wir haben im Schreibbüro ein Telefon rund um die Uhr im Auge«, sagte Carella. »Daß mir es niemand benutzt!«

»Wie meinst du das?« fragte Hawes.

»Benutzt nur das Telefon nicht!« gab Willis zurück.

»Was hat der Mann angestellt?« fragte Meyer. »Zigarrenstummel gegessen?«

Miscolo tauchte hinter der Holzbarriere auf. »Wir haben eine Lady an eurem Telefon«, sagte er.

2

Als sie das Schreibbüro betraten, war die Leitung tot.

»Ich hab' ihr gesagt, sie soll warten«, sagte Miscolo. »Ich hab' gesagt, daß es ein Anruf der Polizei ist und sie warten soll.«

»Versuch's noch mal!« sagte Willis.

Carella drückte die Wiederholungstaste. Das Telefon läutete einmal, zweimal, immer wieder ...

»Hallo?«

Eine Frauenstimme. Dieselbe wie auf dem Band.

»Hier spricht Detective Steve Carella, 87. Polizeirevier«, sagte Carella. »Spricht dort Marilyn?«

»Hören Sie, was soll der ganze ...?«

»Ich ermittle in ...«

»Verpiß dich!« sagte die Frau und hängte ein.

Carella sah den Hörer an.

»Wieder eingehängt«, sagte er und drückte erneut auf die Taste.

Im gleichen Moment, als die Frau abhob, sagte sie: »Hören Sie endlich auf, mich zu belästigen!«

»Marilyn«, sagte Carella, »ich bin Polizei-Detective, meine Dienstnummer ist 714 5632 ...«

»Hör mal, du Widerling, hast du meinen Namen vom Anrufbeantworter?«

»So ist es«, erwiderte Carella. »Ich arbeite im 87. Polizeirevier, und dies hier ist ein dienstlicher Anruf. Ich benutze eine Wiederholungstaste ...«

»Eine *was*?«

»Kennen Sie einen Mann namens Jerome Edward McKennon?«

Schweigen am anderen Ende der Leitung.

»Miss?«

»Wie, sagten Sie, war Ihr Name?«

»Detective Stephen Louis Carella.«

Wieder Schweigen.

»Hat Jerry etwas angestellt?«

»Kennen Sie ihn?« beharrte Carella.

»Ja. Was ist passiert? Hat er ...?«

»Würden Sie mir bitte Ihren vollständigen Namen nennen!«

»Marilyn Hollis.«

»Darf ich bitte Ihre Adresse wissen?«

»Warum?«

»Wir möchten uns gern mit Ihnen unterhalten, Miss Hollis.«
»Worüber?«
»Sind Sie jetzt zu Hause?«
»Ja, bin ich. Hören Sie, was . . .?«
»Und die Adresse?«
»1211 Harborside. Können Sie mir verraten, was zum Teufel . . .?«
»Wir sind in zehn Minuten dort«, unterbrach Carella sie. »Warten Sie auf uns!«

Die Harborside Lane liegt innerhalb der Grenzen des 87. Reviers. Eine nicht ganz so renommierte Anschrift wie das Silvermine Oval, aber doch ein sehr gutes Viertel – zumindest verglichen mit dem Rest des Revierbereichs. Das Oval, wie es gewöhnlich genannt wird, liegt wie ein Ei im Nest mitten im Komplex der Silvermine Road, nahe beim Silvermine Park und den Luxusappartements mit Blick auf den River Harb und den angrenzenden Bundesstaat. Von dort nach Süden geht es nur noch bergab – buchstäblich und im übertragenen Sinn.

The Stem ist eine bunte Ansammlung von Gebäuden, übervoll von Einzelhandelsgeschäften und Restaurants, Kinos und – seit kurzem – Massagesalons. Weiter südlich folgen Ainsley Avenue und Culver Avenue, beide insofern scheinbarer Beweis für den Erfolg der Schmelztiegeltheorie, als daß sich die Bevölkerung an diesen breiten Durchgangsstraßen aus orthodoxen Juden, Iren und Italienern zusammengesetzt, die sich allesamt weigern, dem Ansturm der Schwarzen und Puertoricaner zu weichen. Das Territorium des Reviers wird immer zwielichtiger, je weiter es nach Süden reicht. Auf dem kurzen Stück der Mason Avenue gehen die Nutten ihrer Tätigkeit nach, empört über die Tatsache, daß sich weiter nördlich Massagesalons breitmachen und dadurch ihr Exklusivrecht auf das älteste Gewerbe der Welt beeinträchtigen.

Die Harborside Lane liegt weiter stadteinwärts als die Silvermine Road, grenzt jedoch ebenfalls an den River Harb und bietet einen ähnlich hervorragenden Blick auf die Hochhäuser, die am Ufer des Nachbarstaats emporsprießen. Es ist eine breite Stadtstraße, gesäumt von einstmals luxuriösen Mietshäusern, die heute mit Graffiti bemalt sind und von aufstrebenden Yuppies bewohnt werden.

In dieser Stadt sahen die Graffiti so aus, als wären sie in kyrillischen Buchstaben geschrieben. Man hätte in Rußland sein können – nur daß in Rußland niemand auf Hauswände schreibt, solange er keinen Urlaub in Sibirien wünscht. Die Graffiti-Maler nannten sich »Schreiber«.

Was sie schrieben, war ein Rätsel, denn es war unlesbar und daher unverständlich. Ein taufrisches Gesetz machte es jedem Einzelhändler zur Pflicht, seine Farbsprühdosen unter Verschluß zu halten. Bisher war noch nie ein Versuch unternommen worden, die Wirksamkeit des Gesetzes zu überprüfen. In der Zwischenzeit schrieben die Schreiber weiter, und niemand verstand, was sie schrieben, aber vielleicht erhofften sie sich Beachtung durch das Nobelpreiskomitee.

1211 Harborside Lane stand inmitten einer Reihe von Mietshäusern, die mit unverständlichen Kritzeleien verziert waren. Ein schmiedeeisernes Tor rechts vom Haus versperrte die Zufahrt zu einer Garage, die etwa fünfzehn Meter vom Bürgersteig entfernt war. Vor den Fenstern im Erdgeschoß und im ersten Stock waren schmiedeeiserne Gitter angebracht, und auf dem Dach oberhalb des zweiten Stockwerks war Stacheldraht befestigt. Unter den Klingelknöpfen stand nur ein einziger Name: M. Hollis. Augenscheinlich bewohnte sie alle drei Etagen des Hauses. Willis drückte den Klingelknopf.

Es blieb still.

»Meinst du, sie ist abgehauen?« fragte er und klingelte noch einmal.

Ein kleiner Lautsprecher über dem Namensschild erwachte zum Leben.

»Ja?« sagte eine Frauenstimme.

»Miss Hollis?« sagte Willis.

»Ja?«

»Polizei«, sagte er. »Wir haben Sie eben angerufen . . .«

Mit einem langen, lauten Summen wurde die Tür entriegelt. Das Summen hörte auch nicht auf, als sie längst eingetreten waren. Sie standen vor einer holzvertäfelten Innentür. In Augenhöhe war ein Messingwappenschild aufgesetzt, in das der Name MARILYN HOLLIS geprägt war. Unter dem Schild war ein Klingelknopf. Willis drückte ihn. Die Tür war ziemlich dick, sie konnten das Klingeln in der Wohnung nicht hören.

Die Frau, die ihnen die Tür öffnete, war nach Willis' Schätzung Mitte bis Ende Zwanzig, gut 172 Zentimeter groß und hatte langes blondes Haar, zornige blaue Augen und einen Teint, so makellos wie eine Schöpfkelle Milch. Sie trug eine weite Herrenstrickjacke über Bluejeans und weißem T-Shirt. Bleiches Pferd, bleicher Reiter, dachte Willis, bleich und schön.

»Weisen Sie sich aus!« sagte sie schroff.

Eine Einheimische, dachte Willis.

Carella zeigte ihr seine Marke und seinen Dienstausweis.

»Ich bin im Begriff auszugehen«, sagte sie und gab ihm das lederne Ausweismäppchen zurück. »Ich hoffe, es dauert nicht zu lange.«

Der mädchenhafte Knicks, mit dem sie die beiden Beamten in die Wohnung bat, unterstrich ihre Verärgerung noch. Die Diele und der Wohnraum dahinter waren mahagonigetäfelt. Dicke alte Holzbalken trugen die Decke. Die Möbelierung war viktorianisch und verspielt. Einen Moment fühlte sich Carella in die Zeit zurückversetzt, als die Stadt jung war und die Menschen im Luxus in Häusern lebten, die jetzt mit Graffiti bedeckt waren.

»Miss Hollis«, sagte er, »können Sie uns sagen, ob Sie irgendwann letzte Nacht mit Mr. McKennon gesprochen haben?«

»Nein, habe ich nicht«, antwortete sie. »Und ich würde wirklich gerne wissen, worum es überhaupt geht. Sie rufen an, während ich mich umkleide, sagen mir am Telefon keinen Ton und . . .«

»Er ist tot«, unterbrach Carella sie.

Die blauen Augen öffneten sich weit.

»Was?« sagte sie.

»Es tut mir leid, aber . . .«

»Mein Gott, was sagen Sie da? Jerry? Tot?«

»Es tut mir leid.«

»Mein Gott, was . . .?«

Die blauen Augen weiteten sich noch mehr, der Schock war in ihnen abzulesen. Oder der scheinbare Schock.

»Wie?« fragte sie.

»Das wissen wir noch nicht«, erwiderte Carella.

Er log, aber nirgends steht geschrieben, daß ein Cop mit einem Menschen, den er vernimmt, fair umgehen muß.

»Wurde er denn *ermordet*?« fragte Marilyn. »Sie sind Polizisten, die Polizei ist beteiligt, und Sie sind nicht hier, weil er im Schlaf gestorben ist.«

»Nein, im Schlaf ist er nicht gestorben.«

»Was dann? Wurde er erschossen, erstochen, vom Auto überfahren?«

»Wir wissen die Todesursache nicht, bis wir den Autopsiebericht vorliegen haben«, entgegnete Carella.

Manchmal sagt man ihnen alles, was man weiß; manchmal sagt man ihnen nichts; und manchmal – so wie jetzt – sagt man ihnen gerade genug, daß sie den Ball aufnehmen und damit losrennen. Sie schien die Möglichkeiten durchzugehen, ihre Gedanken arbeiteten rasch. Sie spielte den Amateurdetektiv für sie, ganz laut, die hilfreiche, kleine

Miss Hollis, wenn auch mit einszweiundsiebzig nicht ganz so klein. Aber sie hatten nicht vergessen, daß der letzte Anruf, den Jerome McKennon gemacht hatte, in diese Wohnung führte.

»Wann ist es passiert?« fragte sie.

»Irgendwann heute morgen.«

»Wo?«

»In seiner Wohnung.«

»Haben Sie ihn tot in der Wohnung gefunden?«

»Seine Putzfrau hat ihn gefunden.«

»Wann?«

»Gegen neun«, sagte Carella.

»Wie gut kannten Sie ihn?« fragte Willis.

»Dann war es also Mord«, stellte sie fest.

»Niemand hat gesagt . . .«

»Nein? Warum wollen Sie dann wissen, wie gut ich ihn kannte?«

»Weil Ihre Telefonnummer die letzte ist, die er angewählt hat.«

»Wieso ist das wichtig, wenn er nicht ermordet wurde?«

»Es könnte Selbstmord gewesen sein«, sagte Willis.

Er ließ ihr ein bißchen mehr Leine. Fühlte ihr auf den Zahn. Vielleicht sprang sie darauf an und befaßte sich mit der Theorie. Doch stattdessen widersprach sie.

»Jerry und Selbstmord? Das ist lächerlich!«

»Wieso, Miss Hollis?« fragte Carella.

»Für ihn lief alles bestens. Gutes Aussehen, neuer Job . . .«

»Was für ein Job?« fragte Willis.

»Vizepräsident bei Eastec Systems, verantwortlich für den Vertrieb.«

»Was ist das für eine Firma?« fragte Carella.

»Sicherheitssysteme.«

»Einbruchssicherungen?«

»Nun, Funktelemetrie und Digitalüberwachung. Gegen Einbruch, ja, aber auch Feuer, Frost . . . alle Arten von Sicherheitssystemen eben.«

»Hier in der Stadt?«

»Ja. An der Avenue J.«

»Und Sie sagten, das wäre sein neuer Job?«

»Relativ neu. Er hat, kurz, nachdem wir uns kennenlernten, dort angefangen.«

Jetzt kamen sie der Sache schon näher.

»Und wann war das, Miss Hollis?«

»Kurz vor Weihnachten.«

Willis rechnete im Kopf nach. Es war jetzt fast Ende März. Rund drei Monate also. »Haben Sie ihn seitdem gesehen?«

»Ja.«

»Können Sie uns sagen, wie gut Sie ihn kannten?«

»Ist das ein Euphemismus?«

»Ich weiß nicht. Ist es einer?«

»Ich meine, versuchen Sie zu fragen, ob ich mit ihm geschlafen habe?«

»Haben Sie?«

»Ja. Wobei dieser Begriff selbst ein Euphemismus ist.«

Willis nahm sich vor, zu Hause im Lexikon »Euphemismus« nachzuschlagen, um sich zu vergewissern, daß das Wort das bedeutete, was er glaubte.

»Würden Sie sagen, daß es eine ernsthafte Beziehung war?« fragte er laut.

Marilyn zuckte die Achseln. »Was verstehen Sie unter ernsthaft?«

»Was verstehen *Sie* unter ernsthaft?«

Erneut reagierte sie mit einem Achselzucken. »Wir hatten einige schöne Stunden zusammen.«

»War es der einzige Mann in Ihrem Leben?«

»Nein.«

»Dann war es nicht ernsthaft.«

»Wenn ernsthaft bedeutet, daß Jerry mir seine unsterbliche Liebe erklärte und mir Heiratsanträge machte, dann war es nicht ernsthaft, nein. Das mag *Ihre* Definition von ernsthaft sein, aber nicht meine.« Sie schwieg einen Moment und fuhr dann fort: »Ich habe ihn sehr gemocht. Wir hatten einige schöne Stunden zusammen. Mir tut es leid, daß er tot ist.«

»Miss Hollis«, sagte Carella, »wann haben Sie Mr. McKennon zum letzten Mal am Telefon gesprochen?«

»Irgendwann letzte Woche.«

»Können Sie sich an den Tag erinnern?«

»Donnerstag, glaube ich.«

»Hat er Sie angerufen? Oder haben Sie angerufen?«

»Er hat mich angerufen.«

»Und hat er Sie irgendwann nach Donnerstag angerufen?«

»Nein. Ich war übers Wochenende fort.«

»Ach. Wo?«

»Ich glaube nicht, daß Sie das etwas angeht.«

»Können Sie uns sagen, wann Sie die Wohnung hier verlassen haben?«

»Warum?«

»Es könnte uns helfen, den Zeitpunkt von Mr. McKennons Tod einzugrenzen. Wir sind sicher, daß der letzte Anruf, den er von seiner Wohnung am Silvermine Oval geführt hat, zu Ihrem Telefon führt. Wenn wir . . .«

»Woher wissen Sie das?«

»Sein Telefon hat eine automatische Wahlwiederholung. Ihre Telefonnummer war als letzte angewählte Nummer gespeichert. Es ist möglich, aber nicht wahrscheinlich, daß der letzte Anruf der vom Donnerstag war. Wahrscheinlicher ist, daß er danach versucht hat, Sie zu erreichen. Vielleicht gestern nacht. Oder heute früh . . .«

»Ich war seit Freitag nachmittag fort.«

»Wann Freitag?«

»Etwa halb sechs.«

»Und wann sind Sie nach Hause gekommen?« fragte Willis.

»Vor einer halben Stunde. Direkt bevor das Telefon zu läuten anfing.«

»Also etwa um vier?«

»Wollen Sie mich nicht fragen, mit wem ich übers Wochenende fort war?«

»Wenn Sie es mir sagen möchten, sicher.«

»Mit einem Mann namens Nelson Riley.«

»Danke«, sagte Willis.

Sie begann ihn zu ärgern. Vielleicht, weil ihr Verhalten so verdammt feindselig war. Niemand hatte sie beschuldigt – noch nicht. Aber ihre Haltung war von Trotz gekennzeichnet, als wäre sie sicher, umgehend hinter Gitter geschafft zu werden, wenn sie nicht achtgab. Manchmal verhielten Unschuldige sich so. Manchmal auch Schuldige.

»Und Sie sagen, Sie kamen etwa um vier zurück, ist das richtig?« fragte Carella.

»Etwa«, sagte Marilyn.

»Sie haben eben erwähnt, daß Sie sich auch mit anderen Männern treffen«, sagte Willis.

»Ja.«

»Wie viele?«

»Was hat das mit dem Mord an Jerry zu tun?«

»Oder Selbstmord, so wie es steht«, entgegnete Willis. »Wie viele?«

»Oh, bitte, keiner meiner Freunde hat Jerry umgebracht.«

»Woher wissen Sie das?«

»Weil keiner von ihnen ihn auch nur kannte.«

»Sind Sie sicher?« fragte Willis.

»Eindeutig. Ich habe nicht die Angewohnheit, Tom und Dick von Harry zu erzählen.«

»Wie viele Toms, Dicks und Harrys gibt es?« beharrte Willis.

Marilyn seufzte. »Im Moment«, sagte sie, »treffe ich mich mit drei oder vier Männern.«

»Was denn nun?« hakte Willis ein. »Drei oder vier?«

»Vier, Jerry mitgezählt.«

»Dann sind es also drei.«

»Ja.«

»Regelmäßig?«

»Wenn das heißt, ob ich mit ihnen schlafe, dann ist die Antwort: gelegentlich.«

»Können wir bitte die Namen und Anschriften haben?« bat Carella.

»Warum? Wollen Sie sie da reinziehen?«

»Ein Mann ist tot . . .«

»Das ist mir klar. Aber weder ich, noch einer meiner Freunde . . .«

»Wir hätten gern ihre Namen und Anschriften.«

Wieder seufzte Marilyn und ging zu einem Sekretär in einer Ecke des Zimmers. Sie holte ihr Anschriftenverzeichnis heraus und schrieb die Namen und Adressen auf einen Bogen ihres Briefpapiers. Als sie Carella das Blatt reichte, warf er einen kurzen Blick darauf, legte es gefaltet in seinen Notizblock und fragte dann: »Haben Sie seit Ihrer Rückkehr schon Ihren Anrufbeantworter abgehört?«

»Ich wollte es gerade«, sagte Marilyn. »Aber dann hat ja die *Polizei* angefangen, alle drei Minuten anzurufen.

»Würden Sie ihn bitte jetzt einschalten?« bat Carella.

Sie ging zu dem Telefontischchen und drückte einen Knopf.

Willis zückte seinen Stift.

»Hi, Marilyn«, sagte eine Frauenstimme. »Didi hier. Ruf mich mal an, wenn du Zeit hast, ja?«

Willis schrieb *Didi* auf seinen Block.

Ein Klicken, ein Summen, eine andere Stimme.

»Miss Hollis, hier spricht Hadley Fields von Merrill, Lynch. Bitte, rufen Sie mich an.«

Willis schrieb *Hadley Fields, Merril Lynch*.

Ein Klicken, ein Summen, und dann . . .

»Marilyn, Baz hier. Ich habe Karten für die Philharmonie, Mittwoch abend. Sagst du mir Bescheid, ob du Zeit hast? Spätestens Montag, okay?«

Willie schrieb, während das Band sich weiterdrehte.

»Ich *hasse* deinen Anrufbeantworter, Marilyn. Chip hier. Ruf mich an, ja?«

Ein Klicken, ein Summen . . . und jemand legte auf.

»Ich hasse es, wenn das jemand tut«, sagte Marilyn.

Wieder ein Klicken, ein Summen.

»Marilyn, hier ist Didi noch mal. Wo zum Teufel *bist* du?«

Die Anrufe rissen nicht ab. Eine geschäftige Lady, dachte Willis.

Und dann, inmitten der aufgezeichneten Anrufe . . .

»Marilyn . . . Ich brauche dich . . . Ich bin . . .«

Und ein Ächzen . . .

Und das Geräusch des Telefonhörers, der klappernd auf eine harte Oberfläche fiel . . .

Und das Geräusch von jemandem, der sich würgend übergibt . . .

Ein Klicken, ein Summen, und der nächste Anruf.

»Marilyn, Didi hier. Ich habe das *ganze* Wochenende über angerufen. Würdest du mich *bitte* zurückrufen?«

Marilyn, hier ist Alice, hier ist Chip (und ich hasse deinen Anrufbeantworter immer noch), hier ist Baz (wieder wegen der Philharmonie), hier ist Sam, hier ist Jane, hier ist Andy . . .

Kein Tom, Dick oder Harry unter den Anrufern.

Aber ein paar Männer mehr als die drei, die sie aufgeschrieben hatte.

Carella schlug seinen Notizblock auf, faltete den Briefbogen auf, auf den sie die Namen und Adressen geschrieben hatte, und fragte: »Sind Sie sicher, daß dies hier alle Männer sind, mit denen Sie sich treffen?«

»Im Moment ja«, antwortete Marilyn.

»Und die anderen?« fragte Willis.

»Welche anderen?«

»Auf dem Band.«

»Bekannte.«

»Aber keine Männer, mit denen Sie sich treffen.«

»So ist es.«

»War das Mr. McKennons Stimme?« fragte Carella.

Sie blieb einen Moment stumm. Dann sagte sie: »Ja«, und senkte die Augen.

Carella steckte seinen Block weg.

»Möglicherweise müssen wir Sie noch einmal erreichen«, sagte er. »Können Sie uns eine Telefonnummer geben . . .?«

»Ich arbeite nicht«, sagte sie.

Willis glaubte, ein Pokergesicht aufgesetzt zu haben, aber offenbar hatte sie etwas bemerkt.

»Es ist *nicht*, was Sie denken«, sagte sie sofort.

»Was denke ich denn?« fragte er.

»Sie denken: teures, gut möbliertes Stadthaus. Sie denken: Sie hat jemanden, der sie aushält, einen Zahlvater. Sie irren sich. Ich habe einen *echten* Vater, und er ist in Texas im Ölgeschäft, und er möchte nicht, daß seine einzige Tochter in der großen, schlimmen Stadt verhungert.«

»Verstehe.«

»Tut uns leid, daß wir Ihnen so viel Zeit gestohlen haben«, sagte Carella. »Aber Sie waren sehr hilfreich, und wir . . .«

»Wieso?« sagte sie und brachte sie an die Haustür.

Draußen war die Luft kalt, und der Wind wehte scharf.

3

In dieser Stadt nennt man es einen 24-24.

Der Begriff bezieht sich auf Morde und bezeichnet die Bedeutung der 24 Stunden vor und der 24 Stunden nach dem Tod eines Menschen.

Die 24 Stunden vor dem Tod waren wichtig, weil alles – was das Opfer getan hatte, wohin es gegangen war, wen es getroffen hatte – Bezug zu seinem Tod haben konnte. Amtlich war Jerome McKennon ein Opfer, selbst wenn er das Nikotin aus eigenem Willen geschluckt haben sollte. Die 24 Stunden nach dem Tod waren nur wichtig, wenn jemand McKennon umgebracht hatte, denn dann arbeiteten die Ermittlungsbeamten gegen die Uhr, und je mehr Zeit verrann, desto kälter wurde die Spur, desto größer wurden die Chancen des Mörders. Eine stehende Redewendung in der Polizeiarbeit lautet, daß man einen Fall ins Fach »Noch nicht gelöst« legen kann, wenn man innerhalb einer Woche keinen guten Hinweis hat. »Noch nicht gelöst« ist der Friedhof der Ermittlungsarbeit.

Den McKennon-Fall bearbeiteten nur zwei Detectives. Es war kein Titelseitenmord. Kein bedeutender Mann war umgebracht worden, die Umstände waren nicht sonderlich spektakulär. Ein weiterer Kraut-und-Rüben-Mord in einer Stadt, in der Morde wie Unkraut sprießen. Gewiß, das Gift war ungewöhnlich, aber es war andererseits auch nichts, in das ein Eingeborenenstamm seine Pfeile tunkte. Die Medien hatten tagtäglich mehr als genug sensationelle Mordfälle, die sie heraustrompeteten, und da diesem Fall das fehlte, was die Cops den »Reiz der römischen Arena« nannten, fand er in Zeitungen und im Fernsehen allenfalls flüchtige Beachtung. Nur einer der Dienstagmorgen-Leitartikler – ein Mann, der schon seit sechs Monaten die Übel des Zigarettenrauchens geißelte (seit er selbst mit dem Rauchen aufgehört hatte; Bekehrte sind die ärgsten Missionare) – sah in dem Fall eine Gelegenheit, darauf hinzuweisen, ein wie starkes Gift Nikotin in Wirklichkeit sei, aber er blieb ein Rufer in der Wüste.

Der Fall war nur für Willis und Carella von Bedeutung, und das auch nur, weil sie zufällig »dran« waren – im Dienst, als der Anruf kam. Keiner von beiden mochte Gifte, die innerhalb von Minuten wirkten. Ein solches Gift ließ sie automatisch an Selbstmord denken. Der einzige Grund, bei Selbstmord wie bei einem Mord zu ermitteln, war der, daß es tatsächlich Mord sein könnte. Aber Nikotin wirkte nun einmal innerhalb von Minuten, manchmal in Sekunden, und Jerome McKennon war zweifellos an Nikotinvergiftung gestorben, und es war wichtig, die 24-24 in Angriff zu nehmen, und zwar schnell, denn wenn ihm jemand das Gift ins Bier geschüttet oder in die Kehle gezwungen hatte, wurde der Abstand mit jedem Sekundenticken der Uhr weiter.

Sie waren nur zwei.

Die 24 Stunden vorher erwiesen sich als schwierig; sie hatten keinen Terminkalender in McKennons Wohnung gefunden. Aber Marilyn Hollis hatte ihnen gesagt, daß er Vizepräsident und Vertriebsdirektor bei Eastex Systems an der Avenue J war, deshalb fing Carella dort an.

Willis, der die Liste mit den drei Namen bearbeitete, die Marilyn ihnen gegeben hatte, machte sich daran, die anderen Männer in ihrem Leben zu finden. Er arbeitete im Grunde an den 24 Stunden nachher. Sie hatte ihnen gesagt, daß keiner der anderen Männer McKennon kannte – »Ich habe nicht die Angewohnheit, Tom und Dick von Harry zu erzählen.« Aber eine ansehnliche Zahl von Morden in der Stadt wurde aus Eifersucht begangen. Ehemann tötet Geliebten der Frau. Frau tötet *eigenen* Liebhaber. Freund tötet Freundin oder Freund der Freundin oder, normalerweise, beide. Freund tötet Freund oder Mutter des Freunds. Die Möglichkeiten waren grenzenlos, das grünäugige Monster explodierte bei der kleinsten Provokation zu schierer Gewalt.

Wenn Marilyn außer McKennon drei Freunde hatte, bestand die Möglichkeit, daß einem von ihnen ihre Beziehung zu McKennon mißfallen und er deshalb beschlossen hatte, ihr ein Ende zu setzen. Die

Möglichkeit war äußerst dünn, und Willis wußte das. Aber bei den 24 Stunden nachher mußte man unbedingt einen Fuß in die Tür bekommen.

Der erste Name auf der Liste war Nelson Riley, Marilyns Wochenendgespiele. Doch wenn Riley mit Marilyn unterwegs gewesen war, konnte er nicht in der Stadt gewesen sein, um McKennon zu vergiften; Nikotin wirkte innerhalb von Minuten. Die Detectives hatten nur Marilyns – *und* Rileys – Wort für ihren Aufenthaltsort während der beiden Tage vor McKennons Ableben. Willis rief Riley an, stellte sich vor und sagte, er sei in einer halben Stunden bei ihm.

Nelson war ein Mann von Ende Dreißig. Ein Meter neunzig, schätzte Willis, mit einem roten Haarschopf, rotem Schnauzbart, grünen Augen, breiten Schultern, einem mächtigen Brustkorb und den Fäusten eines Boxers. Er war kein Boxer, jedenfalls nicht, was seine Berufswahl anging. Er war Maler, und sein Atelier befand sich auf einem Speicher an der Carlson Street unten im Quarter. Große Leinwände hingen vor der Wand des Speichers, vom kalten Winterlicht des Himmels beschienen. Ein schulterhoher Raumteiler trennte Rileys Arbeitsplatz von seinem Wohnbereich. Hinter der vorspringenden Wand sah Willis ein ungemachtes Wasserbett.

Die Bilder vor den Wänden waren allesamt gegenständlich. Stadtsilhouetten, Akte, Stilleben. Eins der Aktbilder wies eine bemerkenswerte Ähnlichkeit mit Marilyn Hollis auf. Das Bild auf der Staffelei stellte eine Wassermelone dar. Die Farben auf Rileys Palette, die auf einem Tisch neben der Staffelei lag, waren vorwiegend Rot und Grün. Rileys Jeans und sein verblichenes T-Shirt waren wie seine riesenhaften Hände mit Farbe bekleckert. Willis konnte den Gedanken nicht loswerden, daß er in einer mondlosen Nacht Riley in einer dunklen Gasse nicht gerne über den Weg laufen würde. Auch wenn der Mann die Seele eines Künstlers hatte.

»Also, worum geht's?« fragte Riley.

»Wir ermitteln in einem möglichen Selbstmord«, erklärte Willis. »Es geht um einen Mann namens Jerry McKennon.«

Er beobachtete die Augen. Die Augen verrieten eine Menge. Kein Anzeichen des Erkennens.

»Kennen Sie ihn?«

»Nie von gehört«, sagte Riley. »Möchten Sie Kaffee?«

»Danke, gern«, sagte Willis.

Er folgte Riley hinter den Raumteiler, wo das Wasserbett sich eine

Fläche von etwa fünf mal sechs Metern mit einer Kommode, einem Waschbecken, einem Kühlschrank, einem Wandschrank, einer Stehlampe, einem Küchentisch samt Stühlen und einer Kochplatte auf einem zweiten farbverkleckten Tisch teilte. Der heftige Märzwind ließ ein kleines Fenster am Fuß des Betts klappern. Riley füllte einen Kessel mit Wasser und stellte ihn auf die Kochplatte.

»Pulverkaffee«, sagte er. »Ich hoffe, das macht Ihnen nichts.«

»Ganz und gar nicht«, versicherte Willis.

Riley trat zu dem Schrank und nahm zwei große, farbverschmierte Tassen heraus. »Sie haben doch *möglich* gesagt?« meinte er fragend. »Ein möglicher Selbstmord.«

»Ja.«

»Heißt das, es war vielleicht kein Selbstmord?«

»Das wissen wir noch nicht.«

»Und das hieße was? Mord?«

»Kann sein.«

»Und was habe *ich* damit zu tun? Was hat . . .«

»Kennen Sie eine Frau namens Marilyn Hollis?«

»Klar. Was hat *sie* damit zu tun?«

»Waren Sie übers Wochenende mit ihr verreist?«

»Ja. Und?«

»Wo waren Sie, Mr. Riley?«

»Was hat das mit dem Selbstmord von irgend jemandem zu tun? Oder meinetwegen Mord.«

»Routineermittlungen«, entgegnete Willis.

»Aha«, meinte Riley skeptisch und hob die Brauen.

»Das Fenster klapperte unter der Attacke einer Bö.

»Mr. Riley«, sagte Willis, »ich würde es wirklich begrüßen, wenn Sie mir sagen, wo Sie mit Miss Hollis waren, wann Sie die Stadt verlassen haben und wann Sie zurückgekehrt sind. Bitte, verstehen Sie . . .«

»Klar, klar, nur Routineermittlungen«, unterbrach Riley ihn. »Wir sind nach Snowflake gefahren, zu einem kleinen Frühlings-Skiausflug. Also wissen Sie, Frühlingsski! Der Berg war ein reiner Eisklotz.«

»Wo liegt das, Snowflake?«

»Vermont. Ich nehme an, Sie laufen nicht Ski.«

»So ist es.«

»Manchmal wünschte ich, ich täte es auch nicht«, sagte Riley.

»Und wann haben Sie die Stadt verlassen?«

»Ich habe Marilyn etwa um halb sechs abgeholt. Ich habe ganz gern normale Arbeitstage. Viele Leute meinen, Künstler malen nur, wenn sie in Stimmung dazu sind. Das ist ausgemachter Blödsinn. Ich lege Wert auf einen Achtstundentag, neun bis fünf, außer am Wochenende. Bevor ich Malen zum Hauptberuf gemacht habe, war ich Art-Director bei einer Werbeagentur, damals habe ich nachts und an den Wochenenden gemalt. Als der Einschnitt kam, habe ich mir geschworen, nie mehr nachts oder am Wochenende zu arbeiten. Und ich halte mich dran.« Er zuckte die Achseln. »Bei Ihnen ist das wohl anders, was?«

»Ein bißchen«, antwortete Willis lächelnd. »Sie haben die Stadt also am Freitag um halb sechs verlassen.«

»Ja, etwa um die Zeit.«

»Und sind wann zurückgekommen?«

»Gestern nachmittag. Ich weiß, was Sie jetzt denken. Ich erzähl' Ihnen, daß ich fünf Tage in der Woche von neun bis fünf arbeite, und jetzt komm' ich erst gestern nachmittag in die Stadt zurück.« Ein erneutes Achselzucken. »Aber ich hab' gerade das große Ding da an der Wand beendet und mir deshalb das Recht auf eine Ausnahme zugestanden.«

Das große Ding an der Wand zeigte eine Straßenszene in Isola, eine der bevölkerten, engen Pflastersteingassen nahe der Lower Platform, eine schmale Schlucht, die schwaches Winterlicht einließ, eine dünne Schneeschicht auf dem Pflaster, Männer in unförmigen Mänteln, Frauen, die Mantelkragen gegen ihren Hals preßten, geduckte Köpfe, eine einsame Zeitung, die im Wind wie eine verirrte Möwe flatterte. Man konnte beinahe den beißenden Wind spüren, das Klappern der hohen Absätze auf dem Gehweg hören, das Sauerkraut riechen, das auf dem Hotdog-Karren an der Ecke dampfte.

»Ich habe mal in einem Revier da unten gearbeitet«, sagte Willis.

»Beim alten Damm?«

»Ja. Nettes Revier. Nachts tot wie eine Tontaube.«

»Wo arbeiten Sie jetzt?« fragte Riley.

»Im 87. Weiter nördlich, Nähe Grover Park.«

Der Kessel pfiff. Riley löffelte Pulverkaffee in die Tassen und goß kochendes Wasser drüber. »Milch oder Zucker?« fragte er.

»Danke, schwarz«, sagte Willis und nahm eine Tasse. »Sie haben diesen Jerry McKennon also nie kennengelernt?« fragte er.

»Bis vor ein paar Minuten habe ich den Namen noch nie gehört.«

»Hat Miss Hollis ihn nie erwähnt?«

»Nein. Wieso? Kannte sie ihn?«

»Ja.«

»Hmm. Na ja, Marilyn kennt bestimmt viele Leute. Sie ist eine sehr attraktive Frau.«

»Wie lange kennen *Sie* sie schon?«

»So ungefähr ein halbes Jahr.«

»Wie würden Sie Ihre Beziehung einstufen, Mr. Riley?«

»Wie meinen Sie das? Auf einer Skala von eins bis zehn?«

Willis lächelte. »Nein, Sir. Ich dachte mehr an Kategorien wie Bindung . . . Verpflichtung . . . oder wie Sie es nennen wollen.«

»Marilyn bindet sich nicht. Und Verpflichtungen geht sie auch nicht ein. Vielleicht braucht sie das nicht. Viele Mädchen in der Stadt sind auf der Suche nach einem Ernährer. Marilyn hat einen reichen Vater in Texas, sie braucht sich um Geld keine Sorgen zu machen. Sie trifft sich mit einem Mann, weil sie ein paar schöne Stunden mit ihm hat. Ich rede jetzt nicht vom Bett. Das versteht sich von selbst; wenn ein Mann und eine Frau im Bett nicht miteinander klarkommen, dann kommen sie auch sonst nicht klar – oder? Ich rede davon, daß man mit einem Menschen *zusammen* ist. Reden, gemeinsam erleben, zusammen lachen.«

»Das ist doch eine enge Beziehung, oder?« fragte Willis.

»Ich nenne es Freundschaft.«

»Nennt Marilyn es auch so?«

»Ich würde gern glauben, daß sie mich als guten Freund ansieht.«

»Kennen Sie einen ihrer anderen Freunde?«

»Nee.«

»Nie einem begegnet?«

»Nee.«

»Jemand namens Chip Endicott?«

»Nee.«

»Basil Hollander?«

»Nee.«

»Und ihr Vater? Haben Sie den schon einmal kennengelernt?«

»Nee.«

»Wissen Sie, wie er heißt?«

»Jesse, glaube ich. Oder Joshua. Jason, vielleicht. Ich bin mir nicht sicher.«

»Wissen Sie, wo in Texas er lebt?«

»Houston, glaube ich. Oder Dallas. Oder San Antone. Ich bin mir nicht sicher.«

»Mr. Riley, wo haben Sie gewohnt, als Sie in Snowflake waren?«

»Im Summit Lodge. Ich kann Ihnen die Telefonnummer geben, wenn Sie es nachprüfen wollen.«

»Dafür wäre ich Ihnen dankbar«, sagte Willis.

»Es war wohl kein Selbstmord, was?« meinte Riley. »Es war schlicht und einfach Mord.«

Willis sagte nichts.

Er dachte, daß der Fall nicht gar so schlicht und einfach war.

Vizepräsident und Vertriebsdirektor bei Eastec Systems.

Man stellte sich ein riesiges Unternehmen vom Kaliber IBM oder General Motors vor. Man stellte sich einen Manager mit Karten an den Wänden seines geräumigen Büros vor, auf denen Nadeln in unterschiedlichen Farben die Horden von Vertretern in den verschiedenen Abschnitten markierten.

Klar.

In dieser Stadt, wo ein Müllmann ein Hygienetechniker und eine Prostituierte eine Freizeitberaterin war, war Jerry McKennon Vizepräsident und Vertriebsdirektor eines offenkundig mickrigen Unternehmens.

Avenue J liegt in dem Teil der Stadt, den die Cops als »Campbells City« zu bezeichnen pflegten – ein Hinweis auf die Buchstabennudelsuppe, die von der Firma Campbell vertrieben wurde; doch mit den Jahren hatte sich der Name »Suppenküche« für das Viertel durchgesetzt. Eingezwängt in ein innerstädtisches Armutsquartier, das es mit jedem Stadtteil Kalkuttas aufnehmen konnte, verlaufen die mit Buchstaben bezeichneten Avenues in Ost-West-Richtung ein gutes Stück durch Isola und in Nord-Süd-Richtung von A bis L, wo die Suppenküche am River Dix endet. Jenseits des Flusses sieht man die Schornsteine der Fabriken von Calm's Point.

Während der Jahrhundertwende waren die schmuddeligen Mietskasernen von Einwanderern bewohnt gewesen, die nach Amerika geströmt waren, um das sprichwörtliche Gold von der Straße aufzulesen. Statt dessen fanden sie den Dung der Pferde, die Eiskarren, Milchkarren, Holzkarren und Straßenbahnen zogen. Mobilität und ein starker Überlebenswille brachten sie weiter nach Norden in die Stadt und in Gettos hinein, die nach ihren Herkunftsländern benannt wurden, und schließlich aus der eigentlichen Innenstadt hinaus in die eher vorstädtischen Bezirke von Riverhead, Calm's Point, Majesta und Bethtown.

In den vierziger und fünfziger Jahren zog eine neue Welle von Einwanderern, die dennoch echte Bürger der Vereinigten Staaten waren, in die Mietskasernen, und spanische Töne verdrängten Jiddisch, Italienisch, Polnisch, Deutsch und Russisch. Die Puertoricaner, die das gleiche Gold wie die früheren Siedler suchten, fanden keinen Pferdemist, sondern statt dessen das vernichtende Vorurteil, das jeden Spanisch sprechenden Menschen mit kriminellen Handlungen gleichsetzte. Vorurteile hatte es schon vorher in der Stadt gegeben. Vorurteile gegen die ersten Iren, die vor dem Hunger hierher geflohen waren; Vorurteile gegen die Italiener, die vor der Fäulnisepidemie ihrer wertvollen Weintrauben geflohen waren; Vorurteile gegen Juden, die vor religiöser Verfolgung geflohen waren; Vorurteile – immer wieder und aus zahlreichen Gründen – gegen die Schwarzen, die den Diamondback-Slum im Norden der Stadt bewohnten. Aber die Vorurteile jetzt saßen tiefer, vielleicht weil die Puertoricaner standhaft an ihren alten Traditionen und an ihrer Muttersprache festhielten.

Von daher lag höchste Ironie darin, daß die Puertoricaner wiederum sich heftig gegen die Blumenkinder wandten, die Mitte der Sechziger und Anfang der Siebziger in die Häuser zogen, von denen damals viele leerstanden. Damals war es nicht ungewöhnlich, daß Pot rauchende Kids erstaunt aufblickten, wenn eine Bande von Einheimischen der Suppenküche (mittlerweile waren sie Einheimische, obschon *andere* Amerikaner sie selten als solche ansahen) in eine Wohnung einbrach, um zu rauben – o ja, die Prophezeiung, die sich selbst erfüllt –, zu vergewaltigen und gelegentlich auch zu morden. »Frieden«, sagten die Blumenkinder; »Liebe« sagten die Blumenkinder, während ihnen der Schädel eingeschlagen wurde. Schließlich verschwanden die Hippies von der Szene. Sie ließen jedoch das Erbe des Drogenkonsums zurück, und heutzutage sind die Buchstaben-Avenues ein Tummelplatz für Pusher und Junkies jedweder Spielart und Couleur.

Die Büroräume von Eastec Systems lagen in einem baufälligen Gebäude auf der Südseite der Avenue J. Eine nagelfeilende, kaugummikauende Empfangssekretärin beäugte Carellas Polizeimarke und -ausweis beinahe ehrfurchtsvoll, drückte einen Knopf ihres Telefons und teilte ihm mit, Mr. Gregorio werde ihn sofort empfangen. Carella ging einen Flur entlang bis zu einer Tür mit einem schwarzen Namensschild aus Plastik darauf: RALPH GREGORIO, PRÄSIDENT. Er klopfte, eine Männerstimme sagte »Herein«. Er öffnete die Tür. Grüne Metallmöbel und Aktenschränke. Staubige Jalousien vor den Fenstern zur Straße hinaus. Hinter dem Schreibtisch ein rundlicher Mann Anfang Vierzig, die Ärmel hochgekrempelt, ein breites Grinsen auf dem geröteten Gesicht, eine Hand ausgestreckt.

»Hey, *Paisan*«, sagte er. »Was kann ich für Sie tun?«

Carella mochte es nicht, Paisan genannt zu werden. Zu viele italoamerikanische Gangster hatten ihn *Paisan* genannt, gewöhnlich in Zusammenhang mit der Bitte um einen Gefallen auf Grundlage der gemeinsamen ethnischen Herkunft.

Er ergriff die dargebotene Hand.

»Mr. Gregorio«, sagte er, »Detective Carella, 87. Revier.«

»Nehmen Sie Platz, nehmen Sie Platz«, plapperte Gregorio. »Es ist wegen Jerry, richtig?«

»Ja.«

»Schreckliche Sache, ganz schrecklich«, sagte Gregorio. »Ich hab's im Fernsehen gesehen. Wie lang hat es gedauert? Dreißig Sekunden? Schreckliche Sache. Er hat sich das Leben genommen, hm?«

»Wann haben Sie ihn das letzte Mal gesehen?« fragte Carella, die Frage Gregorios ignorierend.

»Freitag. Freitag nachmittag.«

»Erschien er Ihnen zu dieser Zeit niedergeschlagen?«

»Niedergeschlagen? Nein. Niedergeschlagen? Jerry? Nein. Ich muß Ihnen sagen, das kommt völlig überraschend, daß er sich das Leben nimmt.«

»Er hat kurz vor Weihnachten in der Firma angefangen, stimmt das?«

»Das stimmt. Wer hat Ihnen das gesagt? Na ja, Sie haben wohl Mittel und Wege, so etwas zu erfahren, was, *Paisan*?« meinte Gregorio augenzwinkernd.

»Hat er jemals deprimiert oder niedergeschlagen gewirkt? Während der letzten drei Monate?«

»Nein. Immer ein Lächeln auf dem Gesicht. Normalerweise spazierte er singend durchs Büro, ob Sie's glauben oder nicht. Dabei sollen doch eigentlich *wir* die Sänger sein, nicht, *Paisan*? Jerry war, was war er? Ire, Engländer, wer weiß das schon? Hat ständig gesungen. Der Pavarotti der Sicherheitsbranche. Wissen Sie, wir verkaufen und installieren Sicherheitssysteme. Machen's den bösen Buben schwerer und greifen den braven Buben unter die Arme.« Er zwinkerte wieder.

»Wann hat er das Büro am Freitag verlassen?«

»Halb sechs. Jerry war ein fleißiger Mensch. Manchmal ist er bis sechs, sieben hier geblieben. Wissen Sie, wir sind ein junges Unternehmen, aber wir haben eine brillante Zukunft. Jerry wußte das. Er hat sich mit ganzer Kraft eingesetzt. Eine Schande, was?«

»Hat er etwas über seine Pläne fürs Wochenende erzählt?«

»Nein.«

»Hat er nicht gesagt, wohin er wollte oder was er vorhatte?«

»Nein.«

»Hat er jemals eine Frau namens Marilyn Hollis erwähnt?«

»Nein.«

»Mr. Gregorio . . .«

»Hey, *Paisan*!« sagte Gregorio tadelnd und breitete die Arme aus. »Warum so formell? Nennen Sie mich Ralph, ja.«

»Danke«, sagte Carella und räusperte sich. »Hm . . . Ralph . . . kann ich mir wohl einmal Mr. McKennons Büro ansehen?«

»Sicher, es liegt am anderen Ende des Flurs. Wonach suchen Sie?«

»Nach allem, was uns helfen könnte«, antwortete Carella.

Er suchte nach einem Terminkalender und fand ihn sofort. Er lag auf dem Schreibtisch, die Märzseiten aufgeschlagen.

»Haben Sie etwas dagegen, daß ich ihn mitnehme?« fragte Carella.

»Jerry nützt er nichts mehr«, erwiderte Gregorio.

»Ich stelle eine Quittung aus . . .«

»Ach was, *Paisan*, brauchen Sie und ich Quittungen?«

»Tja, es ist Vorschrift«, sagte Carella und begann zu schreiben.

Der zweite Name auf Marilyns Liste war Chip Endicott.

Der Name auf seiner Tür war Charles Ingersol Endicott, Jr.

Er war derjenige, der den Anrufbeantworter haßte.

Und er war Anwalt in der Sozietät Hacket, Rawlings, Pearson, Endicott, Lipstein und Marsh. Willis fragte sich, wie wohl der Jude dort untergekommen war.

Endicott war nach Willis' Schätzung Ende Vierzig, obwohl er eigentlich recht schwer einzuschätzen war. Ein sonnengebräunter Mann in guter körperlicher Verfassung, etwa einsachtundsiebzig groß, keine Altersrunzeln auf dem anziehenden, schmalen Gesicht, intelligente, wachsame dunkelbraune Augen; der einzige Hinweis auf sein Alter war sein weißes Haar, doch das mochte eine vorzeitige Erscheinung sein. Er drückte Willis fest die Hand, sagte: »Es hat mit Marilyn zu tun, nicht?« und wies auf einen Sessel vor seinem Schreibtisch.

Die Kanzlei von Hackett, Rawlings und so weiter befand sich im zwölften Stockwerk eines Gebäudes an der Jefferson Avenue; höher ragte kein Haus in der City. Endicotts Büro war in moderner Kühle eingerichtet: Teakschreibtisch, blauer Teppich, Couch und passende Sessel in dunklerem Blau, ein abstraktes Gemälde an der Wand über der Couch, das die vorherrschende Farbe aufnahm; im Blau des Bilds prangten rote Spritzer so auffällig wie ein Blutfleck.

»Miss Hollis hat Sie uns als einen ihrer Freunde genannt«, bestätigte Willis.

»Sie steckt doch nicht in Schwierigkeiten, oder?« fragte Endicott sofort.

»Nein, Sir, überhaupt nicht. Aber wir ermitteln in einem Fall . . .«

»Was für ein Fall?«

»Augenscheinlich Selbstmord.«

»Oh. Wer?«

»Ein Mann namens Jerry McKennon.«

Erneut beobachtete Willis die Augen.

Nichts war in ihnen zu sehen.

Doch dann plötzliches Erkennen.

»Oh, ja, irgendwo am Oval, nicht? Ich habe heute morgen eine Meldung in der Zeitung gelesen.«

Ein verwirrter Blick.

Dann: »Entschuldigung, aber was hat Marilyn damit zu tun?«

»Er war auch ein Freund von ihr.«

»Ach?« war Endicotts magere Reaktion.

»Haben Sie ihn einmal kennengelernt?«

»Nein. Hat Marilyn das gesagt?«

»Nein, nein. Ich war bloß neugierig.«

»Entschuldigung, der Name ist mir nicht geläufig. McKennon? Nein.«

»Hat sie den Namen Ihnen gegenüber jemals erwähnt?«

»Nach meiner Erinnerung nicht.« Endicott schwieg einen Moment und fuhr dann fort: »Sie ermitteln in einem Mordfall, Mr. Willis – geht es darum?«

»Tja, nicht unbedingt, Sir. Aber wir ermitteln bei Selbstmord genauso wie bei einem Mord. Sie sind Anwalt, wahrscheinlich wissen Sie das.«

»Mein Spezialbereich ist Unternehmensrecht«, sagte Endicott.

»Nun ja«, meinte Willis, »so machen wir es jedenfalls.«

»Und Sie sagen, dieser Mann gehörte zu Marilyns Freunden?«

»Jawohl, Sir.«

»Und sie hat Ihnen meinen Namen genannt, weil ich auch zu ihren Freunden gehöre?«

»Jawohl, Sir.«

»Hmm«, sagte Endicott.

»Sie sind doch ein Freund von ihr, oder?« vergewisserte sich Willis.

»Oh, ja.«

»Wie lange kennen Sie sie?«

»Es muß jetzt fast ein Jahr sein. Wir haben uns kurz nach ihrem

Umzug aus Texas hierher kennengelernt. Ihr Vater ist Millionär da unten, Öl oder Vieh, was genau, habe ich vergessen. Er hat sie hier in ein Stadthaus gesetzt . . . Sie sind sicher dort gewesen.«

»Jawohl, Sir.«

»Sehr aufwendig. Für sein Töchterchen nur das beste. So wie sie erzählt, ist er ein bißchen knausrig, aber über die Maßen freigiebig, wenn es um sein einziges Kind geht.«

»Wo in Texas? Wissen Sie das?«

»Houston? Ja, ich bin sicher, sie hat Houston gesagt.«

»Und der Vorname ihres Vaters? Hat sie ihn jemals erwähnt?«

»Falls sie es getan hat, erinnere ich mich nicht daran.«

»Wie haben Sie sie kennengelernt, Mr. Endicott?«

»Ich hatte gerade meine Scheidung hinter mir . . . Haben Sie schon einmal eine Scheidung mitgemacht?«

»Nein, Sir.«

»Verheiratet?«

»Nein, Sir.«

»Wenn Ehe das Fegefeuer ist, dann ist Scheidung die Hölle«, sagte Endicott und lächelte. »Jedenfalls habe ich das ganze Theater mitgespielt. Habe mir maßgeschneiderte Garderobe zugelegt, erstmals Herrenparfüm benutzt, *beinahe* ein Motorrad gekauft, aber da hat die Vernunft gesiegt, bin in Single-Bars gegangen, habe Privatanzeigen im *Saturday Journal* aufgegeben – unten im Quarter, Sie kennen das Blatt, nehme ich an.«

»Jawohl, Sir.«

»*Und*, das wichtigste für einen frisch geschiedenen Mann auf der Pirsch, ich habe häufig Museen besucht.«

»Museen?«

»Jawohl, Mr. Willis, Museen. Das Angebot ist groß, und im allgemeinen besuchen jeden Nachmittag in der Woche höherklassige Frauen die Museen der Stadt. Vor allem die Kunstmuseen. Und vor allem an Regentagen. So habe ich Marilyn kennengelernt. Im Fine Arts Museum, an einem verregneten Samstag.«

»Und das war vor etwa einem Jahr?«

»April, glaube ich. Fast ein Jahr.«

»Und seitdem sehen Sie sich regelmäßig?«

»So ist es. Es hat zwischen uns sofort gefunkt. Sie ist eine außergewöhnliche Frau, wissen Sie. Gebildet, intelligent, interessiert. Das reine Vergnügen, mit ihr zusammen zu sein.«

»Wie oft treffen Sie sich, Mr. Endicott?«

»Mindestens einmal wöchentlich, manchmal öfter. Ab und zu fahren wir übers Wochenende weg, aber das ist eher selten. Wir sind gute Freunde, Mr. Willis. Ich bin siebenundfünfzig . . .«

Willis zwinkerte.

». . . und bin zu einer Zeit aufgewachsen, als Männer eine Frau nicht zum *Freund* hatten. Unser einziges Interesse bestand darin, in ihr Höschen zu kommen. Die Zeiten haben sich geändert – ich mich auch. Ich möchte unsere persönliche Beziehung nicht diskutieren, und ich weiß, Marilyn würde das auch nicht wollen. Doch das ist nicht das Wesentliche. Wesentlich ist, daß wir *Freunde* sind. Wir können uns gegenseitig das Herz ausschütten, wir können uns miteinander völlig entspannen. Wir sind sehr gute *Freunde*, Mr. Willis, und das bedeutet mir sehr viel.«

»Verstehe«, sagte Willis und zögerte. »Macht es Ihnen etwas aus, daß sie möglicherweise auch andere gute Freunde hat?«

»Warum sollte es mir etwas ausmachen? Wenn Sie und ich Freunde wären, Mr. Willis, und Sie hätten andere Freunde – würde mir das etwas ausmachen? Sie denken so, wie ich früher dachte. Daß es für einen Mann und eine Frau irgendwie unmöglich ist, echte Freunde zu sein, ohne daß jeder mögliche Unsinn in die Beziehung hineinpfuscht. Marilyn trifft andere Männer, das weiß ich. Sie ist eine schöne, intelligente Frau, etwas anderes würde ich gar nicht erwarten. Und ich bin sicher, sie sieht einige von ihnen als Freunde an. Aber muß Freundschaft exklusiv sein? Und wenn sie mit einigen von ihnen ins Bett geht – was so sein mag, ich habe sie nie gefragt –, gehe ich nicht auch mit anderen Frauen ins Bett? Verstehen Sie, was ich sagen will, Mr. Willis?«

Er wollte sagen, daß er keinen Funken Eifersucht spürte. Er wollte sagen, daß er nicht Jerry McKennons Mörder sein konnte, weil er ihn nicht kannte und es ihm gleichgültig gewesen wäre, wenn er und Marilyn Tag und Nacht auf dem Bürgersteig vor der Polizeiwache gevögelt hätten.

»Ich glaube schon«, sagte Willis. »Vielen Dank, daß Sie mir Ihre Zeit gewidmet haben.«

McKennons Terminkalender für die vier Märzwochen sah folgendermaßen aus:

MONTAG, 2. MÄRZ
bis
MITTWOCH, 4. MÄRZ

Montag, 2. März

8	FRISEUR !!		13
9		NEUE KONTEN ANLEGEN	14
10	ELTRONICS-VERT.		15
11	RALPH		16
12		↓	17

Abend

Dienstag, 3. März

8		SÄMTLICHE	13
9		INSTALLATIONS-	14
10	ZANGER	ANWEISUNGEN	15
11	HOPKINS	ÜBERPRÜFEN	16
12	BARNES b. MARIO'S		17

Abend

Mittwoch, 4. März

8			13
9	ALLE STADT-VERT / HIER	SEMINAR	14
10	ELTRONICS ANR. HOTEL-RES	VORTRAG	15
11	CHICAGO ANR.	ANFANGEN	16
12			17

Abend

DONNERSTAG, 5. MÄRZ
bis
SONNTAG, 8. MÄRZ

Donnerstag, 5. März

8	STEINBERG – COFFEE SHACK	NEUE KONTEN PRÜFEN	13
9			14
10	INGRAMS	PACKARD	15
11	OLIVER	KING	16
12	LUNCH HIER – RALPH		17

Abend

Freitag, 6. März

8	DEN GANZEN		13
9	TAG AM		14
10		VORTRAG	15
11		ARBEITEN	16
12			17

Abend

Samstag, 7. März	Sonntag, 8. März
ELLSWORTH 11^{00}	ARBEITSPLÄNE
MOM ANR.	vorm.
DINNER b. HAROLD	MARILYN
19^{00}	nachm.

Abend

MONTAG, 9. MÄRZ
bis
MITTWOCH, 11. MÄRZ

Montag, 9. März

8		13	
9	DYNOMAT VERT.	14	DAVIS
10		15	FEIN
11	ANDREWS	16	FLUGTICKETS / SEMINAR
12		17	

Abend

Dienstag, 10. März

8		13	
9	BANK	14	EINWEISUNG INSTALL wg. JOB bei KREUGER CARTER
10		15	
11		16	L.A. ANR.
12^{30}	McINTYRE / ASCOTHOUSE	17	

Abend

Mittwoch, 11. März

8	ANR.: DI ANGELO / LANE	13	RALPH ↓
9	PIERCE ELECTR.	14	
10^{30}	HELLER	15	
11^{30}	RIVERHEAD VERT.	16	
12		17	

Abend

MARILYN ABH. 18^{00}

DINNER / JACKIE'S 18^{30} / CHORUS LINE 20^{00}

DONNERSTAG, 12. MÄRZ
bis
SONNTAG, 15. MÄRZ

Donnerstag, 12. März

8 | 13
9 SONITROL VERT. | 14
10 | 15
11 SEMINAR-VORTRAG FERTIG SCHR.!!! | 16
12 | 17

Abend

Freitag, 13. März

8 ANNIE wg. KRANKENHAUS ANR. | 13 HALEY b. JONESEY'S
9 BLUMEN f. FRANK | 14
10 | 15
11 FARREN | 16
12 | 17

Abend

Samstag, 14. März

ELLSWORTH 11⁰⁰

PARTY b. HILLARY 20⁰⁰

Sonntag, 15. März

FRANK BES./VORM.

MOM ANR.

MARILYN ANR.

Abend

MONTAG, 16. MÄRZ
bis
MITTWOCH, 18. MÄRZ

Montag, 16. März

8 | 13
9 BETHTOWN VERT. | 14
10 | FIELDS 15
11 | HARKAVY 16 30 16
12 LANDON b. ITALICO | 17

Abend

Dienstag, 17. März

8 ABREISE CHICAGO | 13
9 | 14
10 SEMINAR FEUER / RAUCH | 15
11 | 16
12 | 17

Abend

Mittwoch, 18. März

8 | 13
9 | 14
SEMINAR
10 | 15
11 | 16
12 | 17

Abend

DONNERSTAG, 19. MÄRZ
bis
SONNTAG, 22. MÄRZ

Donnerstag, 19. März

8 13
9 14
SEMINAR
10 15
11 16
12 17

Abend

Freitag, 20. März

8 13
9 14
SEMINAR
10 ABREISE CHICAGO 15
11 16
12 17

MARILYN ANR. Abend

Samstag, 21. März

SEMINAR-
BERICHT
SCHREIBEN

Sonntag, 22. März

MITTAG b. MOM

Abend

MONTAG, 23. MÄRZ
bis
MITTWOCH, 25. MÄRZ

Montag, 23. März

8		LUNCH m. RALPH	13
9	BERICHT m. RALPH DURCHSPRECHEN	BETHTOWN VERT.	14
10		KARTEN f. LA CAGE / ANR.	15
11	30 UNGER		16
12			17

Abend

Dienstag, 24. März

8	BERICHT ü. SEMINAR f. ALLE VERT.		13
9		EINWEISUNG INSTALL.	14
10		(WEG von MARY!)	15
11			16
12	JAGGER b. MARIO'S		17

Abend

Mittwoch, 25. März

8	EINWEISUNG		13
9	INSTALLATEURE		14
10	GANZTÄGIG		15
11			16
12			17

Abend

DONNERSTAG, 26. MÄRZ
bis
SONNTAG, 29. MÄRZ

Donnerstag, 26. März

8		MICROCHIP LIEFERUNG / ANR	13
9	ORTSTERMIN KREUGER		14
10		L.A. ANR.	15
11	RIVERHEAD VORBER.		16
12		AXEL b. NIMROD'S	17

Abend

MARILYN wg. OSTERN ANR.

Freitag, 27. März

8			13
9	ISOLA GEHÄLTER PRÜFEN		14
10			15
11	RALPH wg. ENDGÜLTIGER ENTSCHEIDUNG	L.A. ANR.	16
12	INSTALL.		17

Abend

Samstag, 28. März	Sonntag, 29. März
ELLSWORTH 11^{00}	MITTAG b. MOM
LA CAGE 20^{00}	PARTY b. COLLY 19^{00}

Abend

Carella begann die Eintragungen im Terminkalender mit den Adressenverzeichnissen zu vergleichen, die er aus McKennons Wohnung und seinem Büro bei Eastec mitgenommen hatte.

Der häufig genannte »Ralph« war natürlich der Präsident von Eastec, und die zahlreichen Besprechungen mit ihm paßten perfekt zu einer Firma, die »eine brillante Zukunft« hatte.

Dem Verzeichnis aus McKennons Büro entnahm Carella, daß:

1) Eltronics kein Schreibfehler war. Es gab tatsächlich eine Firma Eltronics, Inc. in Calm's Point, die elektronisches Zubehör für Digital-Systeme lieferte;
2) Pierce Electronics ein weiterer Zulieferer war, diesmal mit Sitz direkt in Isola;
3) Dynomat eine Firma für Einbruchsicherungen in Riverhead war;
4) Karl Zanger, Paul Hopkins, Lawrence Barnes, Max Steinberg, Geoffrey Ingrams, Samuel Oliver, Dale Packard, Louis King, George Andrews, Lloyd Davis, Irwin Fein, Peter McIntyre, Frederick Carter, Joseph di Angelo, Michael Lane, Richard Heller, Martin Farren, Thomas Haley, Peter Landon, John Fields, Leonard Harkavy, John Unger, Benjamin Jagger und Axel Sanderson samt und sonders potentielle Eastec-Kunden und als solche in McKennons Adressenverzeichnis aufgeführt waren. Einige der Namen waren bereits durchgestrichen. Entweder waren sie bereits feste Kunden geworden oder hatten das Interesse verloren.

Dem Telefonbuch von Isola entnahm Carella, was er ohnehin vermutet hatte: Mario's, The Coffee Shack, The Ascot House, Jackie's, Jonesy's, L'Italico und Nimrod's waren Restaurants. Für »Harold«, wo McKennon am 7. März um 19 Uhr gegessen hatte, fand er keine Eintragung, daher nahm er an, daß Harold ein privater Freund war, wie wahrscheinlich auch Hillary (die Party am 14. März) und Colly (die Party am 30., die McKennon nicht mehr besuchen konnte).

Meyer Meyer, der zigarettenrauchend gekiebitzt hatte, während Carella seine Listen zusammenstellte, erwähnte in diesem Augenblick beiläufig, er solle die Verabredungen vom 7. und 14. März nicht so einfach abtun, weil sie zeitlich zu weit vor der Vergiftung lagen. Er erinnerte Carella daran, daß sie vor langer Zeit, als noch Dinosaurier die Wälder durchstreiften, gemeinsam in einem Giftfall ermittelt hatten; ein Fernsehkomiker namens Stan Gifford war damals bei einer Livesendung vor den Augen von schätzungsweise 40 Millionen Zuschauern tot umgefallen. Bei der Obduktion – auch damals von Paul Blaney durchgeführt – stellte sich heraus, daß Gifford das 130fache der tödlichen Dosis eines Gifts namens Strophantin aufgenommen hatte und der Tod innerhalb von Minuten eingetreten sein mußte.

»Und rauskam, daß der Mörder in Heimarbeit eine Retard-Kapsel für das Gift gebastelt hatte. Erinnerst du dich?« sagte Meyer. »Vielleicht ist es hier genauso.«

»Vielleicht«, entgegnete Carella.

Aber er wußte, diesmal würde es nicht so einfach sein.

Im privaten Adressenverzeichnis aus McKennons Wohnung fand er einen Harold Sachs sowie einen Hillary Lawson und machte sich eine Notiz, daß er sie später wegen der Parties anrief. Außerdem fand er einen Nicholas Di Marino eingetragen. Möglicherweise war das jener Colly, der die Party am Samstagabend gab, aber zum jetzigen Zeitpunkt sah er wenig Sinn darin, ihn anzurufen.

Die identischen Elf-Uhr-Eintragungen am 7., 15. und 29. März (letztere ein weiterer Termin, den McKennon nicht mehr wahrnehmen würde) ließen Carella vermuten, daß »Ellsworth« ein Arzt oder Zahnarzt war. In McKennons Verzeichnis fand er einen Ronald Ellsworth, Dr. med. dent. Die Praxis befand sich an der Carrington Street in Isola.

Der Kreuger, bei dem es einen Job zu erledigen gab, war ein Henry Kreuger in Calm's Point, wie Carella durch einen Anruf bei McKennons Chef erfuhr. Aber Gregorio kannte weder Annie noch Frank, und beide fanden sich nicht in McKennons Verzeichnis. Carella vermutete, daß Frank im Krankenhaus gewesen war – daher die Blumen –, und McKennon Annie angerufen hatte, um zu erfahren, in *welchem* Krankenhaus.

Carella mochte Filme mit Tausenden von Darstellern nicht.

Ebensowenig mochte er Fälle, bei denen die Möglichkeiten sich geometrisch multiplizierten.

Ein einziges Mal in seinem Leben würde er gern in einem Fall ermitteln, der zwei Schiffbrüchige auf einer einsamen Insel betraf, von denen einer das Opfer und der andere der eindeutige Täter war.

Nur ein einziges Mal.

Aber jetzt hatte er erst einmal diesen Fall.

4

Bis abends um acht hatte Willis mit den drei Männern auf der kurzen Liste von »Freunden« gesprochen, die Marilyn Hollis ihnen eher widerwillig gegeben hatte. Nun hielt er einen zweiten Besuch bei der Lady selbst für angebracht.

Diesmal rief er nicht vorher an.

Ohne Ankündigung und ohne Einladung fuhr er zur Hausnummer 1211 an der Harborside Lane und parkte seinen Wagen am Straßenrand vor dem kleinen Park, der ihrem Haus gegenüberlag. Es war noch immer eisig kalt. Zieht der März mit Kälte ein, friert's vier Wochen Stein und Bein – soviel für die Freunde von Bauernregeln. Als er klingelte, zerrte der Wind an seinem Haar. Sein Gesicht brannte schon nach den wenigen Metern vom Wagen zur Haustür.

»Mickey?« sagte ihre Stimme aus dem Lautsprecher.

»Nein«, antwortete er. »Detective Willis hier.«

Nach langem Schweigen fragte sie: »Was wollen Sie?«

»Ich möchte Ihnen noch ein paar Fragen stellen. Falls Sie einen Moment Zeit haben.«

»Tut mir leid, ich kann mich jetzt nicht mit Ihnen unterhalten«, entgegnete sie. »Ich erwarte Besuch.«

»Wann kann ich wiederkommen?«

»Wie wär's mit ›nie mehr‹?« fragte sie zurück. Er hätte schwören können, daß sie dabei lächelte.

»Wie wär's mit ›später am Abend‹?« erwiderte er.

»Nein, tut mir leid.«

»Miss Hollis, es handelt sich um eine Ermittlung . . .«

»Tut mir leid«, wiederholte sie.

Ein Klicken, dann Stille. Er drückte wieder auf den Klingelknopf.

»Hören Sie«, kam es aus dem Lautsprecher. »Es tut mir wirklich leid, aber . . .«

»Miss Hollis«, unterbrach er sie, »muß ich eine Vorladung ausstellen, nur um mit Ihnen zu *sprechen*?«

Stille.

Dann: »Na gut, kommen Sie rein.«

Der Türöffner summte. Er griff nach dem Türknauf und betrat die Diele. Wieder ein Summen, die Wohnungstür ließ sich öffnen. Zögernd trat er in den holzgetäfelten Wohnraum. Im Kamin auf der anderen Seite knisterte ein Feuer, aus dem Weihrauchduft aufstieg. Von der Frau war nichts zu sehen.

Er zog die Tür hinter sich ins Schloß.

»Miss Hollis?« rief er.

»Ich bin oben. Legen Sie Ihren Mantel ab und setzen Sie sich, ich telefoniere gerade.«

Er hängte seinen Mantel an die Garderobe neben der Tür und setzte sich in einen mit rotem Knittersamt bezogenen Polstersessel. Mickey, dachte er. Mickey wer? Er wartete. Aus der oberen Etage drang kein Laut zu ihm. Das Feuer knisterte. Er wartete. Immer noch kein Laut von oben.

»Miss Hollis?« rief er wieder.

»In einer Minute bin ich bei Ihnen«, rief sie zurück.

Er hatte mindestens zehn Minuten gewartet, als sie endlich die Treppe mit dem Geländer aus Walnußholz herabkam. Sie trug ein körpernahes, gletscherblaues Etwas, eine breite Schärpe um die Hüfte, Saphirohrringe und hochhackige, zum Kleid passende Pumps. Das blonde Haar war um das blasse Oval ihres Gesichts straff nach hinten gekämmt. Blauer Lidschatten. Kein Lippenstift.

»Sie kommen im ungünstigsten Moment«, sagte sie. »Ich war gerade beim Umziehen.«

»Wer ist Mickey?« fragte er.

»Jemand, den ich kenne. Ich habe gerade angerufen, um zu sagen, daß es später wird. Ich hoffe, es dauert nicht zu lange. Möchten Sie einen Drink?«

Das Angebot überraschte ihn. Man reicht einem Mann nicht seinen Hut, um ihm im selben Augenblick einen Drink anzubieten.

»Sind Sie noch im Dienst?« fragte sie.

»Sozusagen.«

»Um Viertel nach acht?«

»Langer Tag«, erwiderte er.

»Was ist Ihr Lieblingsgift?« fragte sie, und einen Moment glaubte er, sie mache bewußt einen makabren Scherz, doch sie steuerte unbeirrt die Bar auf der anderen Seite des Zimmers an.

»Scotch«, sagte er.

»Aha, er ist bestechlich«, sagte sie und lächelte ihn über die Schulter an. »Etwas dazu?«

»Eis, bitte.«

Er beobachtete sie, während sie Eiswürfel in zwei Gläser gab und für ihn Scotch und sich selbst Gin eingoß. Er beobachtete sie, während sie die Gläser durchs Zimmer trug. Bleiches Pferd, bleicher Reiter, bleich und schön.

»Kommen Sie, setzen wir uns an den Kamin«, sagte sie. »Es ist gemütlicher.« Sie ging auf ein Sofa zu, das mit dem gleichen roten Knittersamt bezogen war. Er stand auf, trat zu dem Sofa, wartete, bis sie saß, und setzte sich dann neben sie. Sie schlug die Beine übereinander. Ein kurzer Blick auf ein nylonglattes Knie, die Andeutung eines Schenkels, dann zog sie sittsam wie eine Nonne das Kleid herunter. Beinahe unbewußt stellte er sich die Frage, warum sie ein Wort wie »gemütlicher« gewählt hatte.

»Mickey wer?« fragte er.

»Maus«, antwortete sie und lächelte wieder.

»Ein *männlicher* Bekannter also.«

»Nein, es war ein Scherz. Mickey ist eine Freundin – wir sind zum Essen verabredet.« Ein Blick auf die Uhr. »Vorausgesetzt, wir sind vor Mitternacht hier fertig. Ich habe ihr gesagt, daß ich sie zurückrufe.«

»Es dauert nicht lange«, versicherte er.

»Also, was ist so dringend?«

»Nicht dringend.«

»Dann eilig?«

»Auch nicht eilig. Nur ein paar Dinge, die mir keine Ruhe lassen.«

»Zum Beispiel?«

»Ihre Freunde.«

»Tom, Dick und Harry?« fragte sie lächelnd.

Sie spielte auf ihre erste, gereizte Unterhaltung an, doch nahm sie es jetzt auf die leichte Schulter und schien bemüht, ihn bei Laune zu halten. Sofort kam ihm der Gedanke, daß sie ihn hinters Licht führte. Und dieser Gedanke führte zu der Annahme, daß sie etwas zu verbergen hatte.

»Ich spreche von der Liste, die Sie uns gegeben haben«, sagte er. »Die Männer, die Sie als enge Freunde betrachten.«

»Ja, das sind sie«, sagte sie.

»Ja, das haben sie mir gesagt.« Und nach einer kurzen Pause: »Genau das läßt mir keine Ruhe.«

»Was genau läßt Ihnen keine Ruhe, Mr. Willis?« Sie veränderte ihre Position auf dem Sofa und strich das Kleid wieder glatt.

»Nelson Riley«, sagte er. »Chip Endicott. Basil Hollander.«

»Ja, ja, ich kenne die Namen.«

Basil Hollander war der Mann, der ihrem Anrufbeantworter anvertraut hatte, daß er Karten für die Philharmonie habe. Seine Antworten an Willis waren Echos dessen, was Nelson Riley und Chip Endicott ihm schon gesagt hatten. Er betrachtete Marilyn Hollis als einen seiner besten Freunde. Großartige Frau. Ein Vergnügen, mit ihr zusammen zu sein. Aber Hollander (der sich auf Marilyns Anrufbeantworter als »Baz« vorgestellt hatte) war ein »Ja-Nein-Nun«-Gesprächspartner, wie ihn die Polizeibeamten auf der ganzen Welt fürchten. Ihm Erläuterungen zu entlocken, war eine Aufgabe wie Zähneziehen.

»Kennen Sie sie schon lange?«

»Ja.«

»Wie lange?«

»Nun . . .«

»Ein Jahr?«

»Nein.«

»Länger?«

»Nein.«

»Zehn Monate?«

»Nein.«

»Weniger als zehn Monate?«

»Ja.«

»Fünf Monate?«

»Nein.«

»Weniger als zehn, aber länger als fünf Monate?«

»Ja.«

»Acht Monate?«

»Ja.«

»Wie gut kennen Sie sie?«

»Nun . . .«

»Schlafen Sie beispielsweise mit ihr?«

»Ja.«

»Regelmäßig?«

»Nein.«

»Häufig?«

»Nein.«

»Gelegentlich?«

»Ja.«

»Kennen Sie jemanden namens Jerry McKennon?«

»Nein.«

Und so weiter.

Es ließ Willis keine Ruhe, daß die Angaben der Männer praktisch identisch waren.

Wenn man die unterschiedlichen Arten der Gesprächsführung berücksichtigte (Hollander hatte beispielsweise die Vernehmung mit einem erstaunlich beredten und lebendigen Exkurs über einen Pianisten unterbrochen, von dem Willis noch nie etwas gehört hatte), wenn man ferner die Unterschiede ihres Lebensstils und ihrer Berufe (Hollander war Steuerberater, Riley Maler, Endicott Anwalt) sowie ihr unterschiedliches Alter in Betracht zog (Endicott war 57, Riley 38, Hollander 42), wenn man all das in Rechnung stellte, blieb Willis dennoch das Gefühl, daß er die erste Unterhaltung mit Marilyn auf Band hätte aufzeichnen können und sich damit die Mühe erspart hätte, mit den drei Männern von der Liste zu sprechen.

Wir sind sehr gute Freunde, hatte die Lady gesagt.

Wir schlafen gelegentlich miteinander.

Wir haben viel Spaß miteinander.

Sie kennen Jerry McKennon nicht.

Sie kennen einander nicht.

Doch drei verschiedene Männer, die einander nicht kannten, hatten ihre Beziehung zu Marilyn Hollis exakt so definiert, wie sie sie beschrieben hatte. Und jeder einzelne hatte ein stichhaltiges Alibi für Sonntagabend und Montagmorgen – während McKennon sich entweder selbst umbrachte oder umgebracht wurde:

Nelson Riley war Sonntagnacht mit der Lady in Vermont gewesen – jedenfalls hatte er das gesagt. Montagmorgen war er immer noch dort und fuhr mit ihr ein letztes Mal die vereisten Hänge hinab, bevor sie die lange Heimfahrt in die Stadt antraten.

Chip Endicott war Sonntagabend bei einem Dinner des Anwaltverbandes gewesen und hatte Montag in aller Frühe am Schreibtisch gesessen.

Hollander hatte Sonntagabend ein Kammerkonzert in der Randall Forbes Hall im Springfield-Center besucht. Montagmorgen um acht, als McKennon vermutlich seine letzten Worte auf das Band eines Anrufbeantworters stammelte, war Hollander in der U-Bahn auf dem Weg zu seiner Arbeit im Steuerberaterbüro von Kiley, Benson, Marx und Rudolph.

Alles gegenwärtig und belegbar.

Doch Willis wurde das Gefühl nicht los, daß er dreimal das gleiche Stück gesehen hatte, in dem drei verschiedene Menschen dieselbe Rolle gespielt und den Text des Autors in ihrem individuellen Bühnenstil vorgetragen hatten.

War Marilyn Hollis der Autor gewesen?

Hatte sie in dem Augenblick, als die Detectives ihr Haus verließen, den Telefonhörer genommen und Nelson, Chip und Baz – den guten, alten, wortkargen Baz darf ich nicht vergessen – informiert: gerade war die Polizei da, und ich hätte es ganz gern, wenn du sagst, daß wir dicke Freunde sind und du niemanden mit Namen Jerry McKennon kennst, und danke schön auch, und ich revanchier' mich mal.

Aber falls es so gewesen war – warum?

Ihr Alibi war wasserdicht.

Doch das waren die anderen auch.

Wenn ihre Aussagen nur nicht so ähnlich geklungen hätten!

Andererseits, vielleicht waren die Beziehungen tatsächlich identisch.

Vielleicht bestimmte Marilyn Hollis den genauen Kurs, den eine »Freundschaft« nahm, und stehe Gott dem armen Teufel bei, der auch nur ein Zollbreit vom vorgeschriebenen Weg abwich.

Vielleicht.

»Erzählen Sie mir mehr von ihnen!« forderte er sie auf.

»Mehr gibt es nicht zu erzählen«, entgegnete sie. »Es sind gute Freunde.« Und dann, plötzlich und unerwartet: »Haben Sie schon einmal jemanden getötet?«

Überrascht sah er sie an. »Wieso fragen Sie das?«

»Reine Neugier.«

Er zögerte einen Moment und sagte dann: »Ja.«

»Was haben Sie dabei empfunden?«

»Ich dachte, *ich* stelle hier die Fragen«, sagte er.

»Ach was, zum Teufel mit den Fragen!« tat sie seinen Einwurf ab. »Ich habe schon mit allen dreien gesprochen, ich weiß genau, was Sie gesagt haben und was meine Freunde gesagt haben. Warum sollen wir das alles noch einmal durchkauen? Sie sind hier, weil Sie von allen die gleiche Geschichte gehört haben – richtig?«

Er zwinkerte.

»Richtig?«

»Nun . . . ja«, gab er zu.

»Jetzt reden Sie wie Baz«, sagte sie lachend. »Ich bete ihn an, er ist ein richtiger Schatz. Ich bete sie alle an; es sind *so* gute Freunde.«

»Das haben sie auch gesagt.«

»Ja, ich weiß, was sie gesagt haben. Und Sie glauben, die drei lügen, ich hätte ihnen souffliert oder sonstwas. Aber warum sollte ich so etwas tun? Und ist es nicht absolut möglich, daß wir exakt so, wie sie es beschrieben haben, zueinander stehen? Als sehr gute Freunde? Wir alle? Jeder für sich?«

»Möglich.«

»Haben *Sie* gute Freunde, Mr. Willis?«

»Ja.«

»Wen?«

»Nun . . .«

»Ach, schon wieder Baz!«

»Ich habe Freunde«, sagte er und dachte zum ersten Mal darüber nach.

»Wen? Cops?«

»Ja.«

»Weibliche Cops?«

»Ein paar.«

»Die Freunde sind?«

»Nun . . . Ich glaube nicht, daß unter den weiblichen Cops, die ich kenne . . . nun . . . jemand das ist, was Sie einen Freund nennen würden.«

»Was denn? Geliebte?«

»Nein, zu den Frauen, mit denen ich mich treffe, gehört kein Cop.«

»Haben Sie *überhaupt* weibliche Freunde? Frauen, die Sie tatsächlich als Freunde bezeichnen?«

»Nun . . .«

»Ihre Baz-Imitation ist sehr gut, Mr. Willis. Muß ich Sie eigentlich Mr. Willis nennen? Wie ist Ihr Vorname?«

»Harold.«

»Nennen Ihre Freunde Sie so?«

»Sie nennen mich Hal.«

»Darf ich Sie Hal nennen?«

»Nun . . .«

»Jetzt hören Sie auf, ich habe ihn nicht *ermordet*! Entspannen Sie sich, ja? Genießen Sie den Scotch, genießen Sie das Kaminfeuer, nennen Sie mich Marilyn – entspannen Sie sich!«

»Nun . . .«

»Hal?« sagte sie.

»Ja?«

»Entspannen Sie sich, Hal.«

»Ich bin ganz entspannt«, sagte er.

»Nein, Sie sind nicht entspannt. Ich weiß, wann ein Mann entspannt ist, und Sie sind nicht entspannt. Sie sind verkrampft. Weil Sie glauben, ich habe Jerry ermordet, und weil Sie sicher sind, daß ich Ihnen deshalb einen Drink und einen Platz an meinem Kamin angeboten habe. Habe ich nicht recht?«

»Nun . . .«

»Wenn Sie mein Freund sein wollen, seien Sie, bitte, aufrichtig zu mir! Ich hasse Lügner. Auch wenn es sich um Cops handelt.«

Jetzt sah er sie mit unverhohlenem Erstaunen an. Er nahm einen raschen Schluck von dem Scotch, und dann – um sich selbst zu vergewissern, daß er ein Cop im Dienst war, der einige ernsthafte Fragen zu stellen hatte – sagte er: »Nun, Sie müssen zugeben, daß es irgendwie komisch war, von drei verschiedenen Männern dieselbe Platte zu hören und . . .«

»Ganz und gar nicht«, unterbrach sie ihn. »Keiner von ihnen versteht sich aufs Lügen, deshalb sind wir ja Freunde. Deshalb verstehen wir uns so gut miteinander, Hal. Beziehungen ohne jedes falsche Getue. Haben Sie jemals in Ihrem Leben eine solche Beziehung gehabt?«

»Nun . . . nein. Ich glaube, nicht.«

»Ihnen entgeht etwas. Möchten Sie noch einen Drink?«

»Ich weiß, Sie haben noch eine Verabredung . . .«

»Sie kann warten«, sagte Marilyn und stand auf. »Das gleiche?«

»Bitte«, sagte Willis und reichte ihr sein Glas.

Er sah ihr nach, als sie zur Bar ging.

»Schauen Sie auf meinen Hintern?« fragte sie.

»Nun . . .«

»Falls ja, dann sagen Sie es ruhig.«

»Nun ja. Bis Sie gefragt haben.«

Sie kam mit dem Drink zurück, reichte ihm das Glas und setzte sich neben ihn. »Erzählen Sie mir von dem Mann, den Sie getötet haben«, sagte sie.

»Es war kein Mann«, sagte Willis.

Er hatte schon lange nicht mehr darüber gesprochen. Und auch jetzt wollte er nicht darüber sprechen.

»Also eine Frau.«

»Nein.«

»Was bleibt dann noch?«

»Vergessen Sie's!« sagte er, trank das Glas fast leer, stand auf und sagte: »Miss Hollis, ich weiß, Sie haben etwas vor, deshalb ist es wohl besser, wenn ich . . .«

»Angst?« fragte sie.

»Nein, nicht besonders.«

»Dann setzen Sie sich.«

»Warum?«

»Weil ich gern mit Ihnen spreche. Und mit Sprechen fängt es zwischen den Menschen an.«

Er blickte sie an. »Was soll das?« fragte er.

»Was *soll* das? Was soll *was*?«

»Ich spaziere hier herein . . .«

»Ja . . .«

»Als wir uns das erste Mal begegnen, speien Sie Feuer . . .«

»Das war das erste Mal.«

»Und jetzt . . .«

»Und jetzt setzen Sie sich und sprechen mit mir.«

»Ihre Freundin erwartet, daß Sie . . .«

»Wen haben Sie getötet?« fragte Marilyn.

Er wandte seinen Blick nicht von ihr.

»Setzen Sie sich«, wiederholte sie. »Bitte!«

Er sagte nichts.

»Lassen Sie mich das auffüllen«, sagte sie und nahm sein nahezu leeres Glas. Er setzte sich nicht. Statt dessen beobachtete er sie, als sie zur Bar ging und zwei Gläser zur Hälfte füllte, eins mit Scotch und das andere mit Gin.

Er wollte nicht darüber sprechen, wen zum Teufel er getötet oder nicht getötet hatte. Statt dessen betrachtete er ihren Hintern. Er hoffte, sie würde nicht noch einmal fragen, ob er ihren Hintern betrachtete, und war erleichtert, als sie es nicht tat. Sie kam zurück, reichte ihm das Glas mit dem Scotch und setzte sich wieder. Erneut nylonglatte Knie. Diesmal zupfte sie nicht an ihrem Kleid. Er setzte sich nicht neben sie.

»Setzen Sie sich«, sagte sie erneut und klopfte auf das Sofa. »Wen haben Sie getötet, Hal?«

»Warum wollen Sie das wissen?«

»Aufrichtigkeit«, erwiderte sie mit einem Achselzucken.

Er zögerte.

»Sagen Sie es mir«, sagte sie.

Das Feuer knisterte und prasselte. Ein Holzscheit verrutschte auf dem Kaminrost.

»Sagen Sie es mir, Hal«, wiederholte sie.

Er atmete tief ein.

»Einen Jungen«, sagte er.

»Was?«

»Er war noch ein Junge.«

»Wie alt?«

»Zwölf.«

»Mein Gott!« sagte sie leise.

»Mit einem Magnum .357 in der Faust.«

»Wann war das?«
»Das ist lange her.«
»Wie lange?«
»Ich war noch ein blutjunger Cop.«
»War er weiß oder schwarz?«
»Schwarz.«
»Was es noch schlimmer machte.«
»Nichts konnte es noch schlimmer machen«, sagte er.
»Ich meinte . . .«

»Ich weiß, was Sie meinten. Ja, sicher, das war es auch . . . aber das war für mich ohne Bedeutung . . . Ich meine, als die Zeitungen schrieben: *Weißer Cop tötet unschuldigen jungen Schwarzen* . . . Er kam von einem Raubzug, er hatte gerade drei Menschen in einem Schnapsladen umgelegt, aber das war es nicht . . . Ich mußte ihn niederschießen, in den nächsten drei Sekunden wäre *ich* dran gewesen. Aber . . . er war zwölf Jahre alt.«

»O Gott«, sagte sie. Es war fast ein Wispern.
»Ja«, sagte er. »So war das.«
»Wie schrecklich für Sie«, sagte Marilyn.
»Ja«, wiederholte er.
Stille.
Er fragte sich, warum er ihr das erzählte.
Aufrichtigkeit, dachte er.

»Seine Mutter . . . seine Mutter kam auf die Polizeiwache«, fuhr er mit leiser Stimme fort. »Und sie . . . sie fragte den Sergeant, wo sie Patrolman Willis finden konnte . . . Damals hießen wir Patrolman, heute nennt man die Blaujacken Police Officer . . . Und ich kam gerade aus der Stadt, wo ich den ganzen Morgen in der Polizeizentrale Fragen beantworten mußte, und der Sergeant sagte, ›Da ist er, Lady‹, ohne zu wissen, daß sie die Mutter des Jungen war, und dann kam sie auf mich zu und . . . und . . . spuckte mir ins Gesicht. Sagte kein Wort. Spuckte mir ins Gesicht und ging wieder hinaus. Ich stand da . . . Ich . . . überall Leute . . . In einem Wachraum ist immer viel los . . . Und ich . . . ich . . . glaube ich . . . ich glaube, ich fing an zu weinen.«

Er zuckte die Achseln.
Und verstummte wieder.
Zwei Schüsse in die Brust, dachte er.
Kam trotzdem immer näher.
Ein dritter Schuß in den Kopf.
Zwischen die Augen.

Danach Fragen. Zwei Hünen vom Morddezernat. Lärm und Konfusion. Ein Typ vom lokalen Fernsehsender versuchte, die Kamera in den Schnapsladen zu bekommen, um ein paar Bilder von dem Blutbad aufzunehmen. Der Besitzer und zwei Frauen, tot auf dem Boden liegend, um sie herum zerbrochene Whiskeyflaschen. Der Junge draußen auf dem Bürgersteig mit zerfetztem Hirn.

Ach, Scheiße, dachte er.

Diese Stadt, dachte er, diese verdammte Scheißstadt!

»Alles in Ordnung?« fragte Marilyn.

»Ja«, sagte er.

»Sie haben Ihren Scotch nicht angerührt.«

»Ja, scheint so.«

Sie hob ihr Glas. »Auf goldene Tage und lila Nächte«, sagte sie und ließ ihr Glas gegen seines klirren.

Er nickte, schwieg.

»Das war der Lieblingstrinkspruch meines Vaters«, sagte sie. »Wie alt sind Sie, Hal?«

»Vierunddreißig«, sagte er.

»Wie alt waren Sie, als das passiert ist?«

Er nahm einen Schluck von seinem Scotch und antwortete dann: »Zweiundzwanzig.« Er schüttelte den Kopf. »Er hatte gerade drei Menschen in dem Schnapsladen umgebracht. Den Besitzer und zwei Frauen.«

»Ich hätte das gleiche wie Sie getan«, sagte Marilyn.

»Tja . . .« sagte Willis mit einem erneuten Achselzucken. »Hätte er doch nur die Pistole weggeworfen . . .«

»Aber das hat er nicht . . .«

»Ich habe ihm *gesagt*, er soll sie wegwerfen. Ich habe ihn gewarnt . . .« Wieder schüttelte er den Kopf. »Er kam weiter auf mich zu . . .«

»Da haben Sie auf ihn geschossen.«

»Ja.«

»Wie oft?«

»Dreimal«, antwortete Willis.

»Das ist oft.«

»Ja.«

Beide verstummten. Willis nippte an seinem Scotch. Marilyn wandte die Augen nicht von ihm.

»Für einen Cop sind Sie klein«, sagte sie.

»Ich weiß. Einszweiundsiebzig.«

»Die meisten Cops sind größer. Vor allem Detectives. Nicht daß ich schon jemals einen Detective kennengelernt hätte. In den Filmen, meine ich. Die meisten sind sehr groß.«

»Tja, die Filme«, sagte Willis.

»Davor haben Sie noch nie jemanden getötet, hm?«

»Nein.«

»Huii!« sagte sie und verstummte für einige Sekunden. Schließlich fragte sie: »Wieviel Uhr ist es?«

Er sah auf die Armbanduhr. »Fast neun«, sagte er.

»Jetzt muß ich Mickey aber anrufen«, sagte sie. »Es tut mir leid, ich will Sie nicht vor die Tür setzen.«

»Schon gut«, erwiderte er. »Ich habe Ihnen genug Zeit gestohlen.«

»Trinken Sie in Ruhe aus«, sagte sie. »Und wenn Sie meinen Rat hören wollen: Verbannen Sie die ganze Sache aus Ihren Gedanken. Wirklich. Sie haben einen Mann getötet, aber so wild ist das nun auch wieder nicht. Verstehen Sie, was ich sagen will?«

Er nickte und sagte nichts.

Er dachte: keinen Mann, einen Jungen.

Er leerte das Glas mit einem Schluck. Er fühlte sich warm und ein wenig benommen. Er stellte das leere Glas auf den Couchtisch.

»Danke für den Drink«, sagte er. »Die Drinks.«

»Und wohin gehen Sie jetzt?«

»Zurück aufs Revier. Die Berichte tippen.«

»Sehe ich Sie wieder?«

Sie saß auf dem Sofa und blickte zu ihm hoch. Blasse Augen, die seinen Blick nicht losließen. Er zögerte.

»Ich habe Jerry nicht umgebracht«, sagte sie.

Augen, die ihn fixierten.

»Rufen Sie mich an!« sagte sie.

Er sagte nichts.

»Rufen Sie an?«

»Wenn Sie es möchten«, entgegnete er.

»Ich möchte es.«

»Dann rufe ich an«, sagte er achselzuckend.

»Ich hole Ihren Mantel«, sagte sie und stand auf. Glatte Knie waren kurz zu sehen.

»Ich finde schon raus«, wehrte er ab. »Ich weiß, Sie haben es eilig.«

»Seien Sie nicht albern!« widersprach sie.

Sie nahm seinen Mantel von der Garderobe und half ihm hinein. Als er an der Tür war, sagte sie: »Vergessen Sie nicht, mich anzurufen.«

»Ich vergesse es nicht«, versicherte er.

Sobald er hinaustrat, traf ihn der heftige Wind, vertrieb den Alkohol und das behagliche Kaminfeuer, stieß ihn zurück in die Wirklichkeit. Er ging zu seinem Auto hinüber. Das Türschloß war zugefroren. Er hielt ein brennendes Streichholz unter den Schlüssel, und schließlich gelang es ihm, die Tür zu öffnen. Er ließ den Motor an und stellte das Gebläse ein. Mit dem Handschuh wischte er über die dünne Eisschicht auf der Windschutzscheibe.

Warum er sich dazu entschloß, im Wagen sitzenzubleiben und das Haus auf der anderen Seite der Straße zu beobachten, wußte er nicht.

Vielleicht war er einfach zu lange Detective.

Zwanzig Minuten später hielt ein schwarzer Mercedes 560 SL vor dem Haus Marilyns. Willis sah, wie die Autotür geöffnet wurde.

Ihre Freundin Mickey! dachte er.

Besser spät als nie.

Mickey – falls es sich um Mickey handelte – verschloß die Tür, ging die wenigen Schritte zu Marilyns Haus, zog einen Handschuh aus und drückte den Klingelknopf.

Einen Moment später drückte Mickey – falls es sich um Mickey handelte – die Haustür auf und ging hinein.

Mickey – falls es sich um Mickey handelte – war ein ein Meter neunzig großer, zwei Zentner schwerer Weißer in einem weiten Waschbärmantel, der ihn noch größer erscheinen ließ.

Aufrichtigkeit, hatte die Lady gesagt.

Scheiße, dachte Willis, notierte sich das Kennzeichen des Mercedes und fuhr zur Wache zurück, um seine Berichte zu tippen.

5

Der April kam in diesem Jahr mit atemberaubender Plötzlichkeit. Vorher war die Stadt geradezu belagert gewesen: Märzstürme, die wie Kriegstrompeten bliesen, rußgeschwärzter Schnee auf der Erde, von Marschkolonnen festgetrampelt, ein Schießpulverhimmel, den kein Sonnenstrahl aufhellte. Die Bürger, in unförmige Kleidungsstücke gestopft, hasteten mürrisch und mit verhärmten Gesichtern durch die Straßen. Die Kälte war ein Gegner, der ohne Unterlaß angriff, und die Menschen, ohnehin nicht gerade als aufgeschlossen und zugänglich bekannt, verkrochen sich noch weiter nach innen. Willis verachtete die Kälte. Er fühlte sich körperlos in Zeit und Raum, als Opfer eines unerbittlichen Feinds, der angriff, ohne dazu provoziert worden zu sein, fest entschlossen, die Stadt dem Erdboden gleichzumachen und ihre Toten zu verschlingen. Rettung schien nur ein ferner Traum. Die Wetterpropheten verhießen ständig Warmfronten aus Richtung Georgia, aber die Warmfronten wurden nie Realität. Das trübe Grau des März währte Tag für Tag, die Kälte, ein durchdringender, erbarmungsloser, rachsüchtiger Gegner, beharrte auf nichts als demütiger Kapitulation.

Doch urplötzlich war es April.

Vom Alten Deich her wehten unerwartet sanfte Brisen. Köpfe, die vom Feind zu lange gebeugt worden waren, hoben sich zögernd zum aufklarenden Himmel; gefühllose Nasen sogen mißtrauisch die sich aufwärmende Luft ein; wäßrige Augen blinzelten überrascht und ungläubig. Die Mäntel wurden abgestreift. In der Stadt, die aus lauter Fremden zu bestehen schien, lächelten Fremde sich auf der Straße an. Am Rande der Innenstadt, an den Steinmauern, die den Grover Park umfaßten, ließen die Forsythiensträucher und Kornelkirschen scheu und zögernd gelbe und rosa Blüten über den schmutzigen, dahinschmelzenden Schneeflecken sprießen.

Endlich war es April.

Und im April, zwei Tage nach Ostern, tauchte im zwölften Polizeirevier eine Leiche auf.

Der Nachbar des Toten beklagte sich beim Hausverwalter, daß es so roch, als backe in Appartement 401 jemand Pasteten aus Menschenfleisch. Die Cops vom Notruf 911, die sich der Sache annahmen, erkannten sofort den Gestank verwesenden Fleischs. Sie verfluchten die milde Witterung und entrollten einen Leichensack, bevor sie einen Fuß in das Appartement setzten.

Der Tote wurde als Basil Hollander, Steuerberater bei der Firma Kiley, Benson, Marx und Rudolph, identifiziert.

Die Detectives vom 12. Revier, die in dem Fall ermittelten, hießen Sam Kaufman und Jimmy Larkin. Keiner von beiden wußte, daß zwei Detectives weiter im Norden der Stadt in einem Fall von Vergiftung ermittelten. Keiner von beiden wußte, daß es Carella und Willis überhaupt gab. Die beiden Detectives vom Morddezernat, die – wie es Vorschrift war – auf der Szene erschienen, hießen Mastroiani und Manzini. Sie arbeiteten beim Morddezernat West und kannten Monoghan und Monroe, die fürs Morddezernat Ost arbeiteten, nur flüchtig.

Monoghan und Monroe hatten die meisten Berichte des 87. Reviers über den Fall McKennon gelesen und wußten vermutlich, daß sich unter den Vernommenen ein Steuerberater namens Basil Hollander befand. Aber mit dem Fall im Zwölften hatten sie nichts zu tun; die Stadt ist groß. Womöglich hätten sie nicht einmal eine Verbindung erkannt, wären sie bei dem Fall hinzugezogen worden, aber das konnte ohnehin nicht geschehen – die Polizeibehörden wachen über ihre geographische Zuständigkeit ebenso eifersüchtig wie über ihren untadeligen Ruf. Monoghan und Monroe jedenfalls waren zwei vielbeschäftigte Cops, die sich eine Menge schmutzige Witze zu erzählen hatten.

Deshalb las Willis erst am nächsten Tag, dem 1. April, zufällig etwas über die Leiche.

Bis dahin war er damit beschäftigt gewesen, einen Zugriff auf den schwarzen Mercedes zu bekommen, der am 24. März vor Marilyn Hollis' Stadthaus vorgefahren war und einen hünenhaften Waschbären an ihrer Türschwelle ausgeladen hatte. Eine Anfrage bei der Zulassungsstelle hatte ergeben, daß das Kennzeichen zu einem neuen Mercedes-Modell gehörte, als dessen Besitzer der Präsident einer Modefirma namens Lily Fashions, Inc. mit Sitz an der Burke Street registriert war. Der Name des Präsidenten lautete Abraham Lilienthal, daher (vermutete die Zulassungsstelle) das »Lily« im Firmennamen.

Ein Anruf bei Mr. Lilienthal ergab, daß sein Wagen in der Nacht zum 23. März gestohlen worden und seines Wissens noch nicht wiedergefunden war. Rief Willis an, weil man ihn gefunden hatte? Willis fragte Lilienthal, ob er jemals Mickey genannt worden war. »Was?« entfuhr es Lilienthal. »Mickey? Wollen Sie mich auf den Arm nehmen?«

Der folgende Anruf bei der Abteilung Autodiebstahl informierte Willis darüber, daß der Wagen vor einer Homosexuellen-Bar im Quarter geklaut worden war. Lilienthal hatte behauptet, in einer Wohnung über der Bar gewesen zu sein; er habe einen Freund besucht, der so normal wie ein Methodistenpriester sei. Jedenfalls traf zu, daß der Wagen nicht wieder aufgetaucht war. Der Detective beim Autodiebstahl war der Meinung, daß der Mercedes mittlerweile längst in einer Autoschlachterei gewesen wäre und seine Einzelteile kreuz und quer über die Vereinigten Staaten verkauft würden.

Als Willis ihn darüber aufklärte, daß er den Wagen erst kürzlich, nämlich Dienstag abend, gesehen hätte, entgegnete der Detective vom Autodiebstahl: »Das war letzten Dienstag, Kollege. Heute ist Mittwoch.« Trotzdem sagte Willis, der Wagen sei möglicherweise von einem Mann namens Mickey gefahren worden, der einen Waschbärmantel trug. In Willis' Ohren klang es nach Ironie, als der Detective vom Autodiebstahl erwiderte: »Fantastisch. Ich seh' unsere Täterliste mal nach Waschbären durch«, und einhängte.

Jetzt sah es so aus, daß Marilyns angebliche Freundin entweder ein Autodieb war oder jemanden kannte, der Autos stahl. Willis wollte Marilyn anrufen. Nicht etwa, um besser Freund mit ihr zu werden, sondern weil es schien, daß sie noch ein paar Fragen mehr beantworten müßte. Doch dann sah er die Meldung über Basil Hollander und rief statt dessen das 12. Revier an.

James Larkin, Detective Ersten Grades, war ein stämmiger Mann von Mitte Fünfzig; sein rotes Haar färbte sich allmählich grau, die blauen Augen waren beinahe ausgebrannt. Er trug ein Schulterhalfter, eine ausgebeulte blaue Hose, braune Schuhe und ein weißes Hemd mit aufgekrempelten Ärmeln. Seine Jacke hing über die Stuhllehne. Er schien erleichtert, daß Willis ihn angerufen hatte.

»Wenn er Ihnen gehört, dann nehmen Sie ihn«, sagte er ins Telefon.

»Noch weiß ich ja nicht, ob die beiden Fälle miteinander zu tun haben«, entgegnete Willis.

»Selbst wenn sie nichts miteinander zu tun haben, können Sie ihn haben«, sagte Larkin.

»War es Gift?« fragte Willis.

»Messer«, antwortete Larkin.

»Wann?«

»Der Doc meint, irgendwann Sonntag abend.«

»Das wäre dann . . .«

»Ostersonntag. Wir sind erst gestern drauf gestoßen. Der Nachbar hat den Hausmeister über den Gestank informiert, der Hausmeister hat 911 angerufen. Die Wohnungstür war nicht verschlossen, sie sind einfach reinspaziert. Die Leiche lag im Wohnzimmer, vollständig bekleidet, die Kehle aufgeschlitzt.«

»Was für ein Schloß hatte die Tür?«

»Schnappriegel. Kinderkram.«

»Irgendwelche Sicherheitsvorkehrungen im Haus?«

»Nichts. Wieso glauben Sie, daß er Ihnen gehört?«

»Mein Mann kannte eine Lady, die Ihr Mann auch kannte.«

»Trägt die Lady ein Messer mit sich rum?«

»Weiß ich nicht.«

»Was wollen Sie also tun, Willis? Sie können ihn herzlich gern übernehmen, glauben Sie mir. Aber wenn es wie beim Pingpong zwischen den Revieren hin und her geht, laden wir uns mehr Ärger auf, als wir sowieso schon haben.«

»Wie weit sind Sie in dem Fall?«

»Wie schon gesagt, wir haben ihn erst gestern gefunden. Das Appartementhaus und die Nachbarschaft haben wir abgeklappert, und wir haben einen mündlichen Vorabbericht vom Polizeiarzt. Todesursache war Durchtrennung der Halsschlagader mit einem äußerst scharfen Gegenstand. Die Todeszeit habe ich Ihnen schon gesagt.«

»Irgendwelche Fingerabdrücke im Appartement?«

»Nur die des Opfers.«

»Anzeichen für gewaltsamen Einbruch?«

»Wie gesagt, ein Spielzeugschloß. Könnte mit 'ner Plastikkarte geknackt worden sein, aber wer weiß das schon? Vielleicht kannte er den Mörder und hat ihn eingelassen.«

»Irgendwelche Anzeichen für einen geselligen Besuch?«

»Was, zum Beispiel?«

»Gläser auf dem Couchtisch, Erdnüsse in einer Schale ... irgendwas.«

»Suchen Sie nach Lippenstiftflecken?«

»Ich suche eine Chance, den Fuß in die Tür zu bekommen.«

»Tun wir das nicht alle?« fragte Larkin rhetorisch. »Für mich sieht es so aus, daß der Mann ein Buch las und eine Tasse Kaffee trank, als der Mörder kam. Wir haben die Kaffeetasse auf einem Beistelltisch neben der Couch gefunden, das Buch auf dem Boden.«

»Sah es so aus, als wäre es runtergefallen?«

»Sah so aus, als läge es auf dem Boden«, entgegnete Larkin.

»Sie meinen also, er wäre beim Lesen überrascht worden.«

»Noch meine ich gar nichts.«

»Wo war die Leiche? Auf der Couch oder ...«

»Auf dem Boden vor der Couch. Ging in Verwesung über. Ostersonntag war es noch kalt gewesen, der Hausmeister hatte die Heizung noch in Betrieb. Dann brach plötzlich das Tropenwetter aus, deshalb fing sie schnell zu riechen an.«

»Hat irgend jemand im Haus etwas gehört oder gesehen?«

»Taub, stumm und blind«, erwiderte Larkin müde. »Wie immer.«

»Haben Sie schon mit seinen Kollegen in der Firma gesprochen?«

»Damit wollten wir heute anfangen. Also, wie geht's weiter, Willis? Wollen Sie ihn oder nicht? Falls ja, muß ich mit dem Lieutenant sprechen.«

»Ich nehme an, er könnte zu unserem Fall gehören«, sagte Willis und seufzte.

»Gut«, sagte Larkin.

»Können Sie uns die Berichte rüberschicken?«

»Ich lasse sie kopieren und stecke sie in die Dienstpost. Um elf ist bei uns Auslieferung.«

Zehn Minuten nach elf am Vormittag dieses Mittwochs, dem 1. April, läutete Steve Carella an der Tür von Appartement 12 A in einem Haus an der Front Street mitten in Isola. Er wurde erwartet, und die Tür wurde praktisch sofort geöffnet. Der Mann, der im Türrahmen stand, war knapp einsachtundsiebzig und mochte um die 73 Kilo wiegen. Hinter den dunkelgefaßten Brillengläsern funkelten freundliche blaue Augen. Er hatte rotblondes Haar, einen Oberlippenbart gleicher Farbe und ein herzliches Lächeln aufgesetzt. Unter der karierten Sportjacke trug er ein blaues Hemd, das am Hals aufgeknöpft war. Carella schätzte ihn auf Anfang Vierzig.

»Dr. Ellsworth?« meinte er fragend.

»Detective Carella? Kommen Sie bitte herein.«

Carella folgte ihm in einen Wohnraum, der gewagt, aber äußerst gelungen mit einer Mischung aus modernen und antiken Stücken möbliert war. Ein mit kunstvollen Schnitzarbeiten verziertes Brittany-Büfett stand an der Wand, gegenüber davon eine Gruppe von Sitzelementen. Über den Sofas hing ein impressionistisches Gemälde mit wilden Rottönen. Auf einer anderen Wand hing etwas, das wie ein Rembrandt aussah, aber sicher keiner war. Weiter fanden sich zwei Saarinen-Ledersessel und ein mit grünem Brokat bezogener Stuhl, der viktorianisch aussah und eine gerade Rückenlehne aufwies.

»Tut mir leid, daß Sie quer durch die Stadt mußten«, sagte Ellsworth. »Mittwoch ist mein freier Tag.«

Mittwoch war wohl ein schlechter Tag für Zahnschmerzen, dachte Carella. Die meisten Zahnärzte dieser Stadt hatten mittwochs frei.

»Kein Problem«, sagte er. »Ihre Privatnummer stand ja direkt unter der Nummer Ihrer Praxis.«

»Trotzdem«, meinte Ellsworth und lächelte entschuldigend. »Kann ich Ihnen eine Tasse Kaffee bringen?«

»Nein, danke«, lehnte Carella ab.

»So«, sagte Ellsworth, »Sie kommen wegen McKennon.«

»Ja.«

»Was möchten Sie gern wissen?«

»Nach seinem Terminkalender war er am siebten März bei Ihnen . . .«

»Ja?«

». . . und zwar um elf . . .«

»Mhmm.«

»... und am vierzehnten, wieder um dieselbe Zeit ...«

»Mhmm.«

»... und er hatte einen weiteren Termin am letzten Samstag, dem achtundzwanzigsten. Doch den hat er, natürlich, nicht mehr wahrgenommen.«

Ellsworth seufzte laut. »Nein«, sagte er und schüttelte bekümmert den Kopf.

»Aber die anderen Termine hat er wahrgenommen, oder?«

»Ich nehme es an. Ich habe meinen Terminkalender nicht hier, aber ...«

»Hat er seine Termine gewöhnlich wahrgenommen?«

»O ja.«

»War er schon lange Patient bei Ihnen?«

»Seit Januar«, antwortete Ellsworth.

»Was für ein Mensch war er?«

»Ich kannte ihn natürlich nur beruflich ...«

»Natürlich.«

»Aber er schien mir immer ausgesprochen aufgeschlossen und freundlich. Wissen Sie, die meisten Leute, die zu einem Zahnarzt in die Praxis kommen, erwarten nicht unbedingt ein angenehmes Erlebnis. Ich fürchte, Zahnärzte haben über die Jahre keine sonderlich gute Presse gehabt. Als *Der Marathon-Mann* lief ... Haben Sie den Film gesehen?«

»Nein«, sagte Carella.

»Nun, Laurence Olivier spielt einen Exnazi, der mit Dustin Hoffmans Zähnen ganz schreckliche Dinge anstellt, während dieser gefesselt auf einem Zahnarztstuhl sitzt. Und in jüngster Zeit ... Haben Sie *Compromising Positions* gesehen? Oder das Buch gelesen?«

»Nein, tut mir leid.«

»Es geht um einen Zahnarzt, einen ausgesprochenen Schürzenjäger, der umgebracht wird. Sie haben ja keine Vorstellung, unter was für Witzen ich seitdem zu leiden habe. Sogar von meiner eigenen Frau! Na, Darling, wieder rasch in die Praxis? Unterschwellig wird damit angedeutet, daß ein Zahnarzt, sobald der *Mund* einer Patientin auf ist ...« Traurig schüttelte er den Kopf. »Jedenfalls halten nur wenige Menschen Zahnärzte für, sagen wir mal, angenehme Zeitgenossen. Mögen Sie *Ihren* Zahnarzt?«

»Tja ...«

»Natürlich nicht. Wir sind immer die Bösen.« Wieder schüttelte

Ellsworth den Kopf. »Dabei versuchen wir doch nichts anderes, als ... Ach was, lassen wir's. Ich hatte nicht vor, eine Predigt über den Zahnarzt als den edlen Ritter zu halten. Nein, nein, ich wollte nur erklären, daß Jerry McKennon nie das Gefühl hatte, in meiner Praxis *gefoltert* zu werden. Jerry hat mir sogar einige der besten Witze, die ich kenne, erzählt. Und dabei keinen einzigen Zahnarztwitz.«

»Gibt es viele Zahnarztwitze?« fragte Carella.

»Ach, *bitte*«, meinte Ellsworth gequält.

Carella fiel kein einziger Zahnarztwitz ein.

»Worauf ich hinaus will: Er war, jedenfalls bis in jüngster Zeit, in meiner Praxis immer vergnügt, zu Scherzen aufgelegt und völlig entspannt.«

»Wenn Sie sagen, ›bis in jüngster Zeit‹ ...«

»Nun, er ...« Ellsworth schüttelte den Kopf. »Mag sein, daß es an der speziellen Arbeit lag, ich weiß es nicht. Manche Leute hören das Wort ›Wurzelkanal‹ und stellen sich vor, wie sich der Zahnarzt durch Panama oder Suez gräbt. In Wirklichkeit ist es eine ganz normale Prozedur. Wir entfernen den toten Nerv, säubern und verschließen den Kanal und setzen eine Kappe auf den Zahn.«

»Ging es bei den letzten Terminen um so etwas? Arbeiten am Wurzelkanal?«

»Ja. Welche Daten haben Sie mir noch genannt? Ich weiß, daß er ein paarmal im Februar in der Praxis war ...«

»Ich habe nur die Daten für den März«, sagte Carella.

»Irgendwann Anfang des Monats, nicht?«

»Ja, einer der Termine war am siebten.«

»Genau, es muß um diese Zeit gewesen sein. Während der Februarbesuche habe ich den Nerv entfernt, den Wurzelkanal erweitert, eine Einlage gemacht und so weiter. Im März ...«

»Eine Einlage?«

»Den Kanal verschlossen. Es muß bei dem Besuch am siebten März gewesen sein, daß ich ihm eine vorläufige Krone angepaßt habe. Und etwa eine Woche später ...«

»Ja, am vierzehnten ...«

»Aha, haben Sie dieses Datum? An dem Tag muß es gewesen sein. Ich habe einen Abdruck des Zahns gemacht – eine Form, wissen Sie, für die endgültige Krone – und die vorläufige Krone wieder befestigt. Ich erwartete, die Jacketkrone einige Wochen später zu haben ...«

»Das wäre dann der achtundzwanzigste ...«

»Ja, das kommt hin.«

»Der Termin, den er nicht mehr wahrgenommen hat.«

»Ja.« Erneut schüttelte Ellsworth den Kopf. »Wissen Sie ... ich hätte damit rechnen müssen, daß so etwas kommt.«

»Wie meinen Sie das?«

»Die meisten Menschen sehen Zahnärzte nicht als *Mediziner*, wissen Sie, aber wir studieren die gleichen medizinischen und naturwissenschaftlichen Fächer wie andere Ärzte. Menschliche Anatomie, Biochemie, Bakteriologie, Histologie, Pharmakologie, Pathologie ... Das alles gehört zu unserer Ausbildung. Und wenn ein von Grund auf heiterer Mensch plötzlich hereinkommt und so ... so trübsinnig wirkt ... Ich hätte wohl ein psychologisches Problem annehmen sollen.«

»Er machte also einen bedrückten Eindruck auf Sie?«

»Ja, eindeutig.«

»Deprimiert?«

»Das ist wohl nur ein anderer Begriff für ›bedrückt‹, nicht?«

»Hat er einen Grund erwähnt?«

»Nein.«

»Keine Andeutung ...«

»Nein.«

»... nicht einmal indirekt ...«

»Nein.«

»... auf die Ursache seiner möglichen Probleme?«

»Nein.«

»Dann waren Sie wohl nicht sonderlich überrascht«, sagte Carella.

»Wovon?«

»Von seinem Tod. Mittels Gift.«

»Meinen Sie, ich hielt ihn für selbstmordgefährdet?«

»Hielten Sie ihn dafür?«

»Nein, ich wäre nie auf den Gedanken gekommen, daß er sich das Leben nimmt. Nie. In dieser Hinsicht war ich *äußerst* überrascht. Als ich davon hörte ... Mein Gott, was für ein Schock! Ein Patient, der Gift nimmt? Und ... um Ihnen die Wahrheit zu sagen, Detective Carella ... ich fühlte mich schuldig.«

»Schuldig?«

»Ja. Weil ich *nicht* aufmerksamer war; weil ich *nicht* vermutete, daß seine Depression ernsthafter Natur war; weil ich ... ja, weil ich seinen Selbstmord *nicht* voraussah.« Er schüttelte den Kopf. »Wir nehmen viele Dinge einfach als gegeben, wissen Sie, und dann entgehen uns die wichtigen Zeichen.«

»Ja«, sagte Carella, nickte und schaute wieder in seine Notizen.

»Hat er jemals einen der folgenden Namen erwähnt?« fragte er. »Marilyn Hollis?«

»Nein.«

»Nelson Riley?«

»Nein, tut mir leid.«

»Charles Endicott? Oder Chip?«

»Nein.«

»Basil Hollander?«

»Nein.«

Carella klappte den Notizblock zu.

»Dr. Ellsworth«, sagte er, »vielen Dank für Ihre Auskünfte. Tut mir leid, daß ich Sie an Ihrem freien Tag belästigen mußte.« Er stand auf, zog seine Brieftasche aus der Jacke und reichte Dr. Ellsworth eine Karte. »Hier können Sie mich erreichen«, sagte er. »Falls Ihnen noch etwas einfallen sollte, was McKennon zu Ihnen gesagt hat – alles, was im Zusammenhang mit seinem Tod stehen könnte –, würde ich Sie um einen Anruf bitten.«

»Das versteht sich von selbst«, sagte Ellsworth.

»Nochmals vielen Dank. Wenn ich einmal einen guten Zahnarzt brauche ...«

»... dann gehen Sie nicht zu Laurence Olivier«, sagte Ellsworth lächelnd.

Die schriftlichen Berichte und Protokolle vom 12. Revier kamen kurz nach ein Uhr mit dem Polizeiboten. Sie wiederholten im wesentlichen das, was Willis schon am Telefon von Larkin erfahren hatte, aber sie enthielten zudem den genauen Zeitpunkt von Hollanders Heimkehr am Ostersonntag. Ein Nachbar war gegen halb acht Uhr abends im Aufzug nach oben gefahren, im vierten Stock war Hollander ausgestiegen. Der Polizeiarzt hatte – angesichts von Unwägbarkeiten wie der wechselnden Temperatur in dem Appartement und der Tatsache, daß die Leiche auf einem Wärme absorbierenden Teppich gelegen hatte – den Eintritt des Todes vage in der Zeit zwischen Sonntagabend und dem frühen Montagmorgen angesiedelt. Jedenfalls war er um halb acht noch am Leben gewesen und hatte wahrscheinlich den Korridor zum Appartement 401 benutzt. Willis fragte sich, was Marilyn Hollis am Sonntag nach halb acht getan haben mochte.

Seit dem gemeinsamen Dienstbeginn morgens im Revier hatte er Carella nicht mehr gesehen. Carella wußte noch nicht, daß sie eine

Leiche vom 12. Revier geerbt hatten. Ebensowenig war Lieutenant Byrnes unterrichtet. Willis betrat sein Büro und sagte es ihm jetzt.

»Sind Sie wahnsinnig?« reagierte Byrnes.

Die Fenster in seinem Büro waren weit geöffnet, um die milde Aprilluft hereinzulassen. Er saß in Hemdsärmeln hinter einem Stapel Papier, der sich auf seinem Schreibtisch türmte – kurzgeschnittenes, eisengraues Haar, kalte, blaue Augen, die sich jetzt vor Erstaunen weit öffneten. Willis hatte das Gefühl, der Lieutenant würde über den Papierturm hechten und ihm an die Kehle gehen.

»Wieso zum Teufel haben Sie . . .?«

»Die Fälle müssen zusammenhängen«, sagte Willis ruhig. »Es handelt sich um das zweite Opfer mit engen Beziehungen zu einer Frau namens Marilyn Hollis.«

»Wollen Sie sagen, die Frau hat die beiden umgebracht?«

»Ach was, Pete. Wie könnte ich so etwas sagen?«

»Was wollen Sie denn sagen? Wir haben eine ganze Wagenladung von Fällen, die uns bis *nächste* Ostern beschäftigen . . .«

»Und was soll ich Ihrer Meinung nach tun?« Willis argumentierte zurückhaltend, schließlich sprach er mit dem Boss. »Larkin *unseren* Fall geben?«

»Wer zum Teufel ist Larkin?« wollte Byrnes wissen.

»Das Zwölfte«, klärte Willis ihn auf. »Soll ich ihn abgeben?«

»Ich will, daß Sie es das nächste Mal mit mir abklären, bevor Sie losziehen und sich die Hälfte der Mordfälle in dieser Stadt aufhalsen!«

»Ich hätte es vorher abklären sollen, da haben Sie recht.«

»Das hätten Sie allerdings. Wer kümmert sich um den Rapport über die Abtretung des Falls?«

»Das macht Larkin.«

»Gott sei Dank! Wir laden alles auf Miscolos Schreibtisch ab und . . .«

»Nein, das erledigt das Zwölfte.«

»Sind Sie sicher, daß Larkin es nicht verpfuscht? Wenn mich das Präsidium deswegen unter Beschuß nimmt, werde ich . . .«

»Er ist ein erfahrener Cop, Pete. Larkin macht das schon, keine Sorge. Er ist froh, die Sache loszuwerden.«

»Das ist er ganz bestimmt«, sagte Byrnes.

Bei Kaffee und Sandwiches in einer billigen Kneipe um die Ecke vom Revier informierte Willis Carella über die neue Entwicklung.

»Aha, ein Messer«, sagte Carella.

»Jedenfalls ein scharfer Gegenstand«, schränkte Willis ein.
»Aber kein Gift.«
»Eindeutig kein Gift.«
»Kapierst du das? Da macht sich der Täter alle Mühe, einen komplizierten Mord in Szene zu setzen . . .«
»Es *muß* Mord sein, glaubst du nicht auch?« unterbrach Willis ihn. »Ich meine, wenn es vorher noch Zweifel gab, haben wir jetzt ein zweites Opfer, und der Mann gehört ebenfalls zu Marilyn Hollis' Freundeskreis. Die Fälle müssen zusammenhängen.«
»Ja, klar«, bejahte Carella. »Aber genau das ist es. Jemand benutzt Nikotin, ein tödliches Gift, das innerhalb von Minuten wirkt. Okay, ich muß mich fragen, *warum.* Weil er will, daß wir auf Selbstmord tippen. Richtig? Er will, daß wir es als Selbstmord abtun. Aber dann dreht er sich um und schlitzt jemanden auf. Primitive Sache, Hal, Täter und Opfer und sonst nichts. Kein Versuch, die Tatsache zu verschleiern, daß es Mord war. Also: Wieso beim ersten Mal eine hochraffinierte Geschichte und dann ein Mord aus der Gosse? *Das* kapiere ich nicht.«
»Ja, genau das ist der Haken«, sagte Willis.
Beide Männer schwiegen einige Sekunden.
»Glaubst du, die Hollis steckt dahinter?« fragte Carella.
»Vielleicht. Aber wenn sie ihre Spielkameraden einen nach dem anderen abserviert . . .«
»Oder jemanden hat, der das für sie erledigt . . .«
»Warum gibt sie uns dann die Liste? Damit lädt sie sich den Ärger doch direkt ins Haus.«
»Allerdings«, sagte Carella.
Erneut schwiegen beide Männer.
»Weiß sie, daß es Hollander erwischt hat?« fragte Carella.
»Ich habe noch nicht mit ihr gesprochen.«
»Dann sollten wir das tun. Sofort.«
»Laß mich das machen«, sagte Willis.
Carella blickte ihn an.
»Allein«, sagte Willis.
Carella blickte ihn immer noch an.
»Sie ist auf meine Freundschaft aus«, sagte Willis und lächelte.

6

Sie war in Tränen aufgelöst, als Willis anrief.

»Ich habe gerade die Sache mit dem armen Baz gelesen«, sagte sie.

»Wann kann ich Sie aufsuchen?« fragte er.

»Sie können sofort kommen«, sagte sie.

Er hatte kaum den Klingelknopf gedrückt, da summte auch schon der Türöffner. Sie fragte nicht einmal, wer er war. Und sofort, als er die Diele betrat, summte es auch an der Wohnungstür. Er betrat den Wohnraum. Leer.

»Miss Hollis?« sagte er, dann fiel ihm ein, daß sie ihn gebeten hatte, sie Marilyn zu nennen. »Marilyn?« sagte er und kam sich albern vor.

›Ihre Stimme kam von irgendwo oben.

»Kommen Sie bitte hoch«, sagte sie.

Eine breite Treppe führte zu den oberen Stockwerken. Teppichbelegte Stufen, poliertes Geländer aus Walnußholz. In der ersten Etage ein Eßraum mit Spiegelwänden und einem Tisch, an dem zwölf Personen bequem Platz fanden; eine geräumige Küche mit Geräten aus rostfreiem Stahl; und ein Zimmer, dessen Tür leicht angelehnt war und in dem sich ein Rollschreibtisch, Bücherregale und ein Sessel mit einer Tiffany-Lampe dahinter befanden.

»Marilyn?« sagte er wieder.

»Hier oben«, antwortete sie.

»Hier oben« war ein Schlafzimmer. Holzgetäfelt wie das übrige Haus. Ein Himmelbett. Antike Kommoden an zwei Wänden. Ein kunstvoller, messinggerahmter Spiegel in Wandhöhe gegenüber dem Bett. Noch eine Tiffany-Lampe. Perserteppiche auf dem Parkettfußboden. Ein kleines, zweisitziges Sofa, mit königsblauem Samt bezogen. Auf der Fensterwand, die zur Straße wies, Samtvorhänge, passend zu dem Sofa. Auf dem Sofa . . . Marilyn.

Sie trug Bluejeans und darüber ein Männerhemd, die Ärmel bis zu den Ellbogen aufgerollt. Sie war barfuß. Kleines, verirrtes Mädchen. Ihre Augen, geschwollen und gerötet, bezeugten die Echtheit ihrer Telefontränen.

»Ich habe ihn nicht umgebracht«, sagte sie ohne Einleitung.

»Wer behauptet, Sie hätten es getan?«

Ihm war bewußt, daß sie ihn sofort in die Defensive gedrängt hatte. Rauhbeiniger Polizist, der hereinspaziert und Beschuldigungen erhebt.

»Warum sonst sind Sie hier?« fragte sie. »Ich habe Sie gebeten anzurufen, aber Sie haben es nicht getan. Jetzt ist Baz tot . . .«

»Das ist einer der Gründe für meinen Besuch, ja«, sagte er.

»Und der andere?«

»Ich wollte Sie wiedersehen«, antwortete er und fragte sich im stillen, ob er log.

Sie blickte zu ihm hoch. Er stand einen Meter vor ihr. Ihre blaßblauen, durchdringenden Augen suchten in seinem Gesicht und schienen sich in seinen Schädel zu bohren, um in jedem Winkel seines Gehirns der Wahrheit nachzuspüren. Aufrichtigkeit, hatte sie gesagt. Vielleicht lag ihr wirklich so viel daran. Aber warum dann die Lüge über Mickey im Waschbärmantel?

»Fangen wir mit dem armen Baz an, okay?« sagte er.

Er mußte aufpassen, daß er nicht zu sarkastisch wurde. Es war zwecklos, *sie* in die Defensive zu drängen.

»In der Zeitung steht, er wurde erstochen«, sagte Marilyn. »Stimmt das?«

Was, falls sie ihn umgebracht hatte, eine sehr schlaue Frage war.

»Ja«, sagte er.

Die angemessene Antwort, mochte sie nun die Täterin sein oder nicht. Aber irgendwie mißfiel es ihm, Detektiv mit ihr zu spielen. Warum eigentlich? fragte er sich.

»Mit einem Messer?«

Wieder eine schlaue Frage. Der Polizeiarzt hatte nur »ein scharfer Gegenstand« gesagt. Das konnte natürlich ein Messer sein, aber ebensogut jedes andere Instrument, das durch Haut und Gewebe schneiden konnte. Die meisten Bürger dachten – anders als Polizeibeamte – automatisch an ein Messer, wenn sie »erstochen« hörten. Warum hatte sie ihn also gefragt, ob es sich bei der Waffe um ein Messer handelte? War sie der Täter? Und hatte sie etwas anderes als ein Messer verwendet?

Er versuchte es mit einem Trick.

»Ja«, sagte er, »mit einem Messer«, und beobachtete ihre Augen.

In ihnen war nichts zu erkennen.

Sie nickte.

Schweigend.

Das war alles.

»Wo waren Sie Ostersonntag?« fragte er.

»Es geht also wieder los«, seufzte sie.

»Tut mir leid. Ich muß das fragen.«

»Ich war mit Chip zusammen.«

»Endicott?«

»Ja.«

Der Anwalt, der Willis eine Vorlesung über Freundschaft zwischen Mann und Frau gehalten hatte.

»Von wann bis wann?« fragte er.

»Sie glauben wirklich, daß ich Baz umgebracht habe.«

»Ich bin ein Cop, der seine Arbeit tut«, sagte Willis.

»Ich dachte, wir wären auf dem besten Weg, Freunde zu werden«, erwiderte sie. »Sie haben gesagt, Sie seien hier, weil Sie mich wiedersehen wollten.«

»Ich sagte, das wäre einer der Gründe.«

Sie seufzte.

»Also gut«, sagte sie. »Er hat mich um sieben hier abgeholt.«

»Wo waren Sie um halb acht?«

Die Zeit, zu der ein Nachbar Basil Hollander im Aufzug des Hauses an der Addison Street gesehen hatte.

»Beim Essen«, antwortete sie.

»Wo?«

»In einem Steakhaus. Es heißt Fat City.«

»Wo?«

»Ecke King/Melbourne.«

Ganz weit oben im Norden der Stadt. Das 86.? Er war sich ziemlich sicher, King und Melbourne lagen im 86., ein gutes Stück vom Zwölften entfernt.

»Wann haben Sie das Restaurant verlassen?«

»Etwa um neun.«

»Wohin?«

»Zu Chips Wohung.«

»Wann haben Sie seine Wohnung verlassen?«

»Etwa um acht am nächsten Morgen.«

»Sie haben die Nacht mit Mr. Endicott verbracht?«

»Ja.«

Irgendwie wurmte ihn das.

»Ich bin sicher, er wird das bestätigen«, sagte er.

»Das wird er sicher«, sagte Marilyn.

Der Polizeiarzt sagte, Hollander sei zwischen dem späten Sonntagabend und dem frühen Montagabend getötet worden. Nach Marilyns Aussage (die Endicott bestimmt bestätigen würde, wenn er ihn vernahm) waren sie von Sonntagabend um neun bis Montagmorgen um acht in seiner Wohnung zusammengewesen. Das paßte sehr gut. Es sei denn, einer von ihnen wäre losgefahren, um dem armen Baz die Kehle aufzuschlitzen.

»Ist in dem Haus, in dem Endicott wohnt, ein Portier?« fragte er.

»Ja.«

»Hat er Sie reingehen sehen?«

»Das nehme ich an.«

»Hatte am nächsten Morgen derselbe Portier Dienst?«

»Nein.«

»Ein anderer Portier hat Sie rausgehen sehen – richtig?«

»Er hat zwei Taxen für uns gerufen, ja.«

»Zwei Taxen?«

»Ja. Chip ist ins Büro gefahren und ich nach Hause, hierher.«

»Ihnen ist klar, daß ich mit beiden Portiers reden werde.«

»Das will ich doch hoffen«, entgegnete sie. »Sie sind ein Cop, der seine Arbeit tut.«

»Wie heißt Ihr Vater?« fragte er unvermutet.

»Was?«

»Heißt er *Jesse* Hollis? Joshua? Jason?«

»Jesse. Jesse Stewart – er ist mein Stiefvater.«

»Wie buchstabiert sich der Name?«

»S-T-E-W-A-R-T. Warum? Glauben Sie, *er* hat Baz umgebracht?«

»Irgend jemand hat es getan«, gab Willis zurück. »Wo lebt er?«

»Houston«, antwortete sie. »Sind wir jetzt fertig mit dem Dritten Grad?«

»Kein Dritter Grad«, widersprach er. »Nur . . .«

». . . ein Cop, der seine Arbeit tut. Ja, ja, ich weiß.«

»Ja«, sagte er. »Und ich bin noch nicht fertig.«

»Dann beeilen Sie sich, damit wir etwas trinken können.«

Er sah sie an.

»Ich mag es nämlich viel lieber, wenn Sie kein Cop sind, der seine Arbeit tut.«

»Wer ist Mickey?« fragte Willis.

»Mickey? Oh. Sie haben ein gutes Gedächtnis. Mickey ist eine Freundin.«

»Wie ist ihr Nachname?«

»Terrill.«

»Wiegt sie zwei Zentner und trägt einen Waschbärmantel?«

Marilyns Augen weiteten sich.

»Fährt sie einen gestohlenen Mercedes-Benz?«

Marilyn lächelte. »Hallo, hallo«, sagte sie. »Wir sind aber sehr fleißig gewesen.«

»Warum haben Sie wegen Mickey gelogen?«

»Weil ich keinen Sinn darin sah, Ihre Verdächtigenliste noch zu verlängern. Zufällig scheine ich ja an der Spitze dieser Liste zu stehen.«

»Erzählen Sie mir, was Sie über ihn wissen!«

»Nicht viel.«

»Ist er ein Autodieb?«

»Keine Ahnung.«

»Er war doch hier, oder? Wie meinen Sie das, daß Sie . . .«

»Ich habe ihn an dem Abend zum ersten Mal gesehen. Und zum letzten Mal. Hätten Sie etwas dagegen, wenn ich uns einen Drink mache? Ich brauche wirklich einen. Ob Sie es glauben oder nicht, der Tod von Baz war ein echter Schock für mich.«

»Fühlen Sie sich ganz wie zu Hause«, sagte er.

Sie schälte sich aus dem Sofa, ging zu einer der antiken Kommoden und öffnete eine Tür. Innen drin standen Flaschen und Gläser reihenweise. Sie nahm eine Flasche Gin heraus und öffnete eine andere Tür. Ein kleiner Kühlschrank.

»Trinken Sie immer noch Scotch?« fragte sie.

»Nicht um drei Uhr nachmittags.«

»Ich hasse Scotch«, sagte sie. »Wann ist Ihr Dienst zu Ende? Ich stelle die Uhr vor.«

»Um vier. Das heißt, um Viertel vor vier werde ich abgelöst.«

»Mißachten Sie die Vorschriften!« sagte sie.

»Nein«, erwiderte er. »Danke.«

Sie zuckte die Achseln, brach eine Eiswürfelschale auf, ließ drei Würfel in ein Glas fallen und goß einen ordentlichen Schuß Gin darüber.

»Auf goldene Tage und lilane Nächte!« sagte sie und trank.

»Erzählen Sie mir von Mickey«, forderte er sie auf.

Marilyn ging zum Bett und setzte sich auf den Rand. »Er war für ein paar Tage in der Stadt«, sagte sie. »Meine Freundin Didi bat ihn, mich anzurufen. Punkt.«

»Gehen Sie immer mit Männern aus, die Sie nicht kennen? Mit Fremden, die sich als Autodiebe entpuppen könnten?«

»Ich wußte nicht, daß er ein Autodieb ist. *Falls* er überhaupt einer ist. Und ich bin nicht mit ihm ausgegangen. Wir hatten . . .«

»Sie waren zum Ausgehen gekleidet. Schickes blaues Kleid, Saphirohrringe, hochhackige Schuhe . . .«

»Sie haben's bemerkt«, sagte sie und nippte an ihrem Gin. »Woher wissen Sie, daß ich mich nicht für *Sie* herausgeputzt habe?«

»Ach, Unsinn«, sagte Willis.

»Sie haben eine sehr geringe Meinung von sich selbst, nicht?«

»Nein, in Wirklichkeit halte ich mich für einen Supermann. Und fangen Sie bitte nicht wieder mit der Psychotherapie an. Wenn Sie mit diesem Ganoven Mickey Terrill nicht ausgegangen sind . . .«

»Wir haben hier etwas getrunken, und dann hat er sich auf den Weg gemacht«, fiel Marilyn ihm ins Wort. »Was macht Sie so wütend daran?«

»Diebe machen mich wütend«, gab Willis zurück. »Und lenken Sie nicht ab! Sie haben mir gesagt, Sie gehen mit einer Freundin aus. Sie haben gesagt, sie wollten mit ihr essen gehen.«

»Ja«, bestätigte Marilyn und nippte wieder an ihrem Gin. »Da habe ich wohl gelogen.«

»Warum?«

»Wenn ich Ihnen gesagt hätte, daß Mickey ein Mann ist, hätten Sie angefangen, mir die gleichen Fragen zu stellen, die Sie mir jetzt stellen. Und ich will nicht, daß Sie mich für den Typ Frau halten, die mit Männern ausgeht, die sie nicht einmal kennt, denn das hätte Sie nur zornig gemacht, so wie Sie jetzt zornig sind.«

»Ich bin nicht zornig!« widersprach Willis.

»Ach was, das hört sich aber ganz anders an«, sagte Marilyn und verdrehte die Augen.

Einige Sekunden sagte er gar nichts. Schließlich brummte er: »Sie gehen mir auf den Wecker.«

»Danke«, sagte sie und hob ihr Glas. »Vier Uhr rückt näher.«

Er sah auf seine Armbanduhr.

»Möchten Sie jetzt den Scotch?«

»Nein«, sagte er.

»Oder möchten Sie herkommen und mich küssen?«

Er schaute sie an. Plötzlich hämmerte sein Herz.

»Wenn Sie das möchten, dann sagen Sie es«, fuhr sie fort.

»Ich möchte es gern«, sagte er.

»Dann kommen Sie und tun es«, sagte sie.

Er ging zu ihr und setzte sich neben sie aufs Bett.

»Ich habe keinen von beiden umgebracht«, flüsterte sie und küßte ihn.

Ihre Lippen öffneten sich, ihre Köpfe neigten sich, ihre Zungen berührten sich sanft. Er löste seinen Mund von ihren Lippen und blickte in ihr Gesicht.

Ihre blauen Augen funkelten im Licht der Tiffany-Lampe neben dem Bett. Wortlos knöpfte sie ihr Hemd auf. Kein BH darunter, hübsche Brüste mit festen Brustwarzen. Er berührte sie und küßte sie wieder. Sie zog den Reißverschluß ihrer Jeans auf, zog sie aus. Seine Hand wanderte zu ihrem Höschen, legte sich über sie. Sie reagierte mit einem tiefen Atemzug, der wie das Zischen einer Schlange klang. Ihr Rücken wölbte sich, als er ihren Schlüpfer herabzog, ihre Hand fand seinen Reißverschluß. Sie zog ihn herab und griff in seine Unterhose, die Augen nonnenhaft abgewendet.

Die Uhr auf einer der antiken Kommoden tickte laut, trieb zu einer überstürzten Paarung, bestimmte das Tempo wie ein Metronom, das in die Stille hineintickte, als er sie erkundete. Bettfedern knarrten zur Begleitung, ihre Körper fanden schließlich einen Rhythmus, der schneller als der der Uhr war; einen markerschütternden, durchdringenden, steten und wilden Rhythmus, der ihr anfangs keuchende, dann stöhnende Laute entlockte und schließlich ein hohes, gellendes Wimmern, das wie eine irische Totenklage klang, primitiv, animalisch, beängstigend.

Ihre Stellung war absurd, sie hielten sich eng umschlungen, umfaßt und umfassend, sich windend, mahlend, keuchend, stöhnend – aber ohne einander zu erkennen. Trunken vom Alkoholgeruch ihres Atems, betäubt von ihrem schrillen Wimmern, verloren in einem wilden Rhythmus, der der Zeit vorauseilte, ergab Willis sich leidenschaftlich diesem absurden Geheimnis, das sie als Fremde teilten, und mit jedem animalischen Stoß vergaß er mehr und mehr, daß er ein Cop war, der in einem Doppelmord ermittelte.

»Gib's mir!« schrie sie gellend. »O Gott, gib's mir!«

Geheimnisse.

Hinterher erzählte sie Willis von ihrem Vater – ihrem *leiblichen* Vater, dem Vater der goldenen Tage und der lila Nächte. Der Mann war ein Trinker gewesen, der ihre Mutter jedesmal, wenn er sich hatte volllaufen lassen, grün und blau prügelte. Eines Abends versuchte er das auch mit Marilyn, als er sturzbetrunken nach Hause kam. Er torkelte in ihr Zimmer, als sie gerade zu Bett gehen wollte und sich das Nachthemd anzog; er kam, den Ledergürtel in der Hand, hinter ihr her, jagte sie durchs Haus, Verwünschungen gegen sie ausstoßend. Am nächsten Tag verließ sie ihr Elternhaus.

»Ich bin zum Busbahnhof an der Coolidge Avenue gegangen«, sagte sie. »In meiner Schuluniform, St. Ignatius. Ich ging damals auf St. Ignatius in Majesta; karierter Rock und blauer Blazer mit dem Schulwappen, hier in Gold aufgestickt.« Sie berührte ihre linke Brust. »An einem wunderschönen Tag im Mai, drei Monate vor meinem 16. Geburtstag, nahm ich einen Bus direkt nach Kalifornien. Er war ein absoluter Scheißkerl, sag' ich dir. Die Iren gelten als gewaltige Trinker, stimmt's nicht? Tja, mein Vater war der Obersaufbold von ganz Majesta, und seine Eltern waren in London geboren.«

Willis lauschte jeder Silbe, die sie aussprach. Er empfand eine intime Nähe, die über das sexuelle Erleben von vorhin hinausging; noch nie hatte eine Frau so mit ihm gesprochen. Er hielt sie in seinen Armen und hörte ihr zu.

»Ich bin nach Kalifornien gefahren«, fuhr sie fort, »um von meinem Vater wegzukommen. Wer läßt sich schon gern jedesmal durchprügeln, wenn der Alte ein paar getrunken hat? Und in Kalifornien habe ich mich mit so einem Gewichtheber eingelassen. Er hatte Muskeln wie ein Gorilla und Haare selbst auf dem Rücken. Ich hasse Männer mit Haaren auf dem Rücken. Und Tätowierungen. Bei Männern mit Tätowierungen muß man immer aufpassen, sie sind die verrücktesten Hunde der Welt. Es ist eine Tatsache, daß die meisten Männer, die bewaffnete Raubüberfälle unternehmen, tätowiert sind. Hast du das gewußt?«

»Ja«, sagte Willis.

»Ja, klar«, sagte sie, »du bist ja ein Cop. Dieser Typ in Kalifornien war zufällig kein Gangster, aber er verprügelte mich regelmäßig, genau wie es mein Vater getan hätte, wenn ich zu Hause in Majesta geblieben wäre. Toll, was? Er hat mir erzählt, er sei ein magerer Wicht gewesen, bis er mit dem Gewichtheben angefangen habe, und Gewichtheben hätte sein ganzes Leben verändert; er hätte das notwendige Selbstbewußtsein bekommen, die Selbstsicherheit, und wäre ein völlig neuer Mensch geworden. Das hat er mir alles erzählt, nachdem er mich einmal krankenhausreif geprügelt hat.

Schließlich habe ich die Cops gerufen. Die Cops da oben sind ja so höflich, anders als hier – huii, entschuldige. Sie tippen mit der Fingerspitze an ihren Hut und sagen: ›Ja, Miss, was ist los, Miss?‹ Ich stehe da mit einem dunkelblauen Auge und geschwollener Lippe, und Mister Amerika läßt seine Muskeln spielen, und sie fragen mich, ob ich sicher sei, daß ich Anzeige erstatten will. Ich habe ihnen gesagt, sie sollen's vergessen. Ich meine, welchen Sinn hätte es gehabt? Aber als er das nächste Mal die Hand gegen mich hob, habe ich ihm eine Weinflasche über den Schädel gezogen. Ich hab' ihm gesagt, diesmal rufst *du* die Cops an, du Arschloch! Er hat sie nicht angerufen, aber er hat mich auch nicht mehr geschlagen. Eine Woche später haben wir uns getrennt. Ich schätze, er konnte niemanden um sich haben, den er nicht durchs Zimmer prügeln konnte. Es gibt Männer, denen es Spaß macht, Frauen zu verprügeln, frag mich nicht, warum. *Dir* macht es keinen Spaß, oder?«

»Nein«, sagte Willis.

»Das habe ich auch nicht erwartet«, sagte Marilyn. »Jedenfalls war ich ungefähr ein Jahr dort, als meine Mutter mich fand, ein paar Tage vor meinem 17. Geburtstag. Sie hatte tatsächlich einen texanischen Ölmillionär geheiratet – Jesse, meinen Stiefvater –, und ich bin zu ihnen nach Houston gezogen. Ein richtiges Happy-End, was? Ich liebe Happy-Ends.«

Unmerklich ging der Nachmittag in den Abend über. Und weil sie so aufrichtig gewesen war und ihm ihren Körper und ihr Denken so rückhaltlos gegeben hatte, fing er an ihr zu erzählen, was er an jenem Nachmittag vor langer Zeit empfunden hatte, als er den zwölfjährigen Jungen erschossen hatte, aber ihre Gedanken waren jetzt woanders, ihre Gedanken waren dort, wo ihre Hand hingewandert war, waren bei dem, was ihre Hand mit ihm machte.

»Man weiß nie, wie das Leben sich wendet«, sagte sie, »na, komm, werd' schon steif. Ich kenne eine Frau, die früher für Nelson Modell gestanden hat, du hast ihn kennengelernt, den Maler, na los, komm, sie war Tänzerin, bekam keinen Job, aber sie ließ sich nicht entmutigen, und schließlich durfte sie einem Choreographen vortanzen, ja, so ist es schon besser, ich hab' seinen Namen vergessen, ein sehr bedeutender Choreograph, und so kam sie schließlich zum Isola-Ballett, mhmhh, erst wenn du ganz groß bist . . .« Bis er schließlich auf sie rollte und wieder in sie eindrang und sie wieder in einem Orgasmus schrie, der jedes Fenster in der Stadt in Scherben zerklirren lassen mußte.

Jetzt hörte sie zu.

Jetzt war der Drang fort, jetzt war ihr Geheimnis bestätigt und lag offen zwischen ihnen; ihre Körper schweißbedeckt, das Bettlaken um ihre Füße geknäult, die Nachtgeräusche der Stadt voller Leben hinter den Schlafzimmerfenstern pulsierend – jetzt hörte sie wirklich zu.

Sie zogen die Decke über sich, sie lag in seinen Armen, und er flüsterte zu ihr und versuchte, das andere Geheimnis zu enthüllen, das finstere Geheimnis, erzählte wieder von den beiden toten Frauen und dem Ladeninhaber auf dem Boden und von der Pistole in der Hand des Zwölfjährigen, dem glasigen Blick in seinen Augen . . . »›Wirf sie weg!‹, habe ich gesagt, und er kam auf mich zu. Ich habe zweimal geschossen, in seine Brust, aber er kam immer weiter auf mich zu, und da habe ich die letzte Kugel in seinen Kopf gejagt zwischen die Augen.

Ich glaube, er war schon tot, seine Bewegung war nur Reflex, der Körper bewegte sich wie ein Huhn, dem man den Kopf abgehackt hat. Der letzte Schuß war nicht notwendig. Ich bin sicher, einer der ersten Schüsse hat ihn ins Herz getroffen.«

Er verstummte.

»Sein Gehirn war über mich verspritzt«, sagte er dann.

Langes Schweigen folgte. Er hörte sie schwer neben ihm atmen.

»Du Ärmster«, sagte sie schließlich. »Aber du darfst dir das nicht zu Herzen nehmen, wirklich. Du hast deine Arbeit getan, der Mann hatte schon drei Menschen umgebracht...«

»Ja, aber...«

»Er hätte dich auch umgebracht, wenn du ihn gelassen hättest. Du hast nur deine Arbeit getan.«

»Du verstehst es nicht«, sagte er.

»Doch, ich verstehe es. Du...«

»Ich habe es genossen«, sagte Willis.

Sie schwieg. Er fragte sich, was sie nun denken mochte. Schließlich sagte sie: »Zerbrich dir nicht den Kopf drüber«, und schlummerte ein, ihre Beine um seinen Schenkel gewunden, ein Arm auf seiner Hüfte. Er konnte lange Zeit nicht einschlafen. Ständig mußte er daran denken, was er ihr gesagt hatte: *Ich habe es genossen.*

Morgens um elf wurden sie wach. Gähnend sagte sie: »Hallo, Süßer, wie geht's dem wilden Killer?« Sie reckte sich, setzte sich auf und blickte schläfrig zu der Uhr auf der Kommode. Im selben Moment sprang sie aus dem Bett.

»O Gott«, sagte sie. »Ich hab' um zwölf einen Termin beim Arzt!« Auf dem Weg zum angrenzenden Badezimmer bat sie ihn: »Mach bitte Kaffee.« Und bevor sie die Tür hinter sich schloß, fügte sie an: »O Gott, wir hätten den Wecker stellen sollen.«

Er ging nach unten in die Küche, holte Orangensaft aus dem Kühlschrank und setzte eine Kanne Kaffee auf. Zehn Minuten später kam sie herunter. Sie trug ein Kostüm, dessen Blau zu ihren Augen paßte, eine weiße Bluse darunter und flache Schuhe. Als sie ihm gegenüber am Küchentisch saß, sagte sie: »Erinnerst du dich, was du gestern abend gesagt hast? Würdest du mir bitte noch etwas Kaffee eingießen. Daß du es genossen hast? Erinnerst du dich?«

Er holte die Kaffeekanne vom Herd und füllte ihre Tasse nach. Ihre Augen begegneten sich. »Nun, das ist okay, daß du es genossen hast. Ich meine, ich habe in meinem Leben viele Sachen gemacht, scheußliche Sachen, und später mußte ich mir eingestehen, daß ich sie genossen habe. Und außerdem ist das die *Stadt.* Weißt du, was ich meine? Ich meine, hier passieren alle möglichen schrecklichen Dinge . . . aber das weißt du ja, du bist ein Cop. Entweder man läßt sich davon unterkriegen, oder man verdrängt es aus seinen Gedanken und überlebt. Wieviel Uhr ist es?«

»Halb«, sagte er.

»Ich denke, ich schaffe es. Er kriegt nur jedesmal einen Anfall, wenn ein Patient sich auch nur um eine Minute verspätet. Was ich sagen will: Man kann sich von dieser Stadt vergiften lassen, oder man trinkt sie wie Honig aus einer Tasse. Du hast einen Mann getötet und es genossen. Na und? Vergiß es einfach.« Sie trank ihre Tasse leer, griff in ihre Handtasche und zog Lippenstift und Spiegel heraus.

Geheimnisse.

Rätsel.

Lippen verzogen sich, um die hellrote Farbe aufzunehmen. Ein Papiertuch drückte sich zwischen ihre Lippen, ihr Abdruck blieb auf dem Tuch zurück. Sie zerknüllte es und warf es in den Abfalleimer unter dem Spülbecken. Bleiches Pferd, bleicher Reiter, bleich und schön.

»Wenigstens bin ich kein *völliges* Wrack«, sagte sie.

»Du siehst wundervoll aus.«

»Ach, süß«, sagte sie und strich ihm übers Gesicht. »Ich muß mich beeilen.« Sie stellte die Kaffeetasse ins Spülbecken.

»Kommst du zurück?« fragte er. »Vor vier muß ich nicht aufs Revier.«

»Ach, ich wünschte, ich könnte es, Süßer«, seufzte sie, »aber ich hab' den ganzen Tag zu tun. Spar's für morgen auf, okay? Kannst du es für mich aufsparen?«

»Ich werde es aufsparen«, sagte er.

»Mmmm, ja«, sagte sie, schaute nach unten zwischen seine Beine und lächelte. Sie küßte ihn auf die Wange, drückte seinen Pimmel kurz und zärtlich, trat zurück und sagte: »Morgen früh, okay? Zehn Uhr.«

»Zehn Uhr«, sagte er.

»Sei pünktlich!« mahnte sie ihn und wandte sich zur Tür. Dann blieb sie stehen und drehte sich um. »Laß dir ruhig Zeit, bis du fertig bist. Ich stelle den Anrufbeantworter an, du brauchst nicht ans Telefon zu gehen. Zieh die Türen hinter dir zu, die innere *und* die äußere. Sie schließen automatisch.«

»Ich bleib' nicht lange«, sagte er. »Ich will nur noch duschen und . . .«

»Nimm dir soviel Zeit, wie du willst.«

Sie sah ihn zärtlich an, trat auf ihn zu und küßte ihn leidenschaftlich. »Mmmmm«, sagte sie, »das wird großartig, was?« Dann löste sie sich abrupt von ihm und ging hinaus.

Er hörte, wie sie die Treppe hinunterging. Er hörte, wie sie im Wohnraum den Anrufbeantworter einschaltete. Er hörte, wie sich die Haustür hinter ihr schloß.

Er ging nach oben ins Bad, duschte und zog sich an.

Kurz nach zwölf verließ er das Haus.

Und obwohl er erst ab Viertel vor vier Dienst hatte, fuhr er sofort zum Revier.

7

Auf dem Dienstplan des Reviers waren drei Schichten aufgeführt, die den Schichten der Blauröcke mehr als früher ähnelten – eine Neuerung des neuen Chiefs der Detectives, die jedoch eher durch Verstöße als durch Beachtung gewürdigt wurde; Detectives sind es gewohnt, ihre eigenen Dienstpläne zu machen.

Trotzdem begann die Tagschicht offiziell morgens um acht und dauerte bis vier Uhr nachmittags. Die Spätschicht ging von vier bis Mitternacht, und die Nachtschicht (scherzhaft auch Friedhofsschicht genannt) begann um Mitternacht und endete morgens um acht. Die Detectives versuchten sich die Schichten so einzuteilen, daß sie zwei Wochen tagsüber arbeiteten, dann jeweils zwei Wochen abends und nachts. Auf diese Weise war es einfacher, Schlafrhythmen zu finden, die ohnehin ständig von Störungen bedroht waren.

Die Morgenschicht hatte schon über die Hälfte ihres unaufhaltsamen Zyklus hinter sich, als Willis um Viertel vor eins aufs Revier kam. Kling und Brown saßen an Klings Schreibtisch, aßen Sandwiches und tranken Kaffee, als Willis sich durch die Schwingtür schob, die den Dienstraum vom Flur draußen trennte. Überrascht blickte Brown hoch.

»Du willst wohl mit aller Gewalt befördert werden«, sagte er.

Willis ignorierte die Bemerkung. Mit den Jahren hatte er gelernt, daß man wie Squashspieler herumgehetzt wurde, wenn man versuchte, auf jede Stichelei und jeden Witz zu reagieren, die von den Wänden des Dienstraums abprallten.

»Drei Stunden vor der Zeit«, sagte Kling. »Der Mann ist ein Berufener.«

Willis seufzte.

»Es gibt drei Typen von Cops«, begann Brown, und Willis wußte, daß ihm eine Stegreif-Spöttelei bevorstand. »Da haben wir erst einmal den ausgebrannten Cop . . .«

»Und ausgebrannt ist er nach vier Minuten im Job«, flocht Kling ein.

». . . der versucht, sich möglichst wenig Arbeit anzulachen, ohne den Lieutenant merken zu lassen, daß er nur herumtrödelt.«

Brown und Kling, das beste Komikerduo des Reviers, in ihrer weltberühmten Comedy-Show. Big Bad Leroy Brown (obwohl sein richtiger Vorname Arthur war und er von jedem anderen Detective des Reviers Art oder Artie genannt wurde), schwarz wie die Nacht, einsachtundachtzig groß, knapp zwei Zentner Muskeln; und der hochgeschossene, blonde, schmale Bert Kling, der aussah wie ein Farmerjunge von den Weizenfeldern Indianas (wo immer das auch war); Pfirsichflaum ums Kinn herum, sanfte Haselnußaugen, in denen sich Welten der Unschuld widerspiegelten. Ein Cop, der bereitwillig jeder Tränendrüsengeschichte zuhörte, die ein billiger Dieb auftischte – »Mann, Artie, ich glaube, diesmal haben wir wirklich den Falschen erwischt.« Und Brown, der wie ein wilder Grizzly aussah, der jeden Moment mit Klauen und Zähnen über sein Opfer herzufallen drohte – »überlaß ihn mir, Bert. Ich reiß' den Mann in Stücke!« Innerhalb weniger Minuten lag der Dieb in Klings Armen, um Gnade bettelnd und bereit, den zwölf Jahre zurückliegenden Mord an einer alten Jungfer zu gestehen.

»Und dann gibt es den Ohne-Fehl-und-Tadel-Cop . . .«

»Kommt auf die Minute . . .«

»Geht auf die Minute . . .«

»Tippt alles in dreifacher Ausfertigung . . .«

»Beklagt sich nicht, wenn er zu Gericht muß . . .«

»Beklagt sich nicht, wenn er Weihnachten oder Neujahr arbeiten muß . . .«

»Beschützer der Unschuldigen . . .«

»Steter Wahrer der Gerechtigkeit . . .«

»Aber er tut keinen Handschlag über die Zeit hinaus, für die bezahlt wird.« Brown grinste wölfisch. »Und dann gibt's den Cop, wie Willis einer ist.«

»Vierundzwanzig Stunden pro Tag im Dienst . . .«

»Nimmt die Pistole mit ins Bett . . .«

»Keine Angst, *Guapa*, es ist nur meine Pistole . . .«

»Verhindert bewaffnete Raubüberfälle selbst in der Freizeit . . .«
»Meldet sich niemals krank . . .«
»Schielt ständig nach der Beförderung . . .«
»Kommt drei Stunden vor der Zeit zur Schichtablösung . . .«
»Emsig wie eine Ameise . . .«
»Sein erster Auftritt in Amerika . . .«
»Heute höchstpersönlich . . .«
»Detective Dritten Grads . . .«
»Begierig auf den Zweiten . . .«
»Harald O. Willis!«
»Verbeug dich, Oliver«, sagte Brown.
Willis fragte sich, wie Brown auf seinen zweiten Vornamen gestoßen war. Er hob die Hände und applaudierte knapp. Dann ging er zu Klings Schreibtisch und schnippte einen Vierteldollar auf Browns Pappteller. »Sehr hübsch«, sagte er. »Vielen, vielen Dank, Jungs.«
»Und auch noch freigebig mit Trinkgeldern«, witzelte Brown und steckte das Geldstück ein.
»Steve hat dir eine Nachricht auf dem Schreibtisch hinterlassen«, sagte Kling.
»Ich gehe jetzt«, kündigte Brown an. »Meine Ablösung ist schon da.«
»Deine Ablösung ist nicht da«, sagte Willis. »Bleib sitzen!«
Er ging zu seinem Schreibtisch und las Carellas Nachricht.
Er habe einen Rückruf vom Chemischen Untersuchungsamt zu erwarten, das Carella gestern angerufen hatte (als Willis mit Marilyn im Bett lag, aber das wußte Carella nicht), um in Erfahrung zu bringen, ob Nikotin in irgendwelchen Produkten verwendet wurde. Außerdem informierte Carella ihn, daß er nicht Punkt vier komme, weil er zuerst noch die Mieter im Haus Basil Hollanders abklappern wolle, die Larkin vom Zwölften bereits aufgesucht hatte. *Da es jetzt unser Fall ist,* hatte er geschrieben, *will ich sichergehen, daß er nichts übersehen hat.*
Willis fragte sich, in welche von Browns Cop-Kategorien Carella passen mochte.
Außerdem machte er sich Gedanken über die Aufrichtigkeit – um Marilyns Formulierung zu benutzen – dessen, was gestern nachmittag *und* gestern abend *und* heute morgen in ihrer Wohnung geschehen war. Seine Cop-Mentalität erwog durchaus die Möglichkeit, daß die Lady ihn nur als Ablenkungstaktik in ihr Höschen und ihr Bett gelassen hatte.
Gestern hatte er ihr gesagt, daß er sich für einen Supermann halte,

aber insgeheim wußte er, wie falsch das war. Er war nie ein Frauentyp gewesen und hatte zudem immer Frauen favorisiert, die für ihn viel zu groß waren – eine Schwäche, die unvermeidlich zu einer Abfuhr von der Art »Hast du deine Trittleiter dabei?« führte. Er sah sich selbst als durchschnittlich aussehenden Mann in einer Welt, die anscheinend immer mehr von äußerst attraktiven Männern bevölkert wurde. Zudem wußte er, daß klein geratene Männer als besonders zartbesaitet galten – wütend auf die Welt wegen der genetischen Ungerechtigkeit, die ihnen die notwendigen Zentimeter vorenthalten hatte, um in einer Nation von Riesen zu bestehen. Vielleicht hätte er sich in Japan heimischer gefühlt. Oder in Indien. Aber er war an die USA gefesselt, wo selbst der durchschnittliche Taxifahrer wie ein Abwehrhüne der Los Angeles Rams aussieht. Die Menschen wurden von Generation zu Generation größer und kräftiger, das Resultat guter Ernährung und guter medizinischer Versorgung. Es sei denn, man lebte in einem Slum.

Als Folge der lang zurückliegenden Schüsse – Herrgott, er hätte ihr nichts davon erzählen sollen; warum war er ihr gegenüber so offen gewesen? – hatte er eine ernsthafte Abneigung gegen den Gebrauch der Waffe entwickelt. Kurz nach jenem schlimmsten Tag in seinem Leben hatte er sich bei einer Judo-Schule angemeldet und seitdem seine Ausbildung in Karate bei der Polizeiakademie ergänzt. Jetzt konnte er jeden kleinen Kriminellen innerhalb von zehn Sekunden flachlegen, ohne die tödliche Energie seiner Pistole einsetzen zu müssen. Irgendwie genoß er das Gefühl geheimer Macht, das ihm diese Fähigkeit verschaffte. Dem Wicht Sand ins Gesicht treten? Okay, Kumpel, ramm, bumm, wie fühlt man sich mit gebrochenem Arm und geschwollenen Eiern? Wenn man mit ausgestrecktem Zeige- und Mittelfinger die harte Partie über der Nase fest genug traf, konnte man einem Mann Knochensplitter ins Gehirn treiben, ohne die verdammte Schußwaffe auch nur anzurühren.

In den Stunden, die er mit ihr verbracht hatte, hatte er Marilyn mehr über sich erzählt als jemals einer anderen Frau. Sie hatte etwas an sich. Eine Offenheit – nein, das war kein Wortspiel –, die nach Offenheit verlangte. Und dennoch blieben Fragen. Eine unleugbar schöne Frau, die sich ganz bewußt mit einem Wicht wie ihm einließ? Warum? Er war *kein* Supermann, und er wußte es. Er war Harold Oliver Willis – selbst der Name schien zu einem kleinen Mann zu passen –, Detective Dritten Grads, mit den Widrigkeiten des Lebens bestens vertraut, erfahren im Umgang mit Schwindlern jeder Couleur, aber vielleicht übertölpelt von einer Lady, deren Freunde sich mit verblüffendem

Tempo verabschiedeten, um die himmlischen Reihen zu füllen. Vier Männer auf der Liste, zwei davon bereits tot. Waren die beiden anderen auch schon dem Ende nahe? Stand er selbst jetzt auch auf der Liste – ein fünfter Mann, der Marilyns Bett und ihre großzügige Aufrichtigkeit geteilt hatte?

Falls es wirklich Aufrichtigkeit war.

Sie hatte ihm gesagt, ihr Stiefvater hieße Jesse Stewart.

Ölmillionär.

In Houston, Texas,

Auf das Risiko hin, den Zorn des Lieutenants wegen überflüssiger Ferngespräche auf sich zu ziehen, erkundigte er sich nach der Telefonnummer des Polizeipräsidiums in Houston, erhielt die Auskunft, daß das Hauptquartier dort unten Houston Central genannt wurde, wählte sofort danach die Nummer an und ließ sich mit dem Stab der Detectives verbinden.

Der Detective, mit dem er verbunden wurde, hieß Maynard Thurston. Willis stellte sich einen großen, rotgesichtigen Mann mit Cowboyhut vor. Er berichtete Thurston, daß er an einem Doppelmord arbeite und dankbar für jede Information sei, die die Texas-Cops ihm über einen Ölmann namens Jesse Stewart geben könnten.

»Hat der gegen das Gesetz verstoßen?« fragte Thurston.

»Nein, ich glaube nicht. Er ist ein reicher Ölmann da unten.«

»*Alle* Ölleute hier unten sind reich«, sagte Thurston in breitem Texasdialekt. »Wieso rufen Sie eine Polizeibehörde an, wenn der Mann gegen kein Gesetz verstoßen hat?«

»Ich dachte, Sie könnten mich auf die Schnelle informieren«, antwortete Willis. »Sicher, ich könnte die Industrie- und Handelskammer anrufen . . .«

»Ja, warum tun Sie das nicht?«

»Aber ich habe die Erfahrung gemacht, daß Cops bei anderen Cops zuvorkommender unterstützt werden.«

Die Leitung blieb viele Sekunden stumm.

Dann sagte Thurston: »Mmm.«

Willis wartete.

»Ein Doppelmord, mh?« meinte Thurston.

»Ja«, bestätigte Willis. »Einmal Gift, einmal Messer.«

»Ich hab' im Moment einen Fall auf dem Tisch, bei dem sieben Menschen mit einer Kettensäge zerhackt worden sind.«

Willis wartete ab. Er war froh, nicht bei Houston Central zu arbeiten. Gift- und Messermorde waren schon schlimm genug.

»Sobald ich Zeit hab', schau ich mal für Sie nach«, sagte Thurston. »Kann zwei Tage dauern.«

»Ich wäre für jede Hilfe dankbar . . .«

»Wie buchstabiert sich der Nachname? S-T-U oder S-T-E-W?«

»S-T-E-W«, sagte Willis.

»Geben Sie mir Ihre Telefonnummer. Mal sehen, was ich für Sie tun kann.«

Willis nannte ihm die Nummer, bevor der Mann es sich anders überlegen konnte.

»Ich bin Ihnen wirklich sehr dankbar«, sagte er.

»Noch habe ich gar nichts getan«, entgegnete Thurston und hängte ein.

Willis legte den Hörer auf die Gabel.

Er sah auf die Wanduhr.

Exakt vierzehn Uhr.

Zwanzig Stunden bis zehn Uhr am nächsten Morgen, wenn er Marilyn wiedersehen würde.

Der Rückruf von Houston Central kam um acht Uhr abends, mitten in der Spätschicht.

Bis dahin hatte Carella mit fast allen Mietern des Hauses gesprochen, in dem Hollander gewohnt hatte. Wie Larkins Bericht besagte, waren sie alle – mit Ausnahme des einen, der Hollander am Ostersonntag abends um halb acht im Aufzug gesehen hatte –, taub, stumm und blind, in dieser Stadt keine ungewöhnliche Erscheinung, wenn es um Zeugenaussagen bei einem Mordfall ging. Besser, man hatte nichts damit zu tun. In dieser gleichgültigen Stadt, wo ein Mieter kaum einmal den Namen seines direkten Wohnungsnachbarn kannte, war es riskant, zu viel von dem, was man gesehen hatte, verlauten zu lassen. Die Angst vor Vergeltung war ständig präsent. Wenn jemand *einen* Menschen umgebracht hatte, war er dann nicht fähig, noch einen zu töten? Warum sollte man sich freiwillig als nächstes Opfer melden? Das Polizistenleben war kein Zuckerschlecken.

Sie waren dabei, sich so etwas wie eine Strategie zurechtzulegen, als der Anruf kam.

Carella schloß die Möglichkeit nicht aus, daß es sich bei den Morden um die Junge-kennt-Mädchen-Variante handelte. Eifersüchtiger Liebhaber legt die beiden anderen Geliebten der Dame um. Was Nelson Riley und Chip Endicott zu Hauptverdächtigen in der ewigen Dreieckstragödie machte, obschon das Dreieck in diesem Fall vierseitig war – eine geometrische Unmöglichkeit, aber durchaus im Bereich ermittelnder Spekulation. Es bestand auch die Möglichkeit, meinte Carella, daß die Morde zur klassischen Vernebelungsvariante gehörten: Die Dame selbst legte zwei ihrer Liebhaber in der Hoffnung um, daß der Verdacht auf ... »Nein, das glaube ich nicht«, unterbrach Willis ihn sofort. »Ich halte sie für sauber, Steve.«

»Wie das? Was hat sie dir erzählt?«

»In der Nacht, als Hollander umgebracht wurde, war sie mit Endicott zusammen. Ich habe Endicott heute gesprochen, und er bestätigte ...«

»Das schließt ein Doppelalibi nicht aus.«

»Ich glaube nicht, daß sie etwas damit zu tun hat«, beharrte Willis. »Endicott kann sich aus dem Bett geschlichen haben ...«

»Ach? Sie waren zusammen im Bett?«

»Nun ... ja«, bestätigte Willis.

»Was ist los?« fragte Carella sofort.

»Nichts.«

»Du wirkst so ... ich weiß nicht ... komisch.«

»Komisch! Ich fühle mich aber gar nicht komisch«, sagte Willis und versuchte ein Lächeln.

Carella musterte ihn. Willis schlug seinen Notizblock auf und versuchte, den Blick Carellas zu ignorieren. »Ich meine nur, es ist unwahrscheinlich, daß Endicott die Wohnung verlassen hat, ohne daß sie es bemerkt hat. Und dann mußte er auch noch am Portier vorbei, zweimal, ohne gesehen zu werden ...«

»Hast du mit dem Portier gesprochen?«

»Ja. Er hat sie kurz nach neun reingehen sehen – was ihre Aussage bestätigt –, und er hat keinen von beiden noch einmal rausgehen sehen.«

»Bis wann ging sein Dienst?«

»Bis Mitternacht.«

»Hast du mit seiner Ablösung gesprochen?«

»Dieselbe Geschichte.«

»Wann haben sie das Haus verlassen?«

»Um acht am nächsten Morgen.«

»Derselbe Portier?«

»Ein dritter. Auch er bestätigte die Aussage. Hat für beide ein Taxi bestellt.«

»Hat das Haus einen Hinterausgang?«

»Eine Tür zum Hof hinaus, wo die Mülltonnen stehen. Aber sowohl der Aufzug als auch die Treppe sind von der Vordertür her deutlich zu sehen.«

»Ist das die einzige Sicherheitsvorkehrung? Nur der Portier?«

»Ja.«

»Und du unterstellst, daß alle drei während ihrer Schicht hellwach waren?«

»Sie machten einen zuverlässigen Eindruck«, sagte Willis.

»Das würde also sowohl Endicott als auch die Hollis ausschließen.«

»Scheint so«, meinte Willis.

»Bleibt nur noch Nelson Riley von der Liste, die sie uns gegeben hat. *Falls* es die Junge-kennt-Mädchen-Variante ist.« Er zögerte und fügte dann hinzu: »Aber er war zum Skilaufen, als es McKennon erwischte.« Wieder zögerte er. »Es sei denn, er und die Hollis stecken unter einer Decke. In diesem Fall wäre ihr Alibi für das Wochenende . . .«

»Nein, Steve, ich halte sie für sauber.«

»Das hast du bereits gesagt.«

»Aber nehmen wir für den Moment einmal an . . . Wo ist das Motiv, Steve? Warum sollten sie beide, sie und der Künstler – er müßte mit drinstecken, wenn sie wegen des Skiwochenendes lügen . . .«

»Das müßte er.«

»Aber wieso sollten sie zwei Menschen umlegen, die enge Freunde von ihr sind? Ich meine, ich glaube ernsthaft, daß sie Freunde waren, Steve. Ich glaube, in dieser Hinsicht sagt sie die Wahrheit.«

»Vielleicht ist sie in beiden Testamenten berücksichtigt, wer weiß?« spekulierte Carella.

»Unsinn«, widersprach Willis. »Die Frau ist unabhängig und vermögend. Ihr Stiefvater ist Ölmillionär . . .«

»Ach? Er ist ihr *Stiefvater*?«

»Ja.«

»Und er hat ihr das protzige Haus an der Lane gekauft?«

»Ja, nun, sie stehen sich wohl sehr nahe, soweit ich das raushören konnte. So etwas ist nicht ungewöhnlich, Steve. Manchmal ist die Beziehung zwischen dem Stiefvater und . . .«

»Klar«, sagte Carella.

»Ich meine . . . Selbst wenn es diese Testamente gibt, von denen du sprichst, was du wahrscheinlich selbst nicht glaubst . . .«

»Das können wir überprüfen«, unterbrach Carella ihn mit einem Achselzucken.

»Ich glaube nicht, daß Geld hier das Motiv ist. Ich kann es mir einfach nicht vorstellen.«

»Es gibt nur zwei Motive für Mord«, sagte Carella. »Liebe oder Geld. Es sei denn, wir haben es mit einem Verrückten zu tun. In diesem Fall können wir das Handbuch wegwerfen.«

»Also, Geld war es meiner Meinung nach nicht.«

»Bleibt Liebe.«

»Oder ein Verrückter.«

»Und was, meinst du, kommt in Frage?«

»Ich weiß es nicht«, antwortete Willis. »Aber ich habe das sichere Gefühl, daß die Frau sauber ist.«

»Hast du in bezug auf Riley auch ein sicheres Gefühl?«

»Nun, wenn er mit ihr an dem Wochenende zum Skilaufen war ... Ich meine, wenn *sie* sauber ist und die Wahrheit sagt ...«

»Dann ist Riley auch sauber.«

»Ja.«

»Dann bleibt uns niemand mehr.«

»Oder alle möglichen Leute. Alle möglichen Leute, von denen es eine Verbindung zu McKennon oder Hollander gibt. Immerhin besteht ja auch die Möglichkeit, daß beide Fälle nichts miteinander zu tun haben. Das ist gar nicht so weit hergeholt, Steve. Zwischen den beiden Mordarten liegen Welten.«

»Was du nicht sagst«, seufzte Carella.

Das Telefon läutete.

Carelle hob ab.

»87. Revier, Carella«, meldete er sich.

»Haben Sie einen Willis dort?« fragte die Stimme am anderen Ende.

»Wer spricht, bitte?«

»Detective Colworthy, Houston Central.«

»Sekunde«, sagte Carella und legte die Hand über die Sprechmuschel. »Hast du in Houston angerufen?« fragte er Willis.

»Ja«, antwortete der und nahm ihm den Hörer aus der Hand. »Detective Thurston?« sagte Willis. »Hier ist Hal Willis. Was haben Sie ...?«

»Detective Colworthy hier, Thurston hat mir die Sache weitergegeben. Sie hatten eine Anfrage wegen eines gewissen Jesse Stewart.«

»Richtig«, bestätigte Willis.

»Er soll Ölmillionär bei uns sein?«

»Ja.«

»Wir haben hier niemanden diesen Namens, der Ölmillionär ist.«

»Haben Sie überhaupt irgendeinen Jesse Stewart?« fragte Willis.

»Einen ganzen Eimer voll«, sagte Colworthy. »Jesse ist hier unten ein verbreiteter Vorname, das gilt auch für den Nachnamen dazu. Dazu gehören zwei oder drei Dutzend Armleuchter, die hinter Gittern schmoren. Aber keiner von ihnen ist Ölmillionär.«

»Was sind sie denn?«

»Kollege! Sie haben uns gebeten, nach Ölmillionären Ausschau zu halten, also haben wir nach Ölmillionären Ausschau gehalten. Wenn Sie eine Berufsstatistik wollen, haben Sie bei den falschen Leuten angerufen.«

»Haben Sie irgend etwas über eine Frau namens Marilyn Hollis?« fragte Willis aus einem Impuls heraus.

»Was meinen Sie mit ›irgend etwas‹? Wir haben keine Lust, uns noch einmal durchs Telefonbuch zu blättern.«

»Verbrechen«, sagte er und fragte sich im selben Augenblick, warum ihm dieses Wort in den Sinn gekommen war. Keine fünf Minuten vorher hatte er Carella versichert, sie sei so sauber wie ein frischgewaschenes Laken.

»Wollen Sie dranbleiben, während ich den Computer abfrage?«

»Ich bleib' dran«, sagte Willis und informierte Carella: »Nichts über Jesse Stewart.«

»Wer ist Jesse Stewart?«

»Ihr Stiefvater«, antwortete Willis. »Der Ölmillionär, der sie in das Stadthaus gesetzt hat.«

»Willis?« sagte Colworthy. »Sind Sie noch dran?«

»Ja.«

»Nichts über eine Marilyn Hollis.«

Gut, dachte Willis.

»Aber wir haben hier eine einmalige Eintragung über eine Mary *Ann* Hollis, falls Ihnen das nützt. Vor sieben Jahren haben wir sie wegen eines 43.02 aufgegriffen.«

»Was ist ein 43.02?« fragte Willis.

»Prostitution«, klärte Colworthy ihn auf. »Ihr Lude hat die Geldstrafe bezahlt, und seitdem hat man nie mehr von ihr gehört.«

»Haben Sie die Beschreibung vorliegen?« fragte Willis und hielt den Atem an.

»Weiß«, sagte Colworthy, »damals siebzehn. Blondes Haar, blaue Augen, einsdreiundsiebzig groß, Gewicht vierundfünfzig Kilo, keine sichtbaren Narben oder Tätowierungen.«

Willis seufzte schwer.

»Wie hieß ihr Zuhälter?« fragte er.

»Joseph Seward«, antwortete Colworthy.

8

Von wegen morgen früh um zehn! Von wegen, es für sie bis dahin aufsparen! Es mußte *jetzt* sein, er mußte *jetzt* mit ihr über Mary Ann Hollis sprechen, deren Beschreibung haargenau auf sie zutraf. Mary Ann Hollis, die vor sieben Jahren wegen eines 43.02 aufgegriffen worden war und deren Zuhälter Joseph Seward hieß, was von Jesse Stewart nicht weit entfernt war – warum hatten Kriminelle überhaupt keine Phantasie? Er mußte auf der Stelle mit ihr reden und ein paar Dinge zurechtrücken.

Es war kurz nach neun, als er zu dem Haus an der Harborside Lane kam.

Es war vielleicht Frühling in den Rockies, aber die Nachtluft war noch wintrig kalt. Auf dem Weg vom Wagen zur Haustür schlug er den Mantelkragen hoch. Er drückte den Klingelknopf. Nichts regte sich. Er klingelte noch einmal. *Ach, ich wünschte, ich könnte es, Süßer, aber ich hab' den ganzen Tag zu tun.* Auch die ganze Nacht zu tun? Er hielt den Zeigefinger auf den Klingelknopf gedrückt. Immer noch regte sich nichts. Okay, dachte er, ich habe alle Zeit der Welt. Oder vielleicht auch nicht. Vielleicht zerrann die Zeit für ihn und für Marilyn Hollis. Ob sie überhaupt etwas darum gab? fragte er sich.

Er überquerte die Straße zu seinem Wagen, schloß ihn auf, stieg ein, zog die Tür zu und machte es sich hinter dem Lenkrad bequem, während er die Tür des Hauses 1211 beobachtete. Nach zehn Minuten fuhr ein Taxi vor dem Gebäude vor. Marilyn stieg aus. Über der Kleidung vom Vormittag trug sie einen leichten Mantel. Sie bezahlte den Fahrer und suchte in ihrer Handtasche nach dem Schlüssel, während sie auf die Haustür zuging. Im Nu war Willis aus dem Wagen. Als er die Tür zuschlug, drehte sie sich um.

Als er auf sie zutrat, sagte sie: »He, hallo, welche Überraschung!«

»Ja«, sagte er.

Sie küßte ihn auf die Wange. »Du bist früh dran.«

»Fast zwölf Stunden verfrüht.«

»Komm trotzdem rein.«

»Nein, laß uns einen kleinen Spaziergang machen.«

»Ein bißchen kühl für einen Spaziergang, meinst du nicht?« erwiderte sie lächelnd.

»Ein bißchen frische Luft können wir gebrauchen«, sagte er. »In jeder Hinsicht.«

Sie betrachtete sein Gesicht und versuchte, im Schein der Straßenlaternen etwas in seinen Augen zu erkennen.

»Sicher«, sagte sie und nahm seinen Arm.

Sie gingen in Richtung Fluß.

Diese Stadt vergeudet den Fluß, der an ihrer Nordgrenze entlangfließt. Der Harb, von einem Highway gesäumt, der keinen Raum für einen Fußweg bot, könnte von der Themse, der Seine oder dem Arno lernen. Er ist kein Fluß für Liebende, auch wenn er heute nicht als Romeo hier war, sondern nur als ein Cop, der seine Arbeit tat. *Ich mag es viel lieber, wenn Sie kein Cop sind, der seine Arbeit tut.* Ganz bestimmt, dachte er. Als sie den kleinen Park betraten, der ihrem Haus gegenüberlag, wehte ein kühler Wind vom Fluß herauf, und sie umgriff seinen Arm fester. Oh, Lady, du solltest dich wirklich festhalten, dachte er.

»Wer ist Joseph Seward?« fragte er.

Direkt an die Gurgel.

Einige Sekunden gab es keine Reaktion. Ihr Griff wurde nicht fester, auf ihrem Gesicht regte sich nichts. Sehr, sehr kühl, diese Frau.

»Ein Mann, den ich gekannt habe«, sagte sie schließlich.

»Welchem Beruf geht er nach?«

»Wenn du es schon weißt, warum fragst du dann?«

»Er ist Zuhälter, nicht?«

»Als ich ihn kannte, war er es, ja. Ich habe ihn seit sechs Jahren nicht mehr gesehen.«

»Sagen wir sieben«, sagte Willis. »Als er die Geldstrafe für eine Prostituierte namens Mary Ann Hollis bezahlte.«

»Also gut – na und? Ich habe dir ja gesagt, daß ich in meinem Leben ein paar scheußliche Sachen gemacht habe.«

»Und du hast gesagt, du hättest es genossen.«

»Ja, es war ein phantastischer Spaß – möchtest du das hören? Verhalten sich Freunde so?« fragte sie kopfschüttelnd. Sie klang sehr, sehr verletzt. »Die Vergangenheit eines Menschen überprüfen?«

»*Cops* verhalten sich so«, sagte er.

»Letzte Nacht warst du kein Cop.«

»Aber heute nacht bin ich ein Cop. Hast du diesen Namen in Houston gebraucht? Als du auf den Strich gegangen bist?«

»Es ist mein richtiger Name«, sagte Marilyn.

»Mary Ann Hollis.«

»Mary Ann Hollis, ja. Marilyn nenne ich mich, seit ich in den Osten kam.«

»Warum? Wirst du in Houston wegen irgend etwas gesucht?«

»Natürlich nicht«, reagierte sie empört.

Was zutraf. Colworthy hatte ihm gesagt, daß die Festnahme wegen Prostitution die letzte Eintragung über sie war.

»Existiert Jesse Stewart?«

»Nein.«

»Kein millionenschwerer Stiefvater?«

»Nein.«

»Und wer hat dann für das Nest auf der anderen Straßenseite bezahlt?«

»Ich.«

Noch immer hielt sie seinen Arm. Er war erstaunt, daß sie noch immer seinen Arm hielt. Wie ein Liebespaar schlenderten sie über die gewundenen Pfade des Parks. Ein zufälliger Passant hätte denken können, daß sie in aller Ruhe Pläne für die Zukunft schmiedeten. Statt dessen sprachen sie über eine Vergangenheit – und ein mögliches Ende der Gegenwart.

»Wo hast du so viel Geld her?« fragte er.

»Ich habe es *verdient*«, antwortete sie.

»Auf dem Strich?«

»Da verdient man es sich wirklich, glaub mir!«

»Das Haus muß mindestens eine Mill . . .«

»Sieben-fünf«, unterbrach sie ihn.

»Meinetwegen. Und du willst mir sagen, daß du soviel Geld auf dem Rücken verdient hast?«

»Überwiegend auf den Knien.«

»Du mußt sehr emsig gewesen sein.«

»Das war ich auch lange Zeit.«

»Und Seward hat dir soviel Geld gelassen?«

»Nach der Festnahme habe ich mich von ihm getrennt.«

»Und er hat dich gehen lassen? Du willst mich auf den Arm nehmen.«

»Ich bin nicht gegangen – ich bin gerannt. Bis nach Buenos Aires.«

»Wo du 750 000 Dollar . . .«

»Noch mehr. In Argentinien gibt es reichlich Geldsäcke mit Spendierhosen. Ich war unabhängig und habe jeden Penny für mich behalten.«

»Stehst du in Argentinien auf der Fahndungsliste?« fragte er unvermutet.

»Ich stehe nirgendwo wegen irgend etwas auf der Fahndungsliste! Was ist denn eigentlich mit dir los?«

»Warum hast du dann deinen Namen geändert?«

»Werde ich dadurch zum steckbrieflich gesuchten Desperado? Ist das das einzig Bemerkenswerte an mir? Daß ich meinen Namen geändert habe? Was ist denn mit dem, was ich *geleistet* habe? Ich habe mit der Vergangenheit gebrochen, bin hierher gezogen, habe ein neues Leben begonnen . . .«

»Schaffst du noch an?«

»Nein – das habe ich dir doch gesagt.«

»Nein, du hast es mir *nicht* gesagt!«

»Ich habe gesagt, daß ich ein neues Leben angefangen habe, oder? Hört sich das nach Anschaffen an?«

Jetzt stritten sie. Wie ein Liebespaar.

»War dieser Mickey ein Freier?«

»Er war jemand, den eine Freundin von mir . . .«

»Und die Männer auf deinem Anrufbeantworter?«

»Flüchtige Bekannte.«

»Das heißt Freier.«

»Verdammte Scheiße, das heißt *nicht* Freier!« schrie sie.

»So redet keine Dame.«

»Ich bin aber eine«, entgegnete sie.

»Wenn du nicht anschaffst, wovon bestreitest du dann deinen Lebensunterhalt?«

»Ich habe Buenos Aires mit zwei Millionen Dollar verlassen.«

»Emsiger, als ich gedacht hatte.«

»Sehr viel emsiger«, sagte sie. »Ich bin immer aus mir herausgegangen. Auch heute noch.« Sie hielt inne und fügte leise hinzu: »Das weißt du ja.«

»Aber nicht professionell, richtig?«

»Wie oft muß ich das noch sagen?«

»So oft ich es hören will.«

»Ich schaffe nicht mehr an«, sagte sie seufzend. »Was nach dem Kauf des Hauses übrigblieb, habe ich investiert. Mein Wirtschaftsberater ist ein Mann namens . . .«

»Ich weiß. Hadley Fields bei Merrill Lynch.«

»Ja.«

Schweigend gingen sie weiter.

»Warum hast du mich angelogen?« fragte er schließlich.

»Warum hast du mir nachgeschnüffelt?«

»Warum, verdammt noch mal, hast du mich belogen?« Er war jetzt lauter geworden. Er schüttelte ihre Hand ab, blieb stehen und packte sie bei den Schultern. »Warum?«

»Weil ich wußte, du würdest dich absetzen, wenn ich die Wahrheit sage. So wie du jetzt dabei bist, dich abzusetzen.«

»Was hätte dir das ausgemacht?«

»Es hätte mir etwas ausgemacht. Immer noch.«

»Warum?«

»Was denkst du, warum?« fragte sie.

Er löste den Griff um ihre Schultern, ließ seine Arme sinken. Plötzlich fühlte er sich sehr klein.

»Ich ... ich weiß nicht, was ich denken soll«, sagte er.

»Müssen wir hier draußen in der Kälte darüber reden?«

Sie tat einen Schritt auf ihn zu und stand nun ganz dicht vor ihm.

»Hal?« sagte sie. »Kommst du mit rein?«

Er zitterte. Und er wußte, es lag nicht an dem Wind, der vom Fluß her wehte.

»Hal. Bitte! Komm mit rein. Ich möchte dich lieben. Bitte!«

»Belüg' mich nie wieder!« sagte er.

»Ich verspreche es.«

Ihre Hand berührte sein Gesicht. Sanft küßte sie ihn auf den Mund.

»Und jetzt komm mit mir«, sagte sie. »Komm.«

Und sie nahm wieder seinen Arm, führte ihn aus dem Park hinaus, über die Straße und in das Haus.

Nelson Riley arbeitete, als Carella ihn am nächsten Morgen um neun aufsuchte. Es war Freitag, und Riley war nicht gerade erfreut.

»Freitags stecke ich bis über die Ohren in der Arbeit«, sagte er. »Ich muß noch viel erledigen und alles für den Montag vorbereiten. Sie hätten vorher anrufen sollen.«

Ein Hüne mit flammendrotem Haar und zornfunkelnden Augen, Farbkleckse auf den großen Händen, von denen eine den Pinsel wie einen Säbel hielt.

»Tut mir leid«, erwiderte Carella. »Aber ich würde Ihnen gern noch ein paar Fragen stellen.«

»Wo ist der andere Cop? Der Kleine. Er besaß zumindest den Anstand, vorher anzurufen. Leute wie Sie glauben, ein Künstler sitzt den ganzen Tag auf seinem Arsch und wartet drauf, daß eine Inspiration wie der Blitz einschlägt. Ich arbeite hart – genau wie Sie.«

»Wie schön«, sagte Carella. »Der einzige Unterschied ist, daß ich an einem Mordfall arbeite.«

Er erwähnte nicht, daß es inzwischen zwei Mordfälle waren. Er war schließlich hier, um in Erfahrung zu bringen, was Riley über den zweiten wußte.

»Wen interessiert, an was Sie arbeiten?« Rileys Zorn war noch nicht verflogen. »Ich arbeite an einer Drei-mal-vier-Meter-Leinwand, die mich zum Wahnsinn treibt! Meinen Sie, ein Mord ist schwierig zu lösen? Dann werfen Sie mal einen Blick auf das große Ding da an der Wand!«

Carella warf einen Blick auf das große Ding an der Wand – eine Leinwand, die einen Schneehang mit Skifahrern darauf zeigte.

»Haben Sie das Gefühl, daß es schneit?« fragte Riley.

»Nein«, antwortete Carella.

»Ich auch nicht. Ich will, daß es schneit. Aber jedesmal, wenn ich das Weiße auflege, verliere ich Farbe. Die Grundfarben auf den Skianzügen, das leuchtende Rot und Grün auf den Fahnen vor der Hütte, die sattbraunen Sessel des Lifts – sehen Sie die leuchtenden Farben? Ich bin ein Künstler, der *Farben* verwendet. Aber ich mußte den ganzen Kram ein dutzendmal neu herausarbeiten, weil der weiße Überzug alles zu Pastelltönen filtert. Wenn ich es bis heute abend nicht schneien lassen kann, treibt mich das übers Wochenende in den Irrsinn. Also, wer hat auch nur das geringste Interesse für Ihren Mord? Außerdem hab' ich dem anderen Cop alles gesagt, was ich weiß.«

»Mr. Riley«, begann Carella, »wenn Sie es nicht schneien lassen können, werden Sie nur übers Wochenende in den Irrsinn getrieben. Wenn wir den Fall nicht lösen, kommt jemand mit einem Mord davon. Und das kann *uns* für sehr, sehr lange Zeit zum Irrsinn treiben.«

»Hören Sie, Mister, bei *mir* brauchen Sie sich nicht auszuweinen, okay?« entgegnete Riley. »Mir ist es scheißegal, ob Sie überarbeitet und unterbezahlt sind. Das können Sie der Heilsarmee erzählen. Niemand hat Sie gezwungen, ein Cop zu werden.«

»Das stimmt«, sagte Carella. »Aber ich bin einer, und ich bin hier, und es wird Sie nicht umbringen, etwas mehr höfliche Umgangsformen an den Tag zu legen.«

»Etwas mehr höfliche Umgangsform wäre es gewesen, zum Telefon zu greifen, bevor Sie einen Mann überfallen, der versucht, es *schneien* zu lassen!«

»Nur der liebe Gott kann es schneien lassen«, erwiderte Carella.

Unerwartet begann Riley lauthals zu lachen. Carella lächelte unsicher. »Können wir uns jetzt unterhalten?« fragte er.

»Na gut«, sagte Riley kopfschüttelnd. »Aber machen Sie schnell, okay? Ich muß das wirklich in den Griff bekommen.«

Das müssen wir beide, dachte Carella.

Laut sagte er: »Ich will Ihr Erinnerungsvermögen noch einmal auf die anderen Leute ansetzen, über die mein Partner Sie schon befragt hat.«

»Welche Leute?«

»Marilyn Hollis' Freunde.«

»Schon geht's wieder los mit Marilyn und ihren Freunden«, knurrte Riley. »Herrgott noch mal, sie hat mit dem Mord an dem Typen nichts zu tun – wie immer er auch heißen mag.«

»McKennon«, sagte Carella. »Woher wissen Sie, daß sie nichts damit zu tun hat?«

»Erstens, weil sie mit *mir* zusammen war, als er sich vergiftet hat. Das Bild an der Wand zeigt, wo wir am Wochenende waren. Wenn Sie genau genug hinsehen, sehen Sie Marilyn neben dem Sessellift; sie kniet da, um ihre Bindung nachzustellen. Die Frau in dem gelben Parka, obwohl sie an dem Wochenende irgendwas Pfirsichfarbenes trug. Ich bevorzuge Grundfarben. Und zweitens hat Marilyn geschworen, daß sie mit dem Tod des Typen nichts zu tun hat. Und Marilyn lügt nie.«

»Jeder lügt«, widersprach Carella.

»Marilyn nicht.«

Sankta Marilyn, dachte Carella. Soeben heilig gesprochen. Der einzige Mensch im Universum, der nicht lügt.

»Jeder«, wiederholte er, das Wort betonend.

Selbst ich, dachte er, wenn auch nur durch Auslassen; Basil Hollanders Tod hatte er immer noch nicht erwähnt. Riley allerdings auch nicht. Vielleicht logen sie beide.

»Wann hat sie Ihnen das gesagt?« fragte er.

»Was gesagt?«

»Daß sie mit McKennons Tod nichts zu tun hat ...«

»Wir haben telefoniert, nachdem der andere Cop ...«

»Willis.«

»Der kleine Kerl, ja. Ich habe mit ihr gesprochen, nachdem er hier war. Ich habe ihr gesagt, ich wüßte, daß sie an dem Wochenende mit *mir* zusammen war, aber ob es möglich wäre, daß sie – aus welchem Grund auch immer – irgendeinen Schläger beauftragt hat, dem Typ das Giftkügelchen in die Tasse zu praktizieren. Da hat sie jeden Eid geschworen, daß sie erst durch *Ihren* Besuch überhaupt von der Tatsache seines Todes erfahren hat.«

»Waren das ihre genauen Worte?«

»Mehr oder weniger.«

»Und *Sie* wußten natürlich auch nichts davon, bevor mein Partner Sie informierte.«

»Ja, der kleine Kerl.«

»Willis.«

»Ja.«

»Wie sind Sie auf den Gedanken gekommen, daß Miss Hollis – oder sonstwer – einen Schläger beauftragt haben könnte, um es zu erledigen?«

»Ich habe niemals ernsthaft geglaubt . . .«

»Nun, immerhin ernsthaft genug, um sie zu fragen.«

»Im Scherz.«

»Ach, Sie haben einen *Scherz* darüber gemacht!«

»Nicht über den Mord. Niemand machte Scherze über Mord. Über den *Schläger.*«

»Weil Sie es für eine weither geholte Vermutung hielten.«

»Klar. Wer heuert schon einen *Schläger* an, um jemandem Gift in den Drink zu praktizieren?«

»Glauben Sie, auf diese Weise sei McKennon vergiftet worden? Indem jemand das Zeug in seinen Drink gegeben hat?«

»Ich weiß nicht, wie er vergiftet worden ist. Ich sage nur, bezahlte Schläger brechen einem den Arm oder schießen einem in die Kniescheibe. Sie nehmen nicht ein nettes, kleines, damenhaftes Gi . . .«

Er verstummte.

»In was verwickeln Sie mich da?« fragte er.

»Ich höre nur zu«, entgegnete Carella.

»Ich mag die Art nicht, wie Sie zuhören«, knurrte Riley. »Es ist ein sehr selektives Zuhören.«

»Glauben Sie, ein Schläger hätte das Gift *mit Gewalt* in McKennons Kehle praktizieren können?«

»Ich habe keine Ahnung, wie das Gift in McKennons Körper gelangt ist.«

Er war jetzt ganz Abwehr, die muskulösen Arme vor dem mächtigen Brustkasten verschränkt, ein grimmiger Blick auf dem kantigen Gesicht. Selbst der rote Schnauzbart schien sich zu sträuben.

»Nun gut. Reden wir über die beiden anderen Männer, mit denen sie sich traf«, wechselte Carella das Thema.

»Ich kenne die beiden anderen Männer nicht – die, die Ihr Partner erwähnt hat.«

»Willis.«

»Ja, der kleine Kerl. Ich kenne sie nicht, ich kannte McKennon nicht, und wenn ich es nicht bald schneien lasse, werde ich verdammt ungemütlich, Mr. Carella.«

»Chip Endicott?« Carella ließ sich nicht irritieren. »Nie von ihm gehört? Eigentlich Charles Endicott Jr. Er ist Anwalt.«

»Ich kannte ihn nicht, als Ihr Partner hier war, und ich kenne ihn immer noch nicht.«

»Und Basil Hollander?«

»Kenne ich nicht.«

»Der Name ist Ihnen nicht bekannt?«

»Ist er nicht.«

»Er war Ihnen nicht bekannt, als mein Partner am . . .« Carella sah in seinem Notizbuch nach. ». . . am 25. März hier war? Dem Tag nach McKennons Tod. Der Name war Ihnen da nicht bekannt?«

»War er nicht.«

»Und jetzt sagt er Ihnen auch nichts?«

»Tut er nicht.«

»Lesen Sie die Zeitungen, Mr. Riley?«

»Tue ich.«

»Sehen Sie fern?«

»Ich besitze kein Fernsehgerät.«

»Hören Sie Radio?«

»Beim Malen.«

»Und der Name Basil Hollander sagt Ihnen noch immer nichts?«

»Ich habe Ihnen gerade gesagt . . .«

»Wissen Sie, daß Basil Hollander tot ist?«

Die Augen beobachten.

»Er wurde in seinem Appartement an der Addison Street, im Bezirk des 12. Reviers, umgebracht. Aber das haben Sie nicht gewußt, oder?«

»Nein, ich . . .«

»Haben Sie seit Anfang des Monats mit Marilyn Hollis gesprochen?«

»Wirklich, nein, ich . . .«

»Wir haben den vierten, Mr. Riley. Seit dem ersten haben Sie also nicht mit Miss Hollis gesprochen?«

»Nein, habe ich nicht.«

»Ich dachte, Sie sind enge Freunde.«

»Das sind wir, aber . . .«

In dem geräumigen Atelierraum wurde es still. Als Riley wieder sprach, war seine Stimme beinahe ein Flüstern.

»Das ist eine ernste Sache, nicht?« fragte er.

»Sehr ernst«, bestätigte Carella.

»Ich meine . . . Ist jemand dabei, alle ihre Freunde abzuservieren?«

»Zwei bis dato«, sagte Carella und beobachtete weiter die Augen. Als er die Nachricht von Basil Hollanders Tod ausgesprochen hatte, hatte er in diesen Augen nichts gesehen; keinen raschen Nadelausschlag des Lügendetektors; keine Widerspiegelung einer schuldigen Seele; nichts, das auf etwas anderes als auf echte Überraschung hinwies. Jetzt sah er in den Augen etwas, das nach Angst aussah. Der rothaarige Hüne, ein Bär von einem Mann, war sich plötzlich bewußt, daß zwei von Marilyns Freunden umgebracht worden waren – und er war *auch* einer von Marilyns Freunden.

»Bin ich ein Verdächtiger oder ein potentielles Opfer?« fragte er. Im Kontrast zu dem feuerroten Haar und dem üppigen Schnauzbart war sein Gesicht jetzt ganz bleich.

»Sagen Sie's mir«, forderte Carella ihn auf.

»Ich will Polizeischutz«, sagte Riley.

9

Den gleichen Wunsch äußerte Charles Ingersol Endicott Jr.

Um elf Uhr morgens an jenem Freitag, dem 4. April, nachdem er die Frage mit seinen Partnern bei Hackett, Rawlings, Pearson, Endicott, Lipstein und Marsh diskutiert hatte, rief er das 87. Revier an und sprach nicht mit Willis – der zu diesem Zeitpunkt noch mit Marilyn Hollis im Bett war –, sondern statt dessen mit Carella, der gerade von seinem kurzen Besuch bei Nelson Riley zurückgekehrt war. Er sagte Carella, er und seine Kollegen hätten den Eindruck, jemand würde systematisch Marilyn Hollis' Freunde umbringen, und es könnte ratsam sein, zu diesem Zeitpunkt Polizeischutz zu erbitten, da er schließlich ein enger Freund Marilyns sei. Ob Carella nicht seine Meinung teile, daß möglicherweise auch ihm ein gewaltsames Ende drohe?

Insgeheim teilte Carella die Meinung, daß Endicott sehr wohl ein Kandidat war, dem das Auslöschen des Lebenslichts drohte, doch sagte er nur, er wolle die Frage in Erwägung ziehen (automatisch eiferte seine Sprache dem verschnörkelten Stil des Anwalts nach), das

Thema mit dem Lieutenant erörtern und sich wieder bei ihm, Endicott, melden, sobald eine Entscheidung gefallen sei.

»Wo zum Teufel ist Willis?« fragte Lieutenant Byrnes.

»Seine Schicht fängt erst um vier an«, sagte Carella.

»Und was zum Teufel machen *Sie* dann hier?«

»Ich bin scharf auf Ihren Job«, entgegnete Carella lächelnd.

»Greifen Sie ruhig zu!«

»Was sage ich Endicott? Und Riley?«

»Sie machen sich Sorgen, hm?«

»Würden Sie das nicht?«

Byrnes zuckte die Achseln. »Ich bin zu lange dabei«, sagte er. »Sobald man anfängt, sich davor zu fürchten, daß ein Tresor aus dem Fenster des zehnten Stocks einem direkt auf dcn Kopf fällt, steuert man in den Wahnsinn. Wie stehen die Chancen, daß unser Mann die beiden anderen umzulegen versucht? Eins zu einer Million, würde ich sagen.«

»Eine verflixt hohe Chance, wenn man zufällig einer der beiden anderen ist.«

»Was erwarten sie? Rund um die Uhr? Drei Schichten?«

»So exakt sind sie nicht geworden.«

»Das hieße, sechs Leute von dort abziehen, wo sie eigentlich sein müßten. Sechs Detectives kann ich nicht erübrigen, soviel steht fest. Nicht, wenn das Wetter angenehm wird und alle Ratten aus ihren Löchern kommen.«

»Wir können Streifenpolizisten einsetzen.«

»In Zivil, wenn sie uns nützen sollen. Wenn unser Mann ein Stück Uniformtuch sieht, ist er auf und davon.«

»Das ist doch der Zweck der Übung, oder?«

»Nein. Wenn wir Personal abstellen, dann muß das einen anderen Zweck erfüllen, als zwei Knaben zu beschützen, denen das Herz in die Hose gerutscht ist. Wenn wir Polizisten losschicken, um jeden in der Stadt zu schützen, der meint, jemand wolle ihn umbringen, haben wir keinen Cop mehr für andere Aufgaben übrig. Eine Überwachung rund um die Uhr befürworte ich nur, weil wir dann jemanden da haben, um unseren Mann zu schnappen, falls er tatsächlich wieder zuschlagen will. Ich werde mal sehen, ob Captain Frick sechs Blaujacken erübrigen kann. Vertrösten Sie Endicott und Riley bis dahin.«

Binnen einer Stunde wurde – gegen die Einwände Captain Fricks – entschieden, daß in der Tat sechs Streifenpolizisten von ihren normalen Posten abgezogen werden konnten, um den ganztägigen Schutz Endicotts und Rileys zu ermöglichen. Frick suchte sechs Männer aus, die zu verlieren er sich am ehesten leisten konnte (denn die Ratten kamen nicht nur für Detectives, sondern auch für die uniformierten Polizisten aus den Löchern); ein halbes Dutzend Stümper, die ihren Überwachungsjob als willkommene Abwechslung von der Langeweile und der Gefahr ihrer Arbeit vor Ort ansahen – bis man ihnen sagte, daß ein Mörder auf die Szene treten könne. Sofort sah der Job nicht mehr wie ein bezahlter Urlaub auf dem Lande aus. Sie begannen untereinander zu streiten, wer die Friedhofsschicht übernehmen solle – die erlesene Schicht, in der Endicott und Riley während der leeren Stunden der Nacht und des frühen Morgens vermutlich schlafen würden, wodurch ihre Bewacher die Chance hätten, ebenfalls ein wenig zu schlummern. Frick beendete den Streit sofort, indem er selbst die Schichten einteilte: ihr für die Tagschicht, ihr für die Abendschicht, ihr für die Nachtschicht, basta! Widerwillig trotteten zwei der sechs Stümper nachmittags um zwei in entgegengesetzte Richtungen davon; einer zu Nelson Rileys Atelier an der Carlson Street, der andere zu Endicotts Citykanzlei an der Jefferson Avenue.

Ab jetzt standen beide Männer unter Schutz.

Einigermaßen.

Willis kam um Viertel vor vier zur Arbeit.

Er pfiff vergnügt.

Carella, der seit neun Uhr morgens gearbeitet hatte, blieb dennoch bis zum Schichtende eine Viertelstunde vor Mitternacht. Während der Schicht bekamen es die Männer mit einem bewaffneten Raubüberfall, einer versuchten Vergewaltigung, drei Körperverletzungen und einem Einbruch zu tun. Niemand versuchte, Endicott oder Riley umzubringen, sehr zur Freude der beiden Stümper, die um Viertel vor vier am Nachmittag die Beschützerrolle übernommen hatten. Um Viertel vor zwölf meldete sich das dritte Stümperpärchen zum Dienst und wurde mit der Nachricht beglückt, daß sowohl Endicott als auch Riley sich aufs Ohr gelegt hatten. Zur selben Zeit wurden Carella und Willis abgelöst.

Beide Männer hatten das Wochenende frei.

Carella fuhr unverzüglich nach Hause zu seiner Frau und den Kindern in Riverhead.

Willis fuhr unverzüglich zu dem Haus an der Harborside Lane.

Ein Flügel des Hauses war abgeschlossen – »Um die Heizkosten niedrig zu halten«, hatte sie ihm gesagt – und diente als Lagerraum für einen Haufen Gerümpel, für das sie im Rest des Hauses keinen Platz fand. Eine leuchtend bunte, handbemalte Vase, zum Beispiel, die auf einem kleinen Tischchen mit einem roten Tuch darüber lag. Marilyn sagte ihm, die Vase sei von einem Mann bemalt worden, der unten im Quarter inmitten einer Ansammlung häßlicher Töpferwaren auf dem Bürgersteig gesessen habe, und die Vase, die sie wirklich für schön hielt, wenn sie auch fürchtete, daß die Farben eines Tages verblassen könnten, sei die einzige Ausnahme gewesen. Früher standen künstliche Blumen drin, aber die hatte sie weggeworfen, als sie entdeckte, daß ein Loch in der Decke war; danach hatte sie die Kiste mit dem Tuch und der Vase unter die undichte Stelle geschoben – die Vase sei doch ästhetischer als ein Kochtopf, oder etwa nicht?

Was Willis für einen kleinen Couchtisch unter der Vase und dem Tuch gehalten hatte, war die »Kiste«, die sie erwähnt hatte. Das Tuch hatte sie in Buenos Aires gekauft, wohin sie sich nach ihrer Trennung von Joseph Seward begeben hatte. Die Kiste war eine Sunkist-Orangenkiste, die sie hinter einem Lebensmittelladen gefunden hatte, als sie gerade in die Stadt gekommen war. Sie hatte vorgehabt, das große Etikett mit Wasser abzulösen und es dann in dem kleinen Laden am Stem rahmen zu lassen, wo sie ganz phantastische Stücke machten, in denen selbst eine zerknüllte Bleistiftzeichnung wie ein Picasso aussah. Sie hatte die Kiste mitgenommen, als sie das Haus gekauft hatte, war aber nie dazu gekommen, das Etikett abzulösen, und schließlich hatte sie die Kiste in den Lagerraum gestellt, das rote Tuch darübergelegt und die Vase mit den künstlichen Blumen darauf gestellt, bis dann die undichte Stelle in der Decke aufgetaucht war.

An der Wand des Lagers hingen vier Hundeleinen.

Sie hatte einmal einen Hund gehabt, direkt nach dem Kauf des Hauses, einen riesigen Labrador, der auf den Namen »Eisberg« hörte, weil er schwarz war, aber sie konnte nicht mit ihm in den Park gehen, um ihm die nötige Bewegung zu verschaffen, weil sie ständig zwischen Innenarchitekten und Möbelgeschäften pendelte, als sie das Haus einrichtete. Deshalb gab sie den Hund diesem Mann, einem Freund –

»Freund oder Bekannter?« fragte Willis dazwischen.

»Ein Freund, dachte ich«, antwortete sie.

– aber der Hund wurde von einem Auto überfahren, weil der Mann so nachlässig war und überhaupt. Statt dessen hatte sie sich weiter mit ihm getroffen, bis sie erfuhr, daß er in Las Vegas eine Frau und vier Kinder hatte, und da sagte sie ihm, daß sie weder Lügner noch Schürzenjäger mochte und erst recht keine lügnerischen Schürzenjäger, die einen Hund frei auf der Straßen laufen ließen, wo er von einem Cadillac überfahren werden konnte. Sie behielt die Hundeleinen, weil sie den Hund wirklich gern gehabt hatte und weil sie sich vielleicht eines Tages entscheiden könnte, wieder einen Hund zu kaufen, obwohl das nur eine entfernte Möglichkeit war.

Der Lagerraum war vom Fußboden bis zur Decke mit Kartons vollgepackt. Einige der Kartons enthielten Briefe, die sie aufbewahrt hatte, meist von Freunden hier in der Stadt, aus der Zeit, als sie an der Küste lebte und später in Houston, als sie in Sewards Stall war. Wie sie dort hineingerutscht war, wollte sie nicht im Detail schildern – »die übliche Geschichte, Hal, ein Typ hat mich vor die Tür gesetzt, und dann kam es so.« –, aber sie erzählte, daß sie in Houston landete, nachdem sie den Malibu-Schwachkopf verlassen hatte, der sie regelmäßig zu verprügeln pflegte. Nein, ihre Mutter hatte mit ihr in Kalifornien nie Kontakt aufgenommen. Nein, ihre Mutter hatte nie einen Ölmillionär geheiratet. Wie er schon wußte, waren das Lügen. Denn hätte sie ihm die Wahrheit darüber erzählt, was passiert war, nachdem sie Kalifornien verließ, hätte sie alles über Houston und Buenos Aires schildern müssen und ihn womöglich sofort verloren.

Die meisten Kartons enthielten Zeitungs- und Illustriertenausschnitte.

Beispielsweise Artikel über Brustkrebs . . .

»Ich habe schrecklich Angst davor, eines Tages Brustkrebs zu bekommen. Oder, noch schlimmer, Gebärmutterkrebs. Als ich noch anschaffen ging, habe ich immer Angst davor gehabt, mich anzustecken. Ich hatte Glück, aber kannst du dir vorstellen, wovor die armen Mädchen heute Angst haben müssen? Ich meine, Tripper oder Syphilis kann man heilen. Aber Herpes behältst du dein Leben lang, und bei AIDS behältst du nichts als den Tod. Vor Krebs hatte ich nie Angst, aber das ist jetzt anders, weil meine Mutter an Krebs gestorben ist. Weißt du, jüdische Frauen kriegen nie Gebärmutterkrebs, jedenfalls nicht viele, weil jüdische Männer beschnitten sind, eine Schande, daß ich keine Jüdin bin. Gebärmutterkrebs ist vorwiegend eine nichtjüdische Krankheit; er entsteht durch das Reiben der männlichen Vorhaut. Aber meine Mutter ist an Krebs gestorben, ich könnte also gefährdet sein. Deshalb habe ich die Artikel über Brustkrebs aufbewahrt, denn wer weiß schon, was eines Tages sein wird? Würdest du mich lieben, wenn ich nur noch eine Brust habe?«

Und Fotos von Mannequins, aus *Vogue, Harper's Bazaar* und *Seventeen* ausgeschnitten . . .

»Als ich noch anschaffen ging, habe ich davon geträumt, Mannequin zu sein. Sie kriegen nur sechzig, siebzig Dollar die Stunde, die meisten jedenfalls, und ich bekam manchmal dreihundert die Stunde, aber trotzdem – ich habe davon geträumt, mit ihnen zu tauschen. Ich habe oft nackt vor dem Spiegel posiert und geübt, wie ein Mannequin zu stehen. Man muß anders stehen, weißt du, ungefähr so, mit einem Fuß nach vorn und die Hüfte ein bißchen schräg. Ich habe schmale Hüften, ein Plus für ein Mannequin. Und einen kleinen Busen.«

»Dein Busen ist nicht klein«, widersprach Willis.

»Na ja, ich bin nicht gerade der Erdmuttertyp, soviel ist klar«, sagte sie. »Aber danke.«

In dem Lagerraum fand sich ein Aktenordner voll mit Material über den Ersten Weltkrieg, einschließlich einer Tageszeitung aus dem Jahre 1919, die sie bei einem Antiquar an der Basington Street gekauft hatte...

»Weißt du, weil das ein Krieg ist, der mich wirklich fasziniert. All die Männer, die da draußen in ihren Gräben kauern und übers Niemandsland blicken, und Ratten überall, und die Männer wichsen oder machen sonstwas, nur um die Zeit rumzukriegen. Das war völlig anders als moderne Kriege, in denen die Menschen nur Bomben auf andere Menschen werfen. Ich hoffen nur, sie werfen nie die ganz große ab. Und wenn sie's tun, dann hoffe ich, daß wir zusammen im Bett sind. Weißt du, was ich wirklich eines Tages tun möchte? Bitte, nicht lachen: Ich würde gern ein Buch über den Ersten Weltkrieg schreiben. Das ist lachhaft, ich weiß, ich habe keine Spur von Talent. Aber man weiß ja nie...«

Das Ergebnis ihrer Jahre in Buenos Aires war ein Umgang mit der spanischen Sprache, der Willis verblüffte, vor allem, als sie ihre Fertigkeit gegenüber einem arglosen puertoricanischen Taxifahrer demonstrierte, der sie an dem Samstag nach dem Mittagessen zu ihrem Haus fuhr und die Dreistigkeit besaß, einen kleinen Umweg zu fahren. Sie sprach fließend Spanisch, beherrschte die Umgangssprache samt aller Obszönitäten und würzte ihre Schmährede mit Verwünschungen wie *»Vete el carajo!«* (was, wie sie Willis verriet, »Fahr zur Hölle!« hieß) und Schimpfnamen wie *»Hijo de la gran puta«* und *»Cabeza de mierda«*; letzterer veranlaßte den kleinen Puertoricaner, seinen Platz hinter dem Lenkrad aufzugeben und ihr in ähnlich gewählter Sprache zu antworten. Er und Marilyn standen sich, Nase an Nase, Zeh an Zeh, in Kampfstellung mitten auf der Straße gegenüber, beide schrien sich gegenseitig an wie Carmen und ein Offizier bei ihrer Festnahme, während sich auf dem Bürgersteig Menschengruppen sammelten und ein uniformierter Cop bemüßigt in die andere Richtung schaute. Als sie am Nachmittag mit Willis im Bett lag, sagte sie ihm, sie habe den Taxifahrer nur einen Scheißkopf genannt.

Von einer Hausfrau hatte sie nicht viel, wie er an dem Wochenende entdeckte.

Montags, mittwochs und freitags kam eine Zugehfrau für einige Stunden, aber zwischen ihren Besuchen – so wie jetzt – ließ Marilyn das Haus »zum Dschungel zurückkehren«, wie sie es ausdrückte. Die Küche war ein totales Chaos. Im Spülbecken stapelten sich schmutziges Geschirr, Töpfe und Pfannen, weil Marilyn es einfacher fand, ihren gesamten Fundus zu benutzen und alles für die Zugehfrau liegenzulassen. Der Kühlschrank war ein nagelneues Modell, aber sein Inhalt bestand bloß aus einigen offenen Joghurtbehältern, einem ausgetrockneten Gurkenende und einem Stück ranziger Butter. Marilyn erläuterte, daß sie kaum einmal zu Hause esse, und wenn sie es schon einmal vorhabe, sei es einfacher, in den nahen Laden an der Stem zu gehen und Gemüse, Milch, Eier oder alles andere dann zu kaufen, wenn sie es brauche, statt es im Kühlschrank herumliegen zu lassen. Ein Stapel schmutziger Kleidung lag auf dem Schlafzimmerboden und selbst im Wohnraum, direkt hinter der Tür. Marilyn zog sich gern aus, sobald sie ins Haus kam. Sie schloß die Tür hinter sich, ließ Bluse und Rock oder Pullover und Leotard fallen, kickte die Schuhe weg und wanderte im Höschen umher. Das Haus sei zur Straße hin geschützt, sagte sie, und niemand könne hereinsehen, und sollte jemand im Park zufällig hochblicken und sie im Evaskostüm erblicken, würde er nichts anderes sehen als hunderttausend andere Männer vor ihm.

»'tschuldigung«, sagte sie sofort. »Macht dir das etwas aus?«

»Ja«, sagte er.

»Ich verspreche, ich erwähne die Zeit nie mehr; ich schwöre es bei Gott. Aber ich habe es nun mal getan, und zwar ziemlich lange.«

»Ich weiß.«

Viele Cops heiraten irgendwann Prostituierte, sinnierte er. Wieso eigentlich?

Und er fragte sich, wieso ihm der Gedanke an Heirat gekommen war.

Am Sonntagnachmittag rauchten sie gemeinsam Pot.

Er hatte noch nie in seinem Leben Marihuana geraucht, obwohl er andere Cops kannte, die es taten.

Sie lagen zusammen im Bett, als sie aufstand und nackt zu einer der alten Kommoden ging. Als sie zurückkam, sah er die beiden Zigaretten in ihrer Hand.

»Ich rauche nicht«, lehnte er ab.

»Das sind Joints«, sagte sie, und jetzt, als sie auf ihrer offenen Handfläche lagen, erkannte er sie sofort als Marihuana.

»*Das* ist ein Joint«, sagte er und griff nach seiner Erektion.

»Ganz bestimmt«, meinte sie, »aber das hier sind auch Joints. Komm, Süßer, wir törnen uns an!«

»Ich bin schon angetörnt«, erwiderte er. »Guck dir den Joint an!«

»Schieb das erst mal auf«, sagte sie. »Das ist guter Stoff, damit wird der Sex noch besser.«

»Wie kann er denn noch besser werden?«

»Wie, das weißt du nicht?« Überrascht sah sie ihn an. »Hast du noch nie Pot geraucht?«

»Noch nie.«

»Mannomann«, entfuhr es ihr, »eine Jungfrau! Komm, ich bring's dir bei.«

»Ich weiß gar nicht, ob ich es lernen will.«

»Ach was! Ich wette, selbst der Commissioner raucht Pot.«

»Kann sein, aber . . .«

»Es ist nur ein bißchen *Pot*, Hal! Keiner will dir eine Nadel in den Arm pieksen.«

»Na ja . . .«

»Man nimmt einen ganz tiefen Zug, viel tiefer als bei einer Zigarette, und man schluckt den Rauch und hält ihn, so lange es geht.«

»Ich habe schon gesehen, wie man es macht«, sagte er linkisch.

»Wenn man schließlich ausatmet, darf keine Spur von dem Rauch übrig sein. Okay?«

»Marilyn . . .«

»Sieh mir zu und hör auf, den braven Buben zu spielen! Ich nehme den ersten Zug, damit du siehst, wie man es macht, und dann gebe ich dir den Joint. Bitte zieh sofort dran, Hal, denn das ist Acapulco-Gold und keine Winston oder West.«

Sie inhalierte und reichte ihm den Joint sofort weiter. Er nahm einen tiefen Zug und begann heftig zu husten.

»O Mann«, sagte sie und schnalzte mit der Zunge. »Versuch's noch mal!«

Er versuchte es erneut, und diesmal hustete er nicht.

»Gut. Und jetzt ich wieder.«

Ein halbes Dutzendmal wanderte der Joint hin und er, bis er praktisch nur noch ein kleiner, glühender Stummel war. Marilyn hielt ihn zwischen Daumen und Zeigefinger, sog geräuschvoll daran und ließ den Rest in den Aschenbecher auf dem Tischchen neben dem Bett fallen.

»Beweisstück«, sagte sie. »Falls du eine Razzia planst.«

»Ich bin nicht im Dienst«, entgegnete er.

»Mannomann, wirklich?« zwitscherte sie. »Wie fühlst du dich? Spürst du schon was?«

»Nichts.«

»Laß es ein paar Minuten wirken. Manchmal, bei Jungfrauen, funktioniert es nicht sofort.«

»Ich spüre gar nichts«, sagte er.

»Wird nicht alles ganz scharf und klar?«

»Nein.«

»Es wirkt unterschiedlich«, sagte sie. »Ich sehe alles ganz scharf und klar, alle Umrisse deutlich, scharf und klar. Alle Umrisse. Deutlich und klar.«

»Du hast scharf vergessen«, sagte er.

»Ja, deutlich, klar und scharf. Bei einigen Leuten wird alles verschwommen, aber nicht bei mir. Ich fühle mich dabei immer sehr entspannt, und alles strahlt mit einer scharfen, deutlichen Klarheit.«

»Mit mir geschieht überhaupt nichts«, stellte Willis fest.

»Wie siehst du mich?« fragte sie. »Sehe ich klar und scharf aus?«

»Du siehst nackt aus.«

»Ich weiß, aber bin ich auch klar und scharf?«

»Nein, du bist weich und rund.«

»Manche Leute sehen die Dinge weich und rund«, sagte sie.

»Vor allem, wenn sie weich und rund *sind.*«

»Versuch, ernst zu sein«, bat sie. »Steh auf und geh durchs Zimmer, ja? Oh, guck mal, jetzt ist er ganz klein. Was ist passiert?«

»Dein Acapulco-Gold hat ihn geschafft.«

»Nein, es macht den Sex noch besser, du wirst es sehen. Steh auf und geh durchs Zimmer!«

»Wird er davon wieder steif?«

»Ich möchte, daß du merkst, wie sich dein Zeitsinn verändert. Und die Entfernungen. Bei vielen Leuten verzerren sich die Entfernungen. Die Wand da drüben scheint Millionen Kilometer entfernt, man braucht ewig, um durchs Zimmer zu gehen und sie zuberühren. Na los, versuch's!«

»Ich will, daß er wieder steif wird«, quengelte er.

»Geh zu der Wand!«

»Kriege ich keine Augenbinde?«

»Sieht die Wand weit weg aus?«

»Sie sieht genau da aus.«

»Genau wo?«

»Genau am Ende des Tunnels«, antwortete er kichernd.

»Du hast versprochen, du . . .«

»Nein, nein, er war ein Freund. Und er sagte, Hölle ist der Holland Tunnel. Hölle ist, für immer im Holland Tunnel zu stecken.«

»Wo ist der Holland Tunnel?« fragte Willis. »In Amsterdam?«

»Nein, in New York. Er kam aus New York. Er hat mir ein Gedicht rezitiert.«

»Ein holländisches Gedicht?« fragte Willis und kicherte wieder.

»Englisch, englisch. Er hat es selbst geschrieben. Möchtest du es hören?«

»Nein«, sagte Willis kichernd.

»Hellgleißend war's, und quallige Neider . . .«

»Wer?«

»Quallige *Neider*. Hör einfach zu, ja? Hellgleißend war's, und quallige Neider legten Feuer an Kardans Kleider. Die Muhme war im Pluk-kerglas der Nome-Ratten Leckerfraß.«

»*Was* für Ratten?«

»Nome-Ratten.«

»Aus Nome, Alaska?«

»Wahrscheinlich. Sie haben sie gefressen.«

»Wen?«

»Die Muhme. Wie die in Mexiko. Oder vielleicht überall in der Welt. Die Ratten, meine ich.«

»Mexiko? Wovon redest du?«

»Fressen die arme Muhme. Richtige Karnivalen.«

»Kannibalen meinst du.«

»Ja«, sagte Marilyn.

»Weißt du, daß du einen Hammer hier hast?« fragte Willis.

»Wo?«

»Hier, auf dem Tisch.«

»Welcher Tisch?«

»Der Tisch neben dem Bett hier. Mit der Lampe drauf, und dem Telefon, und dem Hammer.«

»Ach ja, mein Hammer«, sagte sie.

»Bist du vielleicht ein Zimmermann?« fragte er und kicherte.

»Er ist mein Schutz«, erwiderte sie. »Der beste Schutz für eine Frau. Ich habe einen Artikel drüber ausgeschnitten.«

»Hast du eine Genehmigung für den Hammer?« fragte er, immer noch kichernd. Er schien nicht mehr aufhören zu können.

»Ich meine es ernst«, sagte sie.

»Und der Waffenschein?« gluckste er.

»Eine Frau weiß, wie man einen Hammer benutzt. Es gibt keine Frau auf der ganzen Welt, die irgendwann einmal etwas hämmern oder nageln mußte. Sie weiß, wie man ihn faßt; sie weiß, wie man mit ihm ausholt; sie weiß, wie man ihn *benutzt.* Mir tut jeder arme Hund leid, der hier reinspaziert und versucht, sich mit mir anzulegen. In Mexiko gab es Leute, die die Ratten da unten mit dem Hammer erledigt haben.«

»Mexiko?«

»Klar. Da unten gab es Ratten so groß wie Krokodile. Sie sprangen die Leute an, wenn sie in ihren Betten schliefen, und bissen sie ins Gesicht. Das waren richtige *Kannibalen*, die Ratten.«

»Kannibalen essen nur ihre Artgenossen«, sagte Willis.

»Tolle Idee«, grinste sie. »Komm, iß mich.«

Sie liebten sich unermüdlich und endlos den ganzen Sonntag, und spät am Abend lagen sie sich ausgezehrt in den Armen und tauschten flüsternd ihre Lieblingsfarben, ihr Lieblingseis, ihre Lieblingsfilme, ihre Lieblings-Fernsehsendungen und ihre Lieblingsschlager aus – alles, was Jungverliebte für die Ewigkeit auflisten müssen. Sie erwähnte, daß sich in dem Schlager »Moonlight in Vermont« keine einzige Textzeile reime. Er fragte sie, wie sie auf diese erstaunliche Information gestoßen sei, und sie sagte, sie wisse es von einem Posaunisten, den sie früher einmal gekannt habe.

»Von dem Posaunisten hast du mir nichts erzählt«, sagte Willis.

»Ach, es ist doch sinnlos, dir über jede Kleinigkeit oder über jeden, den ich in meinem Leben gekannt habe, zu erzählen. Egal, jedenfalls stimmt es, daß sich in dem Schlager keine einzige Zeile reimt. Versuch's mal.«

»Ich kenne den Text nicht«, sagte Willis. »Erzähl mir von dem Posaunisten!«

»Warum? Damit du dich wieder aufregen kannst? Wie am Freitag im Park?«

»Ich werde mich nicht aufregen.«

»Er war jemand, den ich kannte, mehr nicht.«

»Ein Freier?«

»Ja, ein Freier.«

»Wo?«

»In Buenos Aires.«

»Ein Südamerikaner?«

»Nein. Er stammte aus New Orleans.«

»Ach ja, Südamerikaner spielen ja Gitarre – nicht?«

»Siehst du!«, sagte sie. »Du regst dich wieder auf.«

»Nein, tue ich nicht«, widersprach er.

»Ich glaube, wir sollten jetzt sofort etwas klarstellen«, verlangte sie.

»Sicher.«

»Ich war eine Nutte, okay? Das habe ich noch niemandem sonst in der Stadt anvertraut. Aber wenn . . .«

»Mir hast du es nur gesagt, weil ich es rausgefunden habe«, sagte er. »Bei der Polizei in Houston.«

»Aus welchem Grund ich es dir auch gesagt habe: Es stimmt nun mal. Läßt du mich bitte ausreden?«

»Sicher.«

»Was ich sagen will: Wenn das, was ich vor langer Zeit getan habe, ständig Probleme hervorruft . . . Ich meine, ich kann nicht jedes Wort und jede Handlung daraufhin abklopfen, Hal, tut mir leid.«

»Niemand verlangt, daß du das tust.«

»Doch, genau das tust du. Ich war eine Nutte, ja. Aber jetzt bin ich's nicht mehr.«

»Woher weiß ich das?«

»Ach, Scheiße, geht das schon wieder los«, sagte sie und stieg aus dem Bett.

»Wohin gehst du?« fragte er.

»Noch einen Joint holen.«

»Nein, laß uns darüber reden. *Du* wolltest darüber reden, also . . .«

»Du kannst mich mal! Ich will noch einen Joint.«

»Marilyn . . .«

»Jetzt hör mir mal gut zu!« sagte sie, stampfte zum Bett zurück und baute sich nackt vor ihm auf, die Hände in die Hüften gestemmt. »Ich will kein Wort mehr darüber hören, ob er ein Freund oder ein Freier war, ob ich mit ihm gebumst, ihm einen geblasen oder zugelassen habe, daß er mir eine Salatgurke in den Arsch schiebt, okay? Alle diese Sachen und noch schlimmere habe ich gemacht, und wenn das die Art von Beziehung werden soll, die ich mir wünsche, dann . . .«

»Was für eine Art von Beziehung?«

»Aufrichtig«, sagte sie. »Offen. Und wenn du eine blöde Bemerkung über dieses Wort machst, hau' ich dir den Hammer auf den Schädel, das schwöre ich bei Gott.«

»Keine Bemerkung«, versprach er und lächelte. »Hämmer machen mir Angst.«

»Klar, mach nur deine Witze. Mir ist es ernst, und du . . .«

»Mir ist es auch ernst.«

»Du glaubst, ich schaffe immer noch an, oder?«

Er antwortete nicht.

»Du glaubst, der Posaunist war letzte Woche und nicht vor fünf Jahren in Buenos Aires, oder?«

»Etwa nicht?«

»Ich schlag' dich wirklich mit dem verdammten Hammer«, sagte sie und griff nach dem Werkzeug.

»Beruhige dich«, sagte er und packte ihr Handgelenk.

Sie versuchte sich seinem Griff zu entziehen.

»Beruhige dich«, bat er, jetzt sanfter.

»Laß mich los!« verlangte sie. »Ich lasse mich nicht gern so grob behandeln.«

Er ließ ihr Handgelenk los.

»Willst du reden?« fragte er.

»Nein. Ich will, daß du dich anziehst und dich auf der Stelle verpißt.«

»Okay.«

»Nein, das will ich auch nicht«, sagte sie.

»Was willst du denn, Marilyn?«

»Ich will, daß du zu mir ziehst.«

Ihm verschlug es die Sprache.

Im trüben Licht, das durch die Gardinen gefiltert wurde, versuchte er, etwas in ihrem Gesicht zu erkennen. Meinte sie es ernst? Wollte sie das wirklich?

»Dann wirst du es ganz sicher wissen«, sagte sie. »Du wirst wissen, daß ich sauber bin. Und dann . . . kannst du mich . . . vielleicht . . . lieben.«

Er war fast zu Tränen gerührt. Aus Angst, er könnte jeden Moment wirklich weinen, legte er seine Hände über die Augen. Er wollte nicht, daß sie seine Tränen sah.

»Tust du es?« fragte sie.

»Ich dachte schon, du würdest mich nie fragen.« Er versuchte, ganz lässig zu reagieren, doch dann kamen die Tränen, und plötzlich schluchzte er hemmungslos.

»O Baby«, sagte sie und nahm ihn in die Arme. »Bitte, du brauchst nicht zu weinen, bitte, Baby, nicht weinen! O Gott, was mache ich nur mit diesem Mann? Bitte, Liebling, bitte, nicht weinen.« Und sie küßte sein tränennasses Gesicht, seine Augen, seinen Mund, und sie sagte: »O Gott, wie ich dich liebe, Hal«, und er fragte sich, wie lange es her war, daß eine Frau ihm diese Worte gesagt hatte, und durch seine Tränen sagte er: »Ich liebe dich auch«, und das war wirklich der Beginn.

10

Die Überwachung von Endicott und Riley erwies sich insofern als vorteilhaft, als niemand versuchte, einen der beiden vom Leben zum Tod zu befördern. Aber nachdem eine Woche ins Land gegangen war, rief Lieutenant Byrnes Carella in sein Büro und fragte ihn, wie lange er die sechs Stümper noch für den Schutzdienst einsetzen solle.

»Sie müssen es von zwei Seiten aus sehen«, sagte er. »Niemand hat versucht, sie umzubringen, das stimmt, aber das mag daran liegen, daß unser Mann die Überwachung spitzgekriegt hat und sich deshalb nicht rührt. Andererseits ist vielleicht Endicott oder Riley unser Mann, und dann rührt er sich deshalb nicht, weil ihm Tag und Nacht ein Cop auf den Fersen klebt.«

Es war der zehnte Tag im April, ein linder Freitagmorgen, fast drei Wochen nachdem Jerome McKennon in seiner Wohnung am Silvermine Oval, in seinen Ausscheidungen liegend, gefunden worden war. Zwei Wochen und vier Tage Arbeit ohne konkrete Ergebnisse sind eine lange Zeit in einem Mordfall. Genau das hatte Captain Frick Lieutenant Byrnes als allererstes an diesem Morgen klargemacht. Frick hatte die Leitung des gesamten Reviers. Byrnes hörte ihm nur selten zu, doch diesmal hatte der Captain ein starkes Argument. Der Captain wollte die sechs Cops von der Überwachung abziehen und sie wieder auf ihre Posten setzen.

»Frick will seine Leute zurück«, meinte Byrnes.

»Dann lassen wir sie gehen«, meinte Carella.

»Ernsthaft?«

»Meines Erachtens haben wir mit Endicott, Riley und der Hollis die einzig möglichen Verdächtigen. Wenn die Frau unser Mann ist, weiß sie schon von den beiden anderen, daß sie unter Schutz stehen, und sie wäre verrückt, erneut zuzuschlagen. Die beiden anderen haben Cops bei sich, da haben Sie recht, also können sie sich gar nicht hervorwagen.«

»Mir bereitet Kopfzerbrechen, daß die beiden Männer diejenigen sind, die um Polizeischutz *gebeten* haben.«

»Vielleicht, um uns auf die falsche Fährte zu locken.«

»Wie sehen Sie die Sache, Steve? Ohne Drumherum. Drei Verdächtige, haben Sie gesagt.«

»Drei mögliche Verdächtige, habe ich gesagt.«

»Angenommen, die Frau ist es. Nur, ums mal durchzuspielen. Welches Motiv hat sie?«

»Ich weiß es nicht. Ich habe mich beim Nachlaßrichter erkundigt. McKennon ist ohne Testament gestorben, und Hollander hat seine geringen Besitztümer seiner Schwester hinterlassen. Die Hollis behauptet, die beiden Opfer seien enge Freunde von ihr gewesen, und ich nehme ihr das ab. Hal auch. Und sie hat wasserdichte Alibis für die Zeit, als . . .«

»Ihre Alibis sind die beiden anderen Verdächtigen.«

»Als ob ich das nicht wüßte!« seufzte Carella.

»Haben Sie jeden in McKennons Umkreis überprüft?«

»Habe ich. Dort sehe ich keinen, der in Frage käme.«

»Und Hollander?«

»Ein echter Einzelgänger – mit Ausnahme seiner Beziehung zu der Hollis.«

»Steuerberater, hm?«

»Ja.«

»Wie hat sie ihn kennengelernt?«

»Weiß ich nicht.«

»Hatte er beruflich mit ihr zu tun?«

»Weiß ich nicht.«

»Finden Sie es heraus! Vielleicht ist mit ihren Finanzen etwas faul. Vielleicht hat sie McKennon zur Tarnung umgebracht. Wenn Hollander das eigentliche Ziel war, weiß er vielleicht etwas, das die Steuerbehörde nicht erfahren soll.«

»Vielleicht«, sagte Carella.

»Es wäre eine Möglichkeit, Nicht?«

»Eine Möglichkeit.«

»Sie ist früher auf den Strich gegangen, sagen Sie?«

»Ein einziger Fehltritt, Pete. In Houston, vor sieben Jahren.«

»Mir ist noch nie eine Nutte mit einem Herz aus Gold über den Weg gelaufen. Ihnen?«

»Noch nie.«

»Woher hat sie das ganze Geld? In Ihrem Bericht steht, sie besitzt ein prächtiges Haus an . . .«

»Weiß ich nicht. Muß ich bei Willis nachfragen, er hat sich um sie gekümmert.«

»Dann fragen Sie ihn. Und die Frau auch. Wie hat Hollander den Ostersonntag verbracht? Bevor er in seine Wohnung zurückgekehrt ist?«

»Er war bei seiner Schwester. Die, die im Testament steht.«

»Haben Sie mit ihr gesprochen?«

»Ja.«

»Was hat er ihr hinterlassen?«

»Nicht der Rede wert.«

»Ich kenne Menschen, die einem die Kehle für einen Vierteldollar aufschlitzen.«

»Die Frau nicht, Pete. Sie ist mit einem Klempner verheiratet, sie hat zwei Kinder und bald ein drittes. Ich kann mir sie nicht vorstellen . . .«

»Schwangere Frauen können genausogut ein Messer führen wie jeder andere Mensch.«

»Sie ist im achten Monat, Pete. Watschelt wie ein Elefant durch die Gegend. Außerdem hat sie an dem Abend, als es Hollander erwischt hat, bei ihrer Nachbarin ferngesehen.«

»Von wann bis wann?«

»Gegen elf ist sie in ihre Wohnung zurück.«

»Bestätigt die Nachbarin das?«

»Ja.«

»Um welche Zeit hat es Hollander erwischt?«

»Am späten Sonntagabend oder Montag sehr früh, sagt der Arzt.«

»Wo war sie um . . .?«

»Im Bett. Und dann ist sie aufgestanden, weil die Kinder in die Schule mußten.«

Byrnes seufzte.

»Rufen Sie die Hollis an!« sagte er. »Finden Sie heraus, wie sie ihn kennengelernt hat, ob er für sie gearbeitet hat und so weiter.«

Auf diese Weise erfuhr Carella, daß Willis bei ihr wohnte.

Er wählte die Nummer von Marilyn Hollis an, und ein Mann meldete sich am Telefon.

»Hallo?«

Carella erkannte die Stimme sofort.

»Hal?« fragte er überrascht.

»Ich weiß, daß ich spät dran bin«, sagte Willis.

Carella sah auf die Wanduhr. Viertel nach neun. Willis hätte vor einer halben Stunde da sein müssen. Aber . . .?

»Ich hab' wohl die falsche Nummer gewählt«, sagte Carella und schaute in das Notizbuch, das aufgeschlagen vor ihm lag. Die Nummer von Marilyn Hollis, kein Zweifel.

Nach langem Schweigen sagte Willis: »Ich bin hier eingezogen.«

»Ach?« reagierte Carella. »Und was machst du da? Verdeckte Fahndung?«

»Die Klugscheißerei kannst du dir sparen«, fuhr Willis auf. »In 'ner Stunde bin ich da.«

Er hängte ein.

Carella starrte auf den Hörer.

Nun ja, dachte er.

Er legte den Hörer auf die Gabel.

Lange Zeit konnte er die Augen nicht vom Telefon losreißen.

Walter Johnson vom Chemischen Untersuchungsamt rief um zehn Uhr zurück. Am ersten April hatte Carella ihn angerufen, jetzt war der zehnte. Er hatte schon fast vergessen, daß er um einen Rückruf gebeten hatte. Carellas Mentalität ließ ihn stets annehmen, daß andere seinen eigenen Verantwortungssinn teilten. Wenn er jemanden bat, etwas zu tun, strich er das Thema aus seinen Gedanken, bis sein Memo-Kalender ihn daran erinnerte, daß der Auftrag noch nicht erledigt war. Im bürokratischen Morast der Stadt ließ Carella normalerweise zwei Wochen ins Land gehen, bis er sich ans Telefon bequemte, um ein bißchen herumzubrüllen. In seinem Kalender war für den Fünfzehnten ein Anruf bei Johnson vorgemerkt. So gesehen, war Johnson recht früh dran.

»Ich weiß, ich komme spät«, sagte Johnson.

An diesem Morgen wußte jeder, daß er spät kam. Aber Willis war noch nicht im Büro.

»Was haben Sie rausgekriegt?« fragte Carella.

»Sie wollten die kommerziellen Verwendungen von Nikotin wissen.«

»So ist es.«

»Warum das Interesse?« fragte Johnson.

»Wir ermitteln in einem Fall mit Nikotinvergiftung.«

»Ungewöhnlich, nicht?«

»Die erste, mit der wir befaßt sind.«

»Das Opfer hat wohl keine Zigarren oder Zigaretten gegessen?«

»Dafür spricht überhaupt nichts.«

»Denn das würde reichen. Die tödliche Dosis müßte irgendwo bei vierzig oder fünfzig Milligramm liegen.«

»Etwa in dem Bereich.«

»Das wären drei Zigaretten oder zwei Zigarren. Falls das Opfer sie geschluckt hat. Aber Sie sagen ja, das sei nicht der Fall.«

»Wohl kaum.«

»Sie wollen also wissen, wie Ihr Mann etwas in die Hände gekriegt hat, das Nikotin enthält. Richtig?«

»Richtig.«

»Bevor ich zum Telefon griff, habe ich mir einen Datenausdruck machen lassen. Er liegt vor mir. Das UA – das Umweltamt – hat vierundzwanzig Pestizide registriert, in denen Nikotin einer der Hauptbestandteile ist. Vier weitere enthalten Nikotinsulfat als Wirkungskomponente. Und zwei weitere, die noch aus den 40er Jahren stammen, haben Tabakpulver als Wirkungskomponente.«

»Sind das alles Insektizide?«

»Einige sind Abwehrmittel gegen Tiere – zum Beispiel Dexol gegen Hunde; es enthält sechs Prozent Nikotin in einer Mischung aus Holzkreosot, Phenol, Kiefernteer und Seife. Oder Jinx Outdoor gegen Katzen und Hunde, das einen niedrigen Prozentanteil Nikotin, gemischt mit getrocknetem Blut, Naphtalin und Thiram, enthält. Der Nikotingehalt in den Pestiziden schwankt von einem siebenhundertstel Prozent bis maximal achtundneunzig Prozent. Ein Teil der Mittel ist beschränkt, ein Teil unklassifiziert.«

»Inwiefern beschränkt?«

»Ein Pestizidhersteller legt dem UA Daten über mögliche Gesundheitsgefährdungen vor. Das UA prüft die Daten und weist dem Produkt eine Registriernummer zu. Dann muß die Firma ihr Produkt in den einzelnen Bundesstaaten anmelden, bevor sie es dort auf den Markt bringen kann. Einige Produkte sind unklassifiziert. Das heißt, das UA hat noch nicht entschieden, ob ihre Weitergabe beschränkt wird oder sie für den generellen Gebrauch freigegeben werden.

»Beschränkt auf wen?«

»Bestimmte Anwender. Kammerjäger, Gärtner, Forstleute, zum Beispiel.«

»Wie viele Produkte sind unklassifiziert?«

»Die meisten.«

»Und das bedeutet?«

»Das bedeutet, daß man sie im Haushaltswarenladen oder im Gartencenter über die Theke kaufen kann. Keine Beschränkungen. Nehmen wir zum Beispiel das Gartensprühmittel *Black Leaf 40*, das in siebenundzwanzig Bundesstaaten zugelassen ist: Es hat einen Nikotingehalt von 40 Prozent, und Ihr Hausbesitzer kann es sich selbst aus dem Ladenregal holen. Für jedes Mittel, das einen höheren Nikotingehalt hat, müssen Sie nachweisen, ein berechtigter Anwender zu sein. Ist es möglich, daß Ihr Mann Kammerjäger ist?«

»Wir wissen nicht, was er ist«, antwortete Carella.

»Also einmal angenommen, er ist es nicht. Und nehmen wir einmal an, er will *Black Leaf 40* – oder eine andere Lösung mit vierzig Prozent Nikotingehalt – in freies Alkaloid umwandeln. Er müßte Natriumhydroxid zufügen und ... aber vielleicht wissen Sie das ja alles.«

»Nein, ich weiß es nicht.«

»Also, er müßte ... Mal sehen, ob ich es Ihnen erklären kann. Er würde mit einem pH-Meßgerät feststellen, wie sauer die Lösung ist. Dann würde er sich dranmachen, sie basischer und weniger sauer zu machen. Sobald er ...«

»Wie würde er das machen?«

»Nun, indem er Natriumhydroxid zufügt. Um die Sulfate zu entfernen. Er käme anfangs zu einem Meßwert von, sagen wir, neun oder zehn, ganz sicher weiß ich es wirklich nicht, und könnte so auf drei oder vier abzielen, aber das ist auch nur eine Schätzung. Sein Ziel ist das freie Alkaloid, das Nikotin. Er trennt es vom Natriumsulfat. Sobald er Nikotin und Wasser hat, mischt er es in einem Scheidetrichter ...«

»Mit was mischt er es?«

»Mit Äther, zum Beispiel. In Äther wäre es löslich, und die Ätherschicht wäre leichter als Wasser. Er würde einen Teil des Wassers abgießen, wieder Äther zufügen, die Mischung erneut schütteln, abscheiden und immer so weiter, bis er den angestrebten Reinheitsgrad des Nikotins erzielt.«

»Ein langes Verfahren, oder?«

»Einfach wäre es bestimmt nicht, es sei denn, Ihr Mann hat Zugang zu einer Laboreinrichtung. Ich weiß nicht, *wie* viele Gramm der Lösung er tintrieren müßte, um ein einziges Gramm Nikotin zu erhalten. Die tödliche Dosis, vierzig Milligramm, sind geradezu ein Hauch von dem Stoff.«

Genau dieses Wort hatte auch Blaney verwandt: ein Hauch. Plötzlich dachte Carella an die vielen Werbespots, in denen die Zigaretten mit »Duft« und »Aroma« versehen wurden.

»All das setzt voraus, daß er weiß, wie man reines Nikotin aus einer vierzigprozentigen Lösung gewinnt.«

»Nun ja«, sagte Johnson, »ich nehme an, er könnte auch das tun, was mein Daddy gemacht hat, als ich noch ein kleiner Junge in Kentucky war.«

Plötzlich war Carella ganz Ohr.

»Und zwar?« fragte er.

»Er hat sein eigenes Ungeziefermittel hergestellt. In einer Kaffeekanne hat er Zigarettentabak und Wasser gemischt, die Mixtur eine Woche stehengelassen und sie dann aufgekocht. So eine Art Tee, verstehen Sie? Den hat er mit Seifenlauge vermischt, damit die Brühe am Blatt haftet. Ich nehme an, Ihr Mann hätte dasselbe tun können. Zigarren oder Zigaretten in einer Kanne mit Wasser mischen, den Sud destillieren, das Gift herausziehen.« Er hielt einen Moment inne und fragte dann: »Haben Sie ein Polizeilabor?«

Carella bejahte.

»Rufen Sie Ihre Leute an, erkundigen Sie sich nach der Destillation.«

»Danke«, sagte Carella. »Sie waren mir eine große Hilfe.«

»Gern geschehen«, sagte Johnson und legte auf.

Willis betrat den Dienstraum, als Carella gerade das Labor anwählte. Beide Männer schauten zu der Wanduhr hoch. Viertel nach zehn.

»Captain Grossman, bitte«, sagte Carella ins Telefon.

»Tut mir leid wegen der Verspätung«, sagte Willis und ging zu seinem Schreibtisch.

Meyer Meyer, der eineinhalb Stunden auf seine Ablösung durch Willis gewartet hatte, sagte nichts. Er ging zum Kleiderständer, nahm seinen Hut herunter, zündete sich eine Zigarette an und ging hinaus.

»Wann erwarten Sie ihn?« fragte Carella ins Telefon. »Gut. Würden Sie ihn bitten, Detective Carella anzurufen? Sagen Sie ihm, es ist dringend.«

Er legte den Hörer auf die Gabel.

»Willst du drüber reden?« fragte er Willis.

»Worüber?«

»Über deinen Einzug bei einer Verdächtigen.«

Willis blickte durch den Raum zu Andy Parker hinüber, der gebeugt über seine Schreibmaschine saß und eifrig wie ein Specht auf einem Bericht herumhackte. Parker war in Hemdsärmeln, das Fenster hinter seinem Schreibtisch stand offen und ließ eine milde Brise mitsamt dem Verkehrslärm der Grover Avenue herein. Parker gehörte zu der Kategorie, die Brown als »ausgebrannte Cops« charakterisieren würde; er kam, schon lange, bevor es die Cops von »Miami Vice« für schick hielten, unrasiert zur Arbeit, aber einzig und allein deshalb, weil der Job für ihn schlimmer als Zwangsarbeit war, für die man sich nicht noch eigens ausstaffierte. Normalerweise brauchte Parker zwei Stunden, um einen Bericht zu schreiben, selbst wenn der Täter auf frischer Tat geschnappt worden war. Die beste Ausgestaltung eines Arbeitstags war für Parker, so wenig Arbeit wie möglich zu erledigen. Es war nicht ratsam, in Parkers Hörweite irgendein heikles Thema zu diskutieren. Nach Parkers Verständnis war Einfühlungsvermögen für Friseure und Innenarchitekten reserviert.

»Komm, wir setzen uns woanders zusammen«, schlug Carella vor.

»Okay«, sagte Willis.

Sie gingen durch die Schwingtür den Flur entlang in den Vernehmungsraum. Carella schloß die Tür hinter sich. Die beiden Männer setzten sich an dem langen Tisch gegenüber. Hinter Willis befand sich ein einseitiger Spiegel, durch den der Vernehmungsraum vom angrenzenden Zimmer aus beobachtet werden konnte.

»Also?« begann Carella.

»Das geht dich nichts an«, sagte Willis.

»Einverstanden. Aber es geht die Polizeibehörde etwas an.«

»Zum Teufel mit der Polizeibehörde!« entgegnete Willis. »Ich kann wohnen, wo ich will. Und bei wem ich will.«

»Ich bin mir nicht sicher, daß das auch für eine Verdächtige in einem Mordfall gilt.«

»Marilyn Hollis hat mit keinem der beiden Morde etwas zu tun!« fuhr Willis hoch.

»Davon bin ich nicht überzeugt. Der Lieutenant ebensowenig.«

»Du hast keinen Grund anzunehmen, daß sie . . .«

»Ich habe aber auch keinen Grund, etwas anderes anzunehmen. Was ist denn los mit dir, Hal? Du weißt doch, daß sie eine Verdächtige ist.«

»Wer sagt das? Nach meinem Wissen ist jemand mit einem wasserdichten Alibi . . .«

»Du weißt, was man mit wasserdichten Alibis anstellen kann, oder? Einige der besten Killer, die ich kannte, hatten wasserdichte . . .«

»Sie ist kein Killer!« schrie Willis.

Es wurde still in dem Raum.

»Was machen wir also?« fragte Carella schließlich. »Du lebst mit der Frau zusammen. Müssen wir unsere Gedanken auf den Fall konzentrieren . . .?«

»Mir ist gleich, was du tust«, unterbrach Willis ihn.

»Wenn wir uns in einer Situation befinden, in der alles, was wir im Dienstraum sagen, direkt an . . .«

»Ich habe nichts gesagt oder getan, was die Ermittlung gefährdet!«
Wieder wurde es still.

»Ich will mit ihr reden«, sagte Carella. »Treffe ich eine Verabredung durch dich?«

»Keiner schreibt dir vor, wie du deinen Fall behandelst.«

»Ich dachte, es ist *unser* Fall.«

»Ist er auch«, räumte Willis ein. »Wir haben nur verschiedene Ansichten über die möglichen Verdächtigen.«

»Ist sie jetzt zuhause?« fragte Carella.

»Jedenfalls war sie es, als ich ging.«

»Dann würde ich sie gerne aufsuchen, falls du nichts dagegen hast.«

»Ich würde vorschlagen, du rufst vorher an.«

»Hal ...«, begann Carella, doch dann schüttelte er nur den Kopf.
Als er hinausging, saß Willis noch an dem langen Tisch, den einseitigen Spiegel hinter sich.

»Und was möchten Sie jetzt wissen?« fragte sie Carella.
Sie trug Jeans und ein Herrenhemd. Ob es Willis gehörte? fragte Carella sich. Sie befanden sich in dem getäfelten Wohnraum. Morgens um elf war das Haus still, die dicken Wände isolierten das Zimmer von den Geräuschen des Verkehrs draußen. Es war schwer, sich vorzustellen, daß sie wegen Prostitution festgenommen worden war. Sie sah aus wie ein Teenager. Makellose Haut, wache blaue Augen, kein Make-up auf dem Gesicht, nicht einmal Lippenstift. Aber auch hier galt die Regel der »mehrfachen Maus«: Wenn man eine Maus in der Scheune sieht, heißt das, man hat hundert. Wenn eine Frau einmal als Nutte aufgefallen ist, kann man Gift drauf nehmen, daß sie schon tausend Nummern hinter sich hat.

»Es geht um Basil Hollander«, antwortete er.

»Was ist mit ihm?«

»Wie haben Sie ihn kennengelernt?«

»Warum wollen Sie das wissen, Mr. Carella?«

»Er gehörte zu Ihren Freunden«, sagte Carella. »Er ist tot. Ein weiterer Freund von Ihnen ist ebenfalls tot. Ich bin sicher, Sie vergeben uns unsere Neugier ...«

»Sarkasmus mag ich gar nicht«, unterbrach sie ihn. »Was haben Sie eigentlich gegen mich?«

»Ich habe weder etwas gegen noch für Sie, Miss Hollis, ich bin bloß ein Cop, der seine ...«

»Oh, bitte, verschonen Sie mich damit! Der Cop, der nur seine Arbeit tut – das reicht mir schon bei Hal.«

Hal. Natürlich, wie sollte sie ihn sonst nennen? Detective Willis?

»Was haben Sie gegen mich?« wiederholte sie. »Ist es, weil wir zusammenleben?«

Geradewegs aufs Ziel zu. Und gleichzeitig wich sie seiner Frage aus, wie sie Hollander kennengelernt hatte.

»Hals Angelegenheiten sind Hals Angelegenheiten«, entgegnete er. Keine Stunde vorher hatte er Willis etwas ganz anderes gesagt. »*Meine* Aufgabe ist . . .«

»Ich dachte, Sie und Hal hätten die gleiche Aufgabe.«

»Das dachte ich auch«, sagte Carella.

»Aber jetzt nicht mehr, hm? Weil er mit einer Frau zusammenlebt, die eine kaltblütige Killerin sein kann, oder?«

»Das haben *Sie* gesagt.«

»Aber *Sie* denken es, nicht wahr. Sie denken, ich hätte Jerrry und Baz umgebracht.«

»Ich habe keinerlei Beweise für . . .«

»Wir reden hier nicht über Beweise«, fiel sie ihm erneut ins Wort. »Nach den Beweisen ist offensichtlich, daß ich nicht in der Nähe war, als die beiden starben. So viel zu *Beweisen*, Mr. Carella. Wir reden im Moment aber von Gefühlen, oder? Welches Gefühl haben Sie tief im Innern? Sie meinen, ich könnte beide getötet haben, oder?«

»Ich meine, es ist mein Job . . .«

»Ach ja, jetzt sind wir wieder bei Ihrem Job!«

»Den Sie mir nicht gerade leichter machen«, sagte Carella.

»Ach? Wieso? Indem ich mit Ihrem Partner zusammenlebe?«

»Nein. Indem Sie die Frage nicht beantworten, die ich Ihnen vor fünf Minuten gestellt habe.«

»Ist das schon fünf Minuten her?« fragte sie spöttisch. »Mein Gott, wie die Zeit vergeht, wenn man in angenehmer Gesellschaft ist!«

»Was haben *Sie* gegen *mich*?« fragte er.

»Ich kenne Sie schon lange, Mr. Carella. Sie sind all die Cops, die mir im Leben begegnet sind. Mit Ausnahme von Hal. Sie glauben, wenn jemand einmal mit dem Gesetz in Konflikt gekommen ist, kommt er immer wieder mit dem Gesetz in Konflikt. Ein Tiger verliert seine Streifen nicht, oder, Mr. Carella? Einmal Nutte, immer Nutte.«

»Wenn Sie möchten, daß ich das glaube – nun gut. Aber noch einmal: Wie haben Sie Basil Hollander kennengelernt?«

»Bei einem Konzert«, seufzte sie.

»Wo?«

»In der Philharmonie.«

»Wann?«

»Letzten Juni.«

»Rein zufällig?«

»Während der Pause. Wir unterhielten uns über das Programm, und ich entdeckte, daß wir in der Musik den gleichen Geschmack hatten. Wir verstanden uns auf Anhieb.«

»Und trafen sich danach regelmäßig?«

»Eine Woche später rief er mich an. Er hatte Karten für die Oper. Der Oper kann ich nicht sonderlich viel abgewinnen, ich bin aber trotzdem mitgegangen, und es war herrlich.« Sie lächelte. »Aber der Oper kann ich auch heute noch nichts abgewinnen.«

Sehr exklusiver Geschmack, dachte er. In Houston gingen die Nutten natürlich oft zur Philharmonie, aber nicht in die Oper. Er dachte nach. Vielleicht hatte sie recht über ihn. Vielleicht war er schon zu lange Cop und sprang auf Schlußfolgerungen, die auf einem Wissen beruhten, das er für gänzlich empirisch hielt. Aber ihm war noch nie eine bekehrte Nutte begegnet, ebensowenig wie ein bekehrter Gewaltverbrecher. Aber ihm war auch noch nie ein Gewaltverbrecher begegnet, der Sinfonien besuchte. *Oder* Opern.

Aus Rücksicht auf Willis fragte er sie nicht, wann sie angefangen hatte, mit Hollander zu schlafen. Das bedrückte ihn; er begann bereits, die Ermittlungen zu gefährden. Normalerweise war die Intensität einer Beziehung zwischen einem Mann und einer Frau in einem Mordfall von höchster Bedeutung, vor allem, wenn es sich um die Variante »Junge lernt Mädchen kennen« handelte. Statt dessen fragte er: »Er war Steuerberater, nicht?«

»Das wissen Sie doch«, gab sie zurück.

»Wann haben Sie das erfahren?«

»Daß er Steuerberater war?« fragte sie mit überraschtem Blick. »Was könnte das schon ...?«

»Ist er jemals beruflich für Sie tätig gewesen?«

»Nein. Was denn? Basil?«

»Sie haben doch einen Steuerberater, oder?«

»Allerdings.«

»Wer ist es?«

»Er heißt Marc Aronstein.«

»Seit wann ist er Ihr Steuerberater?«

»Ich habe ihn engagiert, als ich von Buenos Aires hierherkam.«

»Buenos Aires?«
»Ich dachte, Hal hätte es Ihnen gegenüber erwähnt.«
»Nein.«
»Ich bin in Buenos Aires auf den Strich gegangen.«
»Aha«, sagte er. »Wie lange?«
»Fünf Jahre.«
»Und in Houston.«
»Nur ein Jahr. Kurz nach der Festnahme habe ich mich dort abgesetzt.«
Eine längere Geschichte, als er gedacht hatte. Willis hatte wirklich ein tolles Los gezogen.
»Sind Sie von Houston aus direkt nach Argentinien gegangen?«
»Nein. Zuerst nach Mexiko.«
»Und dort sind Sie auch auf den Strich gegangen?«
»Nein«, erwiderte sie lächelnd. »Dort war ich nur als Touristin.«
»Wie lange?«
»Etwa sechs Monate.«
»Wie alt sind Sie eigentlich, Miss Hollis?«
»Sie sind der Detective, ich lasse Sie mal rechnen. Drei Monate vor meinem sechzehnten Geburtstag bin ich von zu Hause nach L. A. ausgerissen. Dort habe ich etwas länger als ein Jahr gelebt, bevor ich mich nach Houston aufgemacht habe.«
»Warum Houston?«
»Ich hatte vor, mich an der Rice University zu bewerben.«
»Das haben Sie aber nicht getan.«
»Nein. Ich lernte da einen Schöntuer kennen, der mich auf die Straße schickte.«
»Joseph Seward?«
»Nein, Joe war später.«
»Wie lange waren Sie in Houston?«
»Habe ich Ihnen doch schon gesagt. Ein Jahr. Rechnen Sie fleißig? Danach etwa sechs Monate Mexiko, anschließend fünf Jahre in Buenos Aires, und hier lebe ich jetzt fünfzehn Monate. Auf was kommen Sie?«
»Sechzehn, als Sie von zuhause . . .«
»Knapp sechzehn.«
»Ich komme auf vierundzwanzig.«
»Im August werde ich fünfundzwanzig.«
»Sie haben ein bewegtes Leben hinter sich.«
»Bewegter, als Sie sich vorstellen können«, sagte sie.

»Sie haben uns erzählt, Ihr Vater hätte Ihnen das Haus hier . . .«

»Nein, das war gelogen. Das wissen Sie doch. Stellen Sie mich nicht auf die Probe, Mr. Carella, unaufrichtige Menschen mag ich nicht.«

»Und wie sind Sie an das Haus gekommen?«

»Hat Hal Ihnen das nicht gesagt? Ich bin mit knapp zwei Millionen Dollar hier eingetroffen. Das Haus hat mich siebenfünf gekostet, den Rest habe ich investiert. Dafür brauchte ich einen Steuerberater.«

»Marc Aronstein.«

»Ja. Von Harvey Roth, Incorporated.«

»Hier in der Stadt?«

»Ja, an der Battery Street. In der Nähe des Alten Deichs.«

»Haben Sie mit Mr. Hollander jemals finanzielle Angelegenheiten besprochen?«

»Nie.«

»Sind Sie jemals von der Steuerbehörde überprüft worden?«

»Einmal.«

»Und gab's Probleme?«

»Nur die normalen.«

»Zum Beispiel?«

»Abzüge für R und B.«

»Was ist das?«

»Reisen und Bewirtung.«

»Aha«, sagte er. In seinem Beruf konnte er keine Reise- und Bewirtungskosten absetzen. »Haben Sie diese Überprüfung jemals mit Mr. Hollander diskutiert?«

»Ich habe Ihnen doch gesagt, daß ich finanzielle Angelegenheiten nie mit ihm besprochen habe.«

»Obwohl Sie wußten, daß er Steuerberater ist?«

»Wir hatten andere Themen zu besprechen.«

»Hat er gewußt, daß Sie früher auf den Strich gegangen sind?«

»Nein.«

»Einer von Ihren anderen Freunden?«

»Nein.«

»McKennon?«

»Nein.«

»Riley? Endicott?«

»Keiner von ihnen.«

»In der Nacht, in der McKennon starb . . .«

». . . war ich zum Skilaufen in Snowflake.«

»Mit Nelson Riley.«

»Ja.«

»Und als Hollander umgebracht wurde . . .«

». . . war ich mit Chip Endicott zusammen.«

»Beide sind gute Freunde von Ihnen.«

»Vergangenheit«, sagte sie.

»Was heißt das?«

»Hal möchte, daß ich ihre Bekanntschaft aufgebe.«

So ernst, dachte er.

»Und werden Sie das?«

»Allerdings.« Sie hielt inne und sagte dann: »Wissen Sie, ich liebe ihn.«

11

Als Marilyn Samstag morgen vor dem Haus eintraf, in dem Nelson Riley wohnte, stand ein Streifenwagen am Gehweg. Hm-hm, dachte sie, zögerte einen Moment, holte dann tief Luft und betrat das Haus.

Die Woche über bediente ein Schwarzer den Aufzug für die Hutfabrik, die immer noch das sechste Stockwerk des Gebäudes belegte. Die Besitzer der Fabrik waren nicht gerade erfreut, daß Riley im vierten Stockwerk eine überdimensionale Nackte auf die Aufzugtüren gemalt hatte – eine Frau, die jedesmal halbiert wurde, zwischen den Brüsten über den Bauchnabel bis zum Schamhaar, wenn die beiden Türhälften sich öffneten. Samstags und sonntags hatte die Hutfabrik geschlossen, an diesen Tagen bedienten die Besucher den Aufzug selbst. Das hieß, man mußte den altmodischen Hebelmechanismus des Walzenreglers ganz allein betätigen.

Marilyn hatte stets Schwierigkeiten damit. Sie schien den Aufzug nie exakt an der Markierung für das vierte Stockwerk anhalten zu können. Jetzt zerrte sie den Hebel hin und her, bis sie den Boden der Aufzugkabine auf eine Höhe mit dem Flur im vierten Stock gebracht hatte. Sie öffnete das innere Scherengitter, schob mühsam die Türflügel mit der Nackten auf und schloß Scherengitter und Tür hinter sich – die Arbeit mußte man sich machen, wenn der Aufzug auf Selbstbedienung lief. Dann ging sie den Flur hinab zu Rileys Atelier.

Die Tür zum Atelier stand offen.

Drinnen sah sie zwei uniformierte Polizisten, von denen einer auf einem Block schrieb, während der andere, die Hände in den Hüften, daneben stand und zuhörte. Riley sagte ihnen gerade, er sei sicher, jemand habe während der vergangenen Nacht in seiner Atelierwohnung eingebrochen.

»Sobald sie den Polizeischutz abziehen, bricht jemand ein«, sagte er.

»Was meinen Sie damit: Polizeischutz?« fragte der Cop mit dem Block.

»Ich hatte rund um die Uhr einen Cop bei mir«, erklärte Riley.

»Warum?«

»Man hatte das Gefühl, daß ich Schutz brauche.«

»Wer hatte das Gefühl?«

»Die Detectives, die im Norden der Stadt in einem Fall ermitteln.«

»Wo im Norden?«

»87. Revier.«

Der Cop mit den Händen auf den Hüften fragte: »Was für ein Fall?«

»Ein Mordfall«, antwortete Riley. »Hi, Marilyn, komm nur rein!«

»Hörst du das, Frank?« sagte der Cop mit dem Block.

»Ich hör' es, Charlie«, entgegnete der andere Cop.

»Wer ist das?« fragte Frank, als Marilyn auf sie zukam.

»Eine Bekannte«, antwortete Riley und küßte sie auf die Wange.

»Wie kommen Sie darauf, daß jemand hier eingebrochen hat?« fragte Charlie.

»Das Fenster da im Wohnbereich wurde gewaltsam geöffnet«, sagte Riley. »Tolles Ding, was?« meinte er, an Marilyn gewandt.

Die Cops bewegten sich zum Wohnbereich. Riley und Marilyn folgten ihnen.

»Sie wohnen hier, was?« fragte Frank.

»Ich wohne hier, und ich arbeite hier«, klärte Riley ihn auf.

»Was arbeiten Sie denn?« wollte Charlie wissen.

»Ich bin Maler.«

»Wirklich?« sagte Frank. »Geben Sie mir Ihre Karte, ja? Mein Schwager will sein Haus neu streichen lassen.«

»Ich male Bilder«, sagte Riley. »Die da draußen.« Mit einer Kopfbewegung wies er zu den Gemälden an den Wänden des Ateliers.

»Haben Sie die gemalt?« fragte Frank.

»Ja.«

Frank blickte an ihm vorbei und nickte unverbindlich.

»Und hier schlafen Sie, was?« merkte Charlie. »Auf dem Wasserbett hier.«

»Ja.«

»Wie ist so ein Wasserbett?«

»Prima«, sagte Riley. »Sehen Sie sich mal das Fenster an. Man kann sehen, wo es aufgebrochen wurde.«

Charlie ging zu dem Fenster am Fußende des Betts. Er beäugte es eingehend. Frank spähte ihm über die Schulter. Hinter ihren Rücken verdrehte Marilyn die Augen.

»Die Kratzspuren hier meinen Sie?« fragte Charlie.

»Ja.«

»Vorher waren die nicht da?«

»Nein.«

»Sind frisch, was?«

»Ja.«

»Was meinst du, Frank?«

»Könnte ein Brecheisen gewesen sein«, entgegnete Frank achselzuckend.

»Fehlt was?« fragte Charlie.

»Nein, ich glaube nicht.«

»Warum haben Sie uns dann angerufen?« wollte Frank wissen.

»Wenn hier jemand eingebrochen hat, ist das doch ein Grund, die Polizei anzurufen – oder nicht?«

»Warum sollte hier jemand einbrechen und nichts mitnehmen?« fragte Charlie zurück.

»Ich sehe nichts, was das Mitnehmen lohnt«, meinte Frank und ließ seine Augen durch den Wohnbereich schweifen.

»Mr. Riley bekommt bis zu fünftausend Dollar pro Werk«, empörte Marilyn sich.

»Pro was?« fragte Charlie.

»Pro Bild.«

»Ernsthaft?« meinte Frank zweifelnd. Mit neuem Interesse betrachtete er die Bilder an den Atelierwänden. »Für die da, hm?«

»Fehlt eines dieser wertvollen Gemälde?« fragte Charlie. Er betonte das Wort »wertvollen«, so daß sein Unglaube überdeutlich herauszuhören war.

»Nein.«

»Es fehlt also nichts. Richtig?«

»Ja, aber . . .«

»Wieso haben Sie uns dann angerufen?«

»Ich habe Sie angerufen, weil zwei Menschen ermordet worden sind und . . .«

»Aber nicht in diesem Revier, oder?«

»Was hat das . . .?«

»Sie hätten das 87. anrufen sollen«, unterbrach Charlie ihn erneut. »Dort werden die Mordfälle bearbeitet; dort hätten Sie anrufen sollen.«

»Vielen Dank«, sagte Riley.

»Keine Ursache«, sagte Charlie. »Ich schreibe meinen Bericht und werde vermerken, daß das 87. schon damit befaßt ist.«

»Sie sollten Gitter vor dem Fenster anbringen«, riet Frank. »Die Feuerleiter da draußen, die ganzen Bilder, die nach den Worten der Lady so wertvoll sind . . .« Ein zweifelndes Achselzucken. »Bringen Sie Gitter vor dem Fenster an, so daß keiner rein kann.«

»Und wie komme ich *raus*, wenn es brennt?« fragte Riley.

»Rufen Sie die Feuerwehr an«, meinte Charlie.

»Fertig hier?« fragte Frank.

»Fertig«, bestätigte Charlie und klappte seinen Block zu.

Riley seufzte.

»Bis zum nächsten Mal«, sagte Charlie, und die beiden Cops gingen hinaus.

Sobald sie die Tür hinter sich ins Schloß gezogen hatten, meinte Riley: »Die tollste Truppe der Stadt, was?«

»Du solltest erst einmal die Cops in Houston sehen«, sagte sie.

»Jemand bricht hier ein, sie stehen rum . . .«

»Bist du sicher, daß jemand eingebrochen hat?«

»Die Spuren hier am Fenster waren noch nicht da, als ich gestern abend das Atelier verließ.«

»Vielleicht solltest du wirklich das 87. Revier . . .«

Wozu? Damit sie mir schon wieder erklären können, warum sie hier keine Cops mehr erübrigen können? Du hättest sie mal hören sollen! Jede Menge Verbrechen in der Stadt, die Leute werden dringend sonstwo gebraucht, tut uns leid, die Überwachung können wir nicht aufrechterhalten . . . Überwachung, ein Polizeiwort. Überwachung von Areal und Subjekt. Auch Polizeiworte. Das hier ist das Areal, und ich bin das Subjekt. Nur, daß ich kein Subjekt mehr bin. Jetzt bin ich wieder ein mögliches *Opfer*!«

Marilyn sagte nichts.

»So, und jetzt umarme mich erst mal«, sagte er mit einem breiten Lächeln.

»Wir müssen etwas bereden«, sagte Marilyn.

»Später«, meinte Riley. »Möchtest du einen Drink?«

»Nein, danke.«

»Ich habe einen guten Scotch auf dem Regal stehen. Zwölf Jahre alt.«

»Jetzt nicht, danke.«

»Du siehst großartig aus. Habe ich dir das schon gesagt, daß du großartig aussiehst?«

»Danke.«

Sie trug einen blauen Faltenrock, Strumpfhose in gleicher Farbe, hockhackige blaue Schuhe, eine passende Umhängetasche, eine weiße Bluse mit Bubikragen und einen marineblauen Strickpullover darüber. Ihr langes, blondes Haar war zu einem Pferdeschwanz gebunden, der von einem Barett in der Farbe der Bluse gehalten wurde.

»Du siehst wirklich großartig aus.«

»Danke.«

»Stimmt was nicht?«

»Nein, nein.«

»Haben die Cops dir zugesetzt?«

»Viele Fragen, aber es war halb so schlimm.«

»Bist du sicher, laß du keinen Drink möchtest?«

»Bestimmt nicht.«

»Wie wär's mit Kaffee?«

»Ich gieße einen auf«, sagte sie.

»Ich hab' nur Pulverkaffee im Haus.«

»Ich weiß.«

Sie bückte sich zu dem Schränkchen unter dem Spülbecken, holte einen Kessel heraus und ließ Wasser hineinlaufen.

»Macht's dir etwas aus, wenn ich hier ein bißchen aufräume?« fragte er. »Ich bin gestern abend noch spät raus und habe alles stehen- und liegenlassen. Am Wochenende habe ich gern Ordnung, man weiß ja nie, wer hereinschneit.«

Marilyn setzte den Kessel auf die Kochplatte und schaltete sie ein. Riley holte einen Besen aus einer Ecke des Atelierbereichs.

»Eigentlich wollte ich dich anrufen«, sagte er.

»Ich bin froh, daß du es nicht getan hast«, entgegnete sie, ging zum Wandschrank und nahm zwei Tassen und ein Glas Pulverkaffee heraus.

»Wieso?« fragte er. »Viel zu tun?«

»Sehr viel.«

Sie löffelte Kaffeepulver in die Tassen und sah nach dem Kessel.

»Ich auch«, sagte er. »Deshalb habe ich dann ja auch *nicht* angerufen. Sieh mal, das große hier!«

Sie ging in den Atelierbereich.

»Erkennst du es?«

»Snowflake«, sagte sie.

»Es hat mich einigen Schweiß gekostet, das Weiß hinzukriegen«, sagte er. »Sieht so aus, als würde es wirklich schneien, nicht?«

»Ein richtiger Blizzard.«

»Ja«, sagte er, ein stolzes Grinsen auf den Lippen. »Gefällt es dir?«

»Ja.«

»Das da bist du. In dem gelben Parka.«

»Mein Parka ist nicht . . .«

»Ich weiß.« Er blickte, immer noch grinsend, unverwandt auf das Bild. »Gefällt es dir wirklich?« fragte er.

»Ja. Sehr.«

Sie ging zurück in den Wohnbereich und sah wieder nach dem Wasserkessel.

»Nur Geduld«, mahnte er. »Mist, guck dir an, wie ich die Pinsel hab' liegenlassen.«

Er setzte sich auf einen Stuhl an seinem Arbeitstisch und begann, ihr den Rücken zugewandt, die Pinsel zu reinigen. Als er sich wieder zu ihr umdrehte, stand sie an dem Regal hinter dem Raumteiler, die Scotchflasche in der Hand.

»Zwölf Jahre alt«, wiederholte er. »Geschenk vom Galeristen.«

Sie zog den Korken ab, roch an der Flasche und verzog die Nase.

»Bist du sicher, daß du keinen willst?«

»Zu früh für mich. Außerdem mag ich keinen Scotch.«

Er tupfte weiter Pinsel in Terpentin und säuberte die Borsten.

»Wie ein blutiger Anfänger«, brummelte er. »Pinsel über Nacht liegenzulassen.«

Er arbeitete weiter mit dem Rücken zu ihr. Lange Zeit blieb sie stumm. Als der Kessel pfiff, blickte er auf.

»Kaffee ist fertig«, sagte sie.

»Im Kühlschrank ist Milch«, sagte er. »Zucker im . . .«

»Ich trinke ihn schwarz«, unterbrach sie ihn.

»Richtig. Mittlerweile sollte ich es wissen.«

Sie trug die Tassen zum Arbeitstisch, an dem er saß, und setzte sich auf den Stuhl ihm gegenüber. Terpentingeruch lag in der Luft. Sie kramte in ihrer Tasche, holte ein Päckchen Zigaretten und ein goldenes Feuerzeug mit Monogramm heraus. Sie hielt die Flamme an die Spitze der Zigarette, inhalierte und stieß den Rauch aus. Dann legte sie die Zigaretten auf den Tisch und das Feuerzeug sorgsam auf sie Packung. Er betrachtete ihre Hände. Plötzlich hob sie den Blick.

»Nelson«, sagte sie. »Ich möchte Schluß machen.«

Er sah sie an.

»Okay?« fragte sie.

»Was ist denn los?«

»Ziehen wir einfach einen Schlußstrich, okay?«

»Nein. Was ist denn? Bist du sauer, weil ich nicht angerufen habe? Ich hätte nicht gedacht, daß ein solcher Quark irgendeine Bedeutung für unsere . . .«

»Das ist es nicht.«

»Was denn?«

»Ich habe jemanden kennengelernt.«

»Was heißt das?«

»Was soll es schon heißen, Nelson? Es heißt, daß ich mich an jemanden gebunden habe.«

»Gebunden?«

»Ja, gebunden.«

»Du?«

»Ich weiß nicht, was daran . . .«

»*Du*? Gebunden? Ich dachte, Bindungen . . .«

»Das dachte ich auch.«

»Ich meine, ich dachte, *Verpflichtung* . . .«

»Ich habe meine Meinung geändert. Okay?«

»Jetzt werde nicht so ungeduldig, bitte! Schließlich ist es schon so etwas wie ein Schock für mich. Du hast mir doch ständig gesagt, die Beziehung zwischen uns würde völlig ausreichen. Hast du das nicht ständig gesagt? Reden, Lachen, Gemeinsamkeiten. Hast du mir das nicht ständig gesagt, Marilyn?«

»Das habe ich gesagt, ja.«

»Und jetzt, aus heiterem Himmel . . .«

»Ja, aus heiterem Himmel.«

»Wer? Einer von denen, mit denen du dich getroffen hast?«

»Nein.«

»Wer dann?«

»Das spielt doch keine Rolle.«

»Für mich spielt es eine Rolle. Wer ist es?«

»Sein Name ist Hal Willis.«

»Wer?«

»Hal . . .«

»Der *Cop*? Der, der hier war und mir Fragen gestellt hat? Du machst Witze!«

»Ich mache keine Witze, Nelson.«

»Sicher, über Geschmack kann man nicht streiten, aber, Herrgott, Marilyn . . .«

»Ich habe gesagt, es ist mir ernst. Also laß es, okay?«

Es wurde still im Atelier.

»Sicher«, sagte er schließlich.

Die Stille dehnte sich aus.

»Das war's dann also, hm?« fragte er.

»Das war's.«

»Sechs, sieben Monate . . .«

»Nelson, wir waren gute Freunde. Beenden wir es auch als gute Freunde, okay?«

»Sicher«, sagte er.

»Okay?«

»Sicher?« Plötzlich grinste er. »Geben wir dem Wasserbett noch eine letzte Vorstellung?«

»Ich denke, nicht«, entgegnete sie.

»Ein bißchen Wellenschlagen?« fragte er, immer noch grinsend.

Sie lächelte, stand auf, nahm ihre Tasche, ging um den Tisch herum und küßte ihn auf die Wange.

»Nelson . . .«, sagte sie. »Lebwohl.«

Sie sah ihn einen Moment an, schien noch etwas hinzufügen zu wollen, doch dann schüttelte sie den Kopf und verließ die Atelierwohnung.

Er lauschte dem Klappern ihrer hohen Absätze draußen auf dem Flur. Er hörte, wie der Aufzug sich nach oben quälte. Er hörte, wie die Türflügel geöffnet wurden. Und dann wieder das Geräusch des Aufzugs, leiser, immer leiser.

Und dann gab es nur noch Stille und den Geruch des Terpentins.

O Mann, fantastisch! dachte er.

Toller Start ins Wochenende!

Letzte Nacht bricht einer ein, heute morgen platzt Marilyn mit dieser Neuigkeit herein! Dann lieber ein richtiger Einbruch. Sicher, Nelson, trinken wir einen Kaffee, ach ja, übrigens, ich möchte Schluß machen. Marilyn Hollis in einer *bindenden* Beziehung? Wunder gibt es immer wieder! Und dann auch noch mit einem Cop. Mit einem Cop, so groß wie mein Daumen.

Ihm war nach Weinen zumute.

Ach was, dachte er, diese Stadt ist voller Frauen. Bei jeder Vernissage umschwärmen sie mich, ooh, was für ein schönes Stück. Aber keine von ihnen war Marilyn – Marilyn war ein schönes Stück.

Schon Vergangenheit.

War.

Einfach so.

Nelson, ich möchte Schluß machen.

Nelson . . . Lebwohl.

Yo te adoro, hatte sie ihm einmal gesagt. Das Wasserbett hatte unter ihnen geplätschert, *yo te adoro*, »Ich bete dich an« auf spanisch, das sie in Südamerika gelernt hatte. Sprach Spanisch wie eine Einheimische, *yo te adoro*. Es war nicht *ernst* gemeint; es hieß nicht, daß sie ihn *wirklich* anbetete, ihn *wirklich* liebte; es galt nur innerhalb ihrer eigenen Definition ihrer Beziehung: keine Verpflichtungen, keine Bindungen, keine Fesseln.

Jetzt fragte er sich, wieviel ihm ihre Beziehung wirklich bedeutet hatte.

Gerade zehn Minuten aus seinem Leben, und schon hatte er das Gefühl, sich aus dem Fenster stürzen zu müssen.

»Yo te adoro.«

Seinem Schwanz hatte sie es zugeflüstert.

Ach was, dachte er, es gibt andere Frauen.

Er stand auf. Der Tisch stank nach Terpentin, seine Hände stanken nach Terpentin. Er ging in den Wohnbereich, ins Eckchen, wie sie es genannt hatte, wir necken das Säckchen im Eckchen, er hatte in seinem ganzen Leben keine Frau wie Marilyn gehabt, niemals. Er drehte den Wasserhahn auf, wusch seine Hände über dem Becken, trocknete sie an einem Spültuch ab.

Er schaute auf die Küchenuhr.

Zwanzig Minuten vor elf.

Zu früh für einen Mann, seinen Kummer zu ersäufen?

Teufel, nein!

Er ging zu dem Regal nahe bei dem Bett, holte die Scotchflasche herunter und entkorkte sie. Aus dem Wandschrank nahm er ein Glas und goß drei Finger hoch ein. Er hob das Glas wie zu einem Toast.

»Marilyn«, sagte er laut, »ich glaube, ich habe dich geliebt.«

Er neigte das Glas zum Mund und nahm einen tiefen Schluck.

Die Uhr an der Küchenwand zeigte achtzehn Minuten vor elf.

Seine erste Reaktion war automatisch. Er spie den abscheulich schmeckenden Scotch sofort aus, *versuchte* ihn auszuspeien, aber der größte Teil der Flüssigkeit war bereits seine Kehle hinabgelaufen, und nur ein dünner, brauner Saft spritzte gegen die Kühlschranktür.

Er fühlte Feuer in seinem Mund brennen, in seiner Kehle, in seinem

Körper. Seine Hände umklammerten seinen Hals und ließen das Glas fallen, das auf dem Küchenboden in hundert glitzernde Splitter zerschellte. Er drehte sich zum Spülbecken, *Wasser*, griff nach einem neuen Glas auf dem Sideboard, packte den Wasserhahn, drehte ihn auf, während sein Mund sich mit Speichel füllte. Er spie in das Becken, versuchte, das Brennen in seiner Kehle auszuspeien, das Brennen, das jetzt schon seinen Magen erreichte. Sein Mund füllte sich wieder mit Speichel, er spuckte wieder und verspürte plötzlich Übelkeit. Er ließ das Glas in das Becken fallen. Es prallte auf, zerbrach aber nicht. Er fand es bemerkenswert, daß es nicht zerbrach, und begann, sich in das Spülbecken zu übergeben. Das fließende Wasser platschte in das Erbrochene, das sich aus seinem Mund ergoß, und er preßte die Hände gegen seinen Magen, als ein messerscharfer Schmerz seinen Bauch durchschnitt und ihn fast zusammenbrechen ließ.

Er drehte sich von dem Becken weg.

Das Telefon.

Einen Arzt.

Praktisch im selben Moment fühlte er die nahende Ohnmacht. Er fiel nach vorn auf das Wasserbett, das leise unter ihm plätscherte, als er nach dem Telefon griff. Im gleichen Augenblick versagten seine Schließmuskeln ihren Dienst, er spürte, wie sich ein warmer Strom flüssiger Exkremente in seine Hose ergoß, und ihn entsetzte mehr als alles andere, daß er sich so gehen ließ, aber sein Entsetzen währte nur Sekunden, denn schon zuckte er krampfartig im Bett, verdrehte Arme und Beine, sein Kopf ruckte nach hinten, er schnappte nach Luft, konnte nicht atmen, seine Lungen verschlossen sich, seine Kehle schnürte sich zu, sein Brustkorb fiel zusammen, o Gott, dachte er, Marilyn, dachte er, und dann dachte er gar nichts mehr, denn er war tot.

Die Uhr an der Küchenwand zeigte sechzehn Minuten vor elf.

Dank des Eifers des 6. Reviers waren Carella und Willis um zehn nach zwölf am Schauplatz. Ein Bildhauer, der am anderen Ende des Flurs wohnte, hatte an Rileys Tür geklopft, weil er ihm sein jüngstes Werk zeigen wollte. Dann hatte er die Klinke gedrückt, gemerkt, daß die Tür offenstand, und Riley tot auf dem Wasserbett gefunden. Er war in seine Atelierwohnung gestürzt und hatte sofort die Polizei angerufen. Die beiden Streifenpolizisten, die von der Einsatzleitstelle geschickt wurden, waren Charlie und Frank. Sie warfen einen Blick in die Wohnung, benachrichtigten ihren diensthabenden Sergeant, daß es in der Carlson Street 74 eine Leiche gab. Außerdem informierten sie den

Sergeant darüber, daß das 87. zwei Mordfälle bearbeitete, die von dem Toten erwähnt worden waren – natürlich, als er noch lebte. Der Sergeant rief das 87. um 11 Uhr 45 an. Willis und Carella brauchten weniger als eine halbe Stunde, um durch die Stadt zum Fundort der Leiche zu kommen.

Charlie und Frank waren noch am Schauplatz.

Inzwischen war ihr Sergeant eingetroffen. Auch ein Captain in Uniform war da; manchmal lockt ein Mordfall Top-Leute heraus.

»Der Arzt ist unterwegs«, sagte der Captain.

»Die Streife war kurz vor zehn schon einmal hier«, sagte der Sergeant. »Das Opfer hatte heute morgen einen Einbruch gemeldet.«

»Gestohlen wurde nichts«, fügte Charlie eilig hinzu, bestrebt, Vorwürfen vorzubeugen. Diese verdammte Geschichte hatte sich urplötzlich zu einem Mordfall ausgewachsen.

»Wir wollten in unserem Bericht anmerken, daß das 87. ihn überwacht hatte«, sagte Frank, die Wahrheit ein wenig überdrehend.

Der Captain sah die beiden Polizisten ausdruckslos an. Charlie und Frank kannten diesen ausdruckslosen Blick. Beide konnten sich ausmalen, daß sie bis zur Halskrause in der Scheiße steckten.

»Die Flasche Scotch dort auf dem Schränkchen«, sagte der Sergeant, »riecht wie ein Dutzend Politiker, die in einem Hinterzimmer paffen.«

Carella fragte sich, ob der Sergeant die Flasche angefaßt hatte.

Ein Päckchen Virginia Slims und ein Damenfeuerzeug auf dem Tisch im anderen Zimmer«, sagte der Captain. »Mit den Initialen M. H.«

Carella sah Willis an.

»So um zehn kam eine Frau hier rein«, sagte Charlie. Wenn er den Fall an Ort und Stelle klärte, rechnete er sich aus, ungeschoren davonzukommen.

»Eine große Blonde«, sagte Frank.

»Tolle Puppe«, sagte Charlie.

»Ganz in Blau gekleidet. Passend zu den Augen.«

»Der Tote sagte, es wäre eine Bekannte.«

»Habt ihr ihren Namen?« fragte der Sergeant.

»Carolyn, glaube ich«, sagte Charlie.

Nein, dachte Carella, nicht Carolyn.

»Carolyn, *wie*?« fragte der Captain.

»Das weiß ich nicht, Sir«, sagte Charlie.

»Wir waren wegen einem 10-21 hier«, meinte Frank erklärend. »Der Tote hat gesagt, die Frau wäre eine Bekannte von ihm.«

»Trotzdem müßtet ihr ihren vollen Namen haben.«

Wir haben ihren vollen Namen bereits, dachte Carella.

»Gestohlen wurde nichts«, wiederholte Charlie mit einem Achselzucken.

Der Polizeiarzt kam in die Wohnung. »Haben Sie das Aktbild auf der Aufzugtür gesehen?« fragte er heiter. »Wo ist die Leiche?«

»Da, auf dem Wasserbett«, antwortete der Captain.

»O Mann«, entfuhr es dem Arzt. »Hier stinkt's gewaltig, was?«

Er wich den Scherben auf dem Fußboden aus und steuerte direkt auf das Wasserbett zu.

»Puh«, sagte er und kniete sich neben die Leiche.

Carella ging in den Arbeitsbereich der Atelierwohnung und betrachtete das Päckchen Virginia Slims und das goldene Feuerzeug auf dem Tisch. M. H. Du hast einen weiten Weg hinter dir, Baby, dachte er und nahm das fertige Bild an der Wand in Augenschein. Riley schien das Problem gelöst zu haben, wie man es schneien ließ.

Im Wohnbereich sagte Willis: »Die Flasche muß ins Labor. Hat jemand sie angefaßt?«

»Ich nicht«, versicherte Charlie hastig.

»Ich auch nicht«, sagte Frank.

»Nur mit einem Tuch«, sagte der Sergeant.

»Warum?« fragte der Captain Willis. »Glauben Sie, in dem Scotch ist was drin?«

»Nikotin«, sagte Willis.

»Sind Sie Arzt?« fragte der Polizeiarzt.

»Nein, aber . . .«

»Dann überlassen Sie bitte mir die Klärung der Todesursache, okay?«

Willis starrte ihn einen Moment böse an und ging dann zu Carella. Er sah auf das Zigarettenpäckchen und das Feuerzeug.

»Ist das ihres?« fragte Carella.

Willis nickte.

»Wußtest du, daß sie hierher wollte?«

»Ja.«

»Okay. Wer spricht mit ihr?«

»Ich«, sagte Willis.

12

Er saß allein im Wohnraum.

Als er am Morgen zur Arbeit gefahren war, hatte sie ihm gesagt, zuerst wolle sie zu Rileys Wohnung – »Um Schluß zu machen«, hatte sie gesagt – und dann in die City, um einzukaufen. Gegen eins wollte sie zurück sein, und sie hatte versprochen, ihn dann auf dem Revier anzurufen, um ihm zu sagen, wie es abgelaufen war.

Die Uhr auf dem Kaminsims tickte laut.

Es war jetzt eine Minute vor eins.

Er dachte ständig, daß nun wirklich jemand Schluß mit Riley gemacht hatte; jemand hatte Nikotin in seinen Whisky gemischt und ihn hinter McKennon und Hollander hergeschickt. Drei ihrer engen Freunde waren jetzt tot. Nur noch Endicott blieb, und sie hatte vor, sich in der nächsten Woche mit ihm zu treffen, um ihm die Neuigkeit mitzuteilen. Um auch mit ihm »Schluß zu machen«.

Die Uhr schlug.

Ein einzelner Schlag.

Ding.

In die Stille des Wohnraums hinein.

Er wartete.

Um Viertel nach eins hörte er den Schlüssel im Schloß. Sie kam herein, legte ihre Schultertasche auf den Tisch direkt hinter der Tür und wollte gerade die Treppe hinauf, als sie ihn dort sitzen sah.

»Hee, hi!« sagte sie überrascht. »Was machst du denn zuhause?«

»Riley ist tot«, sagte er.

Einfach so, aus der Hüfte geschossen.

»Was?«

»Du hast doch gehört.«

»Tot?«

»Tot. Erzähl mir alles, was dort passiert ist, Marilyn!«

»Warum? Du glaubst doch nicht . . .«

»Wenn du es *mir* nicht sagst, wirst du es Carella sagen müssen. Er weiß, daß du da warst. Du hast dein Feuerzeug liegenlassen, und zwei Polizisten haben dich beschrieben.«

»Jetzt bin ich also wieder eine Verdächtige.«

»Das warst du ohnehin immer noch. Zumindest für Carella.«

»Ich habe Nelson nicht umgebracht. Herrgott, ich war nur ein paar Minuten dort!«

»Wer hat denn gesagt, daß er umgebracht worden ist?«

»Du hast gesagt, daß er tot ist. Ich nehme nicht an, daß es ein schlichter Herzinfarkt war.«

»Erzähl mir alles, was passiert ist. Von deiner Ankunft dort bis zu deinem Abschied.«

Marilyn seufzte.

»Ich höre«, sagte Willis.

»Ich kam kurz nach zehn dort an. Ja, es war wohl um diese Zeit.«

»Und wann bist du gegangen?«

»Etwa . . . Ich weiß nicht genau. Halb elf?«

»Das ist eine halbe Stunde, nicht ein paar Minuten.«

»Ja, ungefähr eine halbe Stunde.«

»Also gut. Was ist in der halben Stunde passiert?«

»Er hat mir einen Drink angeboten, wir haben Kaffee getrunken, ich habe ihm gesagt . . .«

»Was hat er dir angeboten?«

»Scotch.«

»Hast du etwas getrunken?«

»Nein. Er roch abscheulich.«

»Hast du daran gerochen?«

»Ja.«

»Hast du die Flasche angefaßt?«

»Ja. Ich habe den Korken herausgezogen und an der Flasche gerochen.«

»Wie war der Geruch?«

»Scheußlich.«

»Welche *Art* von Geruch, Marilyn?«

»Wie soll ich das wissen? Wie kann man einen Geruch beschreiben? Es roch nach Scotch. Scheußlich.«

»Nur nach Scotch?«

»Ja, ich glaube schon. Warum? War etwas darin?«

»Was hast du dann gemacht?«

»Ich habe den Korken in die Flasche gesteckt und die Flasche wieder auf das Regal gestellt. Ist Nelson vergiftet worden? War etwas in der Flasche?«

»Und dann?«

»Verdammt noch mal, antworte mir!«

»Er wurde vergiftet, ja.«

»Mein Gott! Meine Fingerabdrücke sind auf der Flasche, nicht? Damit hat dein Partner alles, was er braucht, nicht?«

»Wenn deine Fingerabdrücke tatsächlich auf der Flasche sind . . .«

»Natürlich sind sie drauf!«

»Und wenn in der Flasche Gift entdeckt wird . . .«

»Du weißt, man wird welches entdecken!«

»Dann wird die Polizei einiges mehr darüber wissen wollen, was du mit der Flasche angestellt hast.«

»Ich habe bloß . . . Was meinst du damit, die *Polizei*? Meinst du deinen Partner? Oder auch dich?«

»Ich höre immer noch«, sagte Willis.

»Ich habe nichts in die Flasche praktiziert.«

»Du hast sie nur vom Regal genommen . . .«

»Ja.«

». . . den Korken herausgezogen . . .«

»Ja, verdammt!«

». . . und an der Flasche gerochen.«

»Ja!«

»Wieso?«

»Weil Nelson sagte, es wäre ein guter Scotch. Zwölf Jahre alt, hat er gesagt. Deshalb . . . wollte ich . . . Ich war neugierig. Scotch habe ich nie gemocht, und ich dachte, vielleicht riecht ein zwölf Jahre alter besser als das, was ich vorher kennengelernt hatte. Für mich riecht Scotch immer wie Medizin.«

»Aber dieser roch nicht nach Medizin.«

»Ich weiß nicht, wie er roch! Ich habe es doch schon gesagt: Er roch scheußlich!«

»Roch er nach Tabak?«

»Weiß ich nicht.«

»Denk nach!«

»Wenn ich sage, er roch nach Tabak, dann bin ich aus dem Schneider, nicht? Er ist mit Nikotin vergiftet worden, oder? Wie Jerry. Wenn ich also sage, ich habe Tabakgeruch wahrgenommen, dann war das Nikotin schon in der Flasche, als ich sie in die Hand nahm. Aber ich sage dir die *Wahrheit*! Ich weiß nicht, wonach der Whisky roch. Ich habe nur kurz daran gerochen und den Korken wieder . . .«

»Also gut«, seufzte Willis. »Und dann?«

»Wir haben Kaffee getrunken, und ich habe ihm gesagt, daß ich Schluß machen will.«

»Wie hat er reagiert?«

»Ihm gefiel es nicht.«

»Hast du ihm von uns erzählt?«

Willis nickte. »Und dann?«

»Er wollte, daß ich mit ihm ins Bett gehe.«
»Und? Bist du?«
»Nein!«
»Was hast du dann getan?«
»Ich habe ihn auf die Wange geküßt und bin gegangen.«
»Hmhm.«
»Ich habe Lebewohl gesagt und bin gegangen.«
»Und zehn, zwanzig Minuten später war er tot.«
»*Ich* habe ihn nicht umgebracht.«
»Wie lange hast du die Flasche gehabt?«
»Eine Minute. Weniger als eine Minute. Ich habe bloß . . .«
»Hol deine Tasche!«
»Was?«
»Deine Tasche. Da auf dem Tisch.«
»Warum?«
»Ich will sehen, was drin ist.«
»Jedenfalls ist kein *Nikotin* drin, falls du darauf . . .«
»Hol sie!«
Sie ging zu dem Tisch, auf den sie beim Betreten des Hauses die Tasche gelegt hatte, brachte sie ins Wohnzimmer, stülpte sie kurzerhand um und schüttete ihren Inhalt vor ihm auf den Fußboden.
»Viel Vergnügen«, wünschte sie ihm. »*Ich* nehme mir einen Drink.« Sie ging zur Bar und goß eine ordentliche Portion Gin über drei Eiswürfel. Sie nahm einen tiefen Schluck und ging zurück zu Willis, der sich durch die Gegenstände auf dem Boden wühlte. Lippenstift, Eyeliner, Make-up-Pinsel, Papiertücher, Kaugummi, ein rotes Portemonnaie, ein Scheckheft, Schlüssel, ein paar lose Münzen . . .
»Na? Ein Fläschchen mit Gift gefunden?« fragte sie.
Er begann, die Sachen wieder in die Tasche zu stecken.
»Wohin bist du gegangen, nachdem du Rileys Wohnung verlassen hast?«
»In die Stadt.«
»Um was zu tun?«
»Ich habe dir doch gesagt, daß ich einkaufen wollte.«
»Was hast du gekauft?«
»Nichts. Ich wollte ein Paar Ohrringe kaufen, habe aber nichts gefunden, was mir gefiel.«
»Du warst von halb elf bis . . .«
»Ich war bis zwölf in den Geschäften unterwegs. Dann habe ich ein Sandwich gegessen . . .«

»Wo?«

»In einem Café in der Nähe der Jefferson.«

»Und danach?«

»Habe ich ein Taxi genommen und bin nach Hause gefahren.«

»Um Viertel nach eins bist du hier angekommen.«

»Ich habe nicht auf die Uhr geschaut. Möchtest du einen Drink?«

»Nein.«

»Es ist kein Gift drin, keine Sorge.«

Willis schwieg lange Zeit, die Hände verschränkt, den Kopf gebeugt. »Carella wird ein Motiv wissen wollen«, sagte er schließlich mehr zu sich selbst. »Nach dem Tod von drei engen Freunden von dir wird er wissen wollen ...« Plötzlich hob er den Kopf. »Weiß *ich* eigentlich alles, was ich wissen muß, Marilyn?«

»Von der Minute, in der ich dort ankam, bis zur Minute ...«

»Ich spreche nicht von deinem Besuch bei Riley. Ich spreche von *dir*.«

Verwirrt sah sie ihn an.

»Hat einer der drei Männer etwas gewußt, daß du ...«

»Nein.«

»... mir nicht gesagt hast?«

»Ich habe dir alles gesagt. Keiner von ihnen weiß etwas über meine Vergangenheit.«

»Was ist mit Endicott? Weiß *er*, daß du auf den Strich gegangen bist?«

»Nein.«

»Was weiß er denn?«

»Nur, was ich den anderen auch gesagt habe. Ich habe in L. A. und in Houston gelebt, bin nach Mexiko gereist, war in Buenos ...«

»Von Mexiko hast du mir nie etwas gesagt.«

»Ich bin sicher, ich habe Mexiko erwähnt.«

»Nein. Was haben sie geglaubt, was du die ganze Zeit *gemacht* hast?«

»Ich habe ihnen erzählt, ich hätte einen reichen Vater.«

»Dasselbe, was du mir erzählt hast.«

»Ja, am Anfang. Aber dann habe ich dir alles gesagt. Das weißt du, Hal!«

»Bist du sicher?«

»Ja.«

»Denn wenn du etwas ausgelassen hast ...«

»Habe ich nicht.«

»... und es mit dem, was jetzt passiert ist, zusammenhängt ...«
»Nein.«
»... wird Carella es herausfinden. Er ist verdammt gut, Marilyn, und er wird es herausfinden.«
»Ich habe dir alles gesagt«, wiederholte sie.
Das Zimmer wurde still.
»Alles, was du wissen mußt«, sagte sie.
»Was weiß ich *nicht*, Marilyn?«
Sie schwieg.
»Was noch, Marilyn? Was war mit Mexiko?«
Sie ging zur Bar, schüttete noch ein paar Eiswürfel in ihr Glas, goß Gin darüber und kehrte zu ihrem Platz zurück.
»Warum gehen wir nicht nach oben, ins Bett?« sagte sie.
»Nein«, widersprach er.
Sie blickten einander an.
»Erzähl's mir!« sagte er.

Der erste Job, den sie in Houston bekam, machte sie zur Oben-ohne-Tänzerin in einem Laden an der Telephone Road. Zu dem Job gehörte es, sich zu Kunden zu setzen, wenn sie nicht auf der Bühne war, und sich zu billigem Sekt einladen zu lassen, der für teures Geld verkauft wurde. Für jede Flasche bekam sie ihren Anteil. Ab und zu munterte man die Kunden etwas auf, ließ einen Schenkel oder einen Busen betatschen, um sie bei Laune zu halten, damit sie mehr Sekt bestellten. Als sie eine Zeitlang dort war, erfuhr sie, daß einige der anderen Mädchen es den Kunden in den hinteren Nischen mit der Hand machten; zehn Dollar pro Nummer. Sie fing ebenfalls damit an.

In dem Bums stand ein Klavier, und ab und zu kam ein Typ herein, setzte sich und klimperte ein paar Jazzmelodien. Netter Kerl, nahm nie eins der Mädchen mit in die hinteren Nischen, sondern sah ihnen nur beim Tanzen zu, spielte Klavier, trank ein paar Gläser an der Bar und trollte sich dann wieder. Er kam zwei-, dreimal die Woche, und irgendwann merkte sie, daß er ein Auge auf sie geworfen hatte. Eines Abends kamen sie ins Gespräch, er war richtig schüchtern, und er erzählte ihr, daß er früher in Kansas City Jazz gespielt hatte. Schließlich fragte er sie, ob sie mal mit ihm ausgehen würde. Sie verabredeten sich für den nächsten Sonnabend, ihrem freien Tag, und es war wirklich nett.

So nach ihrer dritten Verabredung ging sie das erste Mal mit ihm ins Bett. Als sie ungefähr drei Monate miteinander gingen, sagte er zu ihr, daß sie sich eine Menge Geld entgehen lasse; in Houston könne man richtig gut verdienen, ständig gebe es Kongresse, Ölleute und so, und ob sie es nicht einmal versuchen wolle? Was versuchen? fragte sie. Versuchen, es für Geld zu machen, antwortete er, hundert Dollar pro Nummer.

Sie dachte darüber nach.

Sie machte um die zweifünfzig pro Woche, indem sie Titten und Hintern auf der Bühne wirbeln ließ, vielleicht noch hundert zusätzlich Anteil am Sekt und weitere hundert für die Handarbeit im Séparée. Der Klavierspieler sagte ihr, so viel könne sie in einer einzigen Nacht schaffen, selbst nach Abzug seiner Provision, weil er sie mit potentiellen Kunden zusammenbrachte, und er kannte viele Leute, die potentielle Kunden waren.

So wurde sie, sechs Monate, nachdem sie nach Houston gekommen war, von einem schönredenden Klavierspieler auf den Strich geschickt.

Einen Monat später wurde er bei einer Kneipenschlägerei erstochen, und sie landete bei Joe Seward, der einen kleinen Stall – drei Mädchen – hatte und für einen Zuhälter nicht übel war. Er schlug seine Mädchen nie; einige Zuhälter meinten, regelmäßige Prügel sei die beste Art, sich die Mädchen zu halten. Davon hatte sie seit L. A. die Nase gestrichen voll.

Als sie das erste Mal von der Polizei aufgegriffen wurde, war sie zu Tode geängstigt.

In Texas ist Prostitution – beim ersten Verstoß – nur eine minderschwere Übertretung, zu ahnden mit einer Geldstrafe, die tausend Dollar nicht übersteigen darf, oder mit einer Haftstrafe von höchstens 180 Tagen – oder *beidem*. Sie hatte schreckliche Angst davor, sechs Monate im Knast verbringen zu müssen. Doch der Richter war milde und zog ihr jugendliches Alter in Betracht – sie war erst siebzehn –, und Seward zahlte die 500-Dollar-Buße, ohne mit der Wimper zu zucken. Sie war wieder frei, hatte aber immer noch schreckliche Angst.

Sie sagte Seward, sie brauche einen Urlaub.

Er sah ihr tief in die Augen – ein anderer Zuhälter hätte ihr die Seele aus dem Leib geprügelt – und sagte: »Klar, Mary Ann, nimm deinen Urlaub.« Aber sie konnte an seinen Augen ablesen, daß er wußte, daß sie sich absetzen wollte und er sie nie mehr wiedersehen würde.

Als sie Houston verließ, wußte sie noch nicht, wohin. Deshalb beantragte sie erst einmal einen Paß für den Fall, daß sie sich für ein Ziel entschied, für das sie einen Paß brauchte, und sich einen Paß zu besorgen, war ihr größter Fehler. Aber das wußte sie damals noch nicht, und trotz ihrer 43.02-Festnahme bekam sie ihren Paß, Mary Ann Hollis,

Schwarzweißfoto einer hübschen, siebzehnjährigen Blondine, die in die Kamera lächelte. In die Zeile, in der man seinen Beruf eintragen sollte, schrieb sie »Lehrerin«.

In einem Wagen, den sie in Houston gemietet hatte, überquerte sie die Grenze von Eagle Pass nach Piedras Negras. Sie hatte etwas Geld zurückgelegt und hatte vor, ein bißchen in Mexiko zu bleiben, herumzufahren und es locker anzugehen, Mary Ann Hollis, Lehrerin. Was sie nach Mexiko machen würde – oder wenn ihr das Geld ausging –, wußte sie noch nicht. Sie hatte etwa tausend Dollar mit und keine Vorstellung, wie weit sie damit kommen würde. Auf den Strich wollte sie jedenfalls nicht mehr. Sie hatte einen Paß und konnte überall hin. Im August wäre sie achtzehn und hatte noch ihr ganzes Leben vor sich.

Sie kam aus den Bergen der Sierra Madre in den mexikanischen Bundesstaat Guerrero und traf nahe der Stadt Iguala einen Mann, der wie ein Bauer aussah, aber sehr gutes Marihuana verkaufte, Gold nannten sie den Stoff, der damals für zweiundzwanzig Dollar das Kilo in Mexiko verkauft wurde und für dreihundert, dreihundertundfünfzig das Pfund in den Staaten. Sie kaufte dem Mann ein Kilo ab, was war das schon, zweiundzwanzig Dollar? Sie fuhr weiter, hielt hier und dort an, bei diesem oder jenen Motel, wo sie gerade bei Sonnenuntergang war, trank Tequila, rauchte Pot auf ihrem Zimmer und nahm eine gesunde Sonnenbräune an.

Ein herrliches Leben.

Sie fühlte sich großartig.

Sie hatte nur eine große Ledertasche dabei. In der Tasche steckte ihre Paßhülle mit ihrem Paß und ihrem Geld, eine Plastikdose mit ihrem Pessar und einer Tube Gel, ein paar Schlüpfer, Jeans, Blusen und Toilettenartikel, und, unter allem vergraben, das ständig schrumpfende »Kilo Gold«.

Am Ende eines glühendheißen August, kurz nach ihrem achtzehnten Geburtstag, hatte sie genug von Mexiko. Als sie zurück zur amerikanischen Grenze fuhr, trug sie Sandalen, Schlüpfer und einen weißen Kaftan, den sie unterwegs in einem kleinen Laden gekauft hatte. Sie kam durch Saltillo und etwa zehn Kilometer danach in ein kleines Dorf, Ramos Arizpe, und sie hatte es kaum hinter sich gelassen, als sie vor sich die lange Reihe von Autos sah, die an einer mit uniformierten Polizisten bemannten Straßensperre angehalten wurden.

Damals verstand sie kein Wort Spanisch, aber ein amerikanischer Junge aus dem Wagen vor ihr erzählte ihr, die Polizei suche nach Waffen, weil es Gerüchte über bevorstehende Aktivitäten einer revolutionären Gruppe gebe, doch richtig verstand sie es nicht, denn plötzlich hatte sie wieder entsetzliche Angst.

Nicht, weil sie eine Waffe im Wagen hätte, denn das war nicht der Fall.

Aber wegen des Rests von dem Kilo in ihrer Tasche.

Sie fanden das Marihuana in knapp drei Minuten, und dann . . .

»Willst du den Rest wirklich hören?« fragte sie Willis.

»Ja«, sagte er.

13

Sie sagten ihr, sie hätten das amerikanische Konsulat in Monterrey von ihrer Festnahme unterrichtet. Sie glaubte ihnen nicht. Damals – und soweit sie wußte, auch jetzt noch – galt in Mexiko ein Verstoß gegen das Rauschmittelgesetz als Kapitalverbrechen, und jeder eines Kapitalverbrechens Verdächtige konnte bis zu 72 Stunden festgehalten und verhört werden, ohne daß ein Anwalt hinzugezogen wurde. Befand ein Haftrichter binnen sechs Tagen, daß die Beweislage zu einer Hauptverhandlung führen und das Vergehen eine Haftstrafe von mehr als zwei Jahren nach sich ziehen würde (was für das Marilyn zur Last gelegte Vergehen zutraf), konnte der Beschuldigte ein Jahr in Untersuchungshaft gehalten werden, bis sein Fall vor Gericht verhandelt wurde. Das mexikanische Recht beruht auf dem *Code Napoleon*. Schlicht gesagt: Man ist schuldig, solange man nicht seine Unschuld beweist. Als Marilyn um die Erlaubnis bat, ein privates Telefongespräch zu führen, sagte ihr der Polizeibeamte, das Ersuchen müsse dem zuständigen Staatsanwalt vorgelegt werden; der könne ihm entweder entsprechen – oder eben nicht.

Acht Tage nach ihrer Festnahme suchte ein Konsulatsbeamter sie auf der *Comisaria* auf. Er informierte sie, daß sie wegen des Besitzes von Marihuana angeklagt würde; bei einem Schuldspruch habe sie mit einer Gefängnisstrafe zwischen fünf und zwölf Jahren zu rechnen. Er versprach ihr, die Leute anzurufen, die sie ihm auf einem Briefbogen der US-Botschaft auflistete: ihre Mutter, Joseph Seward und den Muskelprotz, mit dem sie in Los Angeles zusammengelebt hatte. Später teilte das Konsulat ihr mit, man habe niemanden von der Liste erreichen können. Sie wußte nicht, wen sie sonst noch anrufen lassen konnte.

Am zwölften September stand sie in Saltillo vor Gericht, vertreten von einem mexikanischen Rechtsanwalt, dessen Namen ihr der Konsulatsbeamte genannt hatte. Sie wurde wegen des Besitzes von 225 Gramm Marihuana, dem Rest des Kilos, das sie in Iguala gekauft hatte, zu sechs Jahren Haft verurteilt. Das Konsulat ließ sie wissen, daß ein Beamter der amerikanischen Botschaft einen detaillierten Bericht über ihre Verhaftung, den Prozeß und das Urteil ans State Department senden würde; von dort würden ihre Verwandten und Freunde in den Staaten benachrichtigt. Aber sie wußte nicht, wo sich ihre Mutter aufhielt, und die meisten ihrer Freunde waren unstete Nutten.

Am Morgen des 15. September wurde sie im Lieferwagen zur *La Fortaleza* gebracht, einem uralten Gefängnisbau im Bundesstaat Tamaulipas, gut 300 Kilometer südwestlich von Brownsville, Texas. Mit ihr im Wagen war eine Frau, die – wie sie später erfuhr – ihren Mann mit einer Hacke erschlagen hatte, und ein Mann, der eine Schreibmaschine aus dem Büro einer Firma für Klimaanlagen in Monterrey gestohlen hatte. Marilyn trug immer noch den weißen Kaftan und die Ledersandalen, die sie bei ihrer Festnahme angehabt hatte. Ihre Ledertasche war in Ramos Arizpe beschlagnahmt worden, vermutlich, weil sie den Beweis für ihr Verbrechen enthielt. Ihr Make-up, ihr Pessar, ihr Paß und ihre Unterwäsche steckten in der Tasche, dazu einige Silberschmuckstücke, die ihr in *La Fortaleza* gute Dienste leisten könnten.

Am Tag ihrer Ankunft im Gefängnis entdeckte sie, daß man dort nur das bekam, wofür man bezahlte. Sie erfuhr es nach der eingehenden Leibesvisitation, als sie und ein weiteres Dutzend Frauen aus Städten in Coahuila, Nuevo León und Tamaulipas in einer Reihe vor einem langen Tisch standen, auf dem Decken, Bekleidung, geflochtene Strohmatten und dünne Matratzen mit gestreiften Bezügen gestapelt waren. Die Gattenmörderin – eine gedrungene, dunkelhäutige Frau mit lockigem schwarzem Haar, ernsten, braunen Augen, hängenden Brüsten und weit ausladenden Hüften – nahm aus einem schwarzen Ledertäschchen, das sie an einer Kette um ihren dicken Hals trug, ein Bündel Pesoscheine und gab es der Aufseherin, einer Frau mit strengem Gesicht und flammend rotgefärbtem Haar. Die Aufseherin schob eine Matratze, eine Decke, zwei Baumwollschlüpfer und mehrere fadenscheinige, graue Kittel von den Ausmaßen kleiner Zelte über den Tisch.

Als die Frau in wortreichem Spanisch protestierte, legte die Aufseherin großzügig einen weiteren Schlüpfer auf den Wäschestapel, den sie jetzt auf den ausgestreckten Armen hielt. Sie protestierte erneut. Die Aufseherin schüttelte den Kopf und winkte sie weiter. Marilyns Geld war irgendwo zwischen der Straßensperre bei Ramos Arizpe und dem örtlichen Gefängnis verschwunden. Sie hatte nichts, mit dem sie sich am Gefängnishandel beteiligen konnte. Ihr einziger Besitz war der Kaftan, den sie jetzt gefaltet über dem Arm trug und der sich nach drei Wochen ohne Wäsche nicht gerade im besten Zustand befand. Die Aufseherin sagte etwas auf spanisch. Marilyn verstand kein Wort. Sie wiederholte es. Marilyn schüttelte den Kopf. Die Aufseherin winkte sie weiter, nackt.

La Fortaleza ist im 16. Jahrhundert von den Spaniern als Bollwerk in zweiter Linie der Küstenverteidigung erbaut worden. Rund sechshundert Meter über Meereshöhe, beherrscht die Festung die Landschaft mit Blick auf den rund vierzig Kilometer ostwärts liegenden Golf von Mexiko. Die Gefangenen sahen nie etwas anderes als die Mauern. In den Jahren nach 1820, als die neue mexikanische Regierung die Festung übernahm und in ein Gefängnis umwandelte, wurden nur einhundertundzehn Gefangene dorthin verlegt. Jetzt waren es vierhundertundachtzig in der Frauenabteilung. Weil dieser Bereich früher für die Einzelhaft männlicher Gefangener benutzt wurde – zu einer Zeit, als *weibliche* Mörder, Räuber, Erpresser und Kidnapper in Mexiko völlig unbekannt waren –, war er ein Gefängnis im Gefängnis, ein Block inneralb eines Blocks mit sechs Meter hohen Mauern, hinter denen die noch höheren Mauern des Gefängnisses deutlich sichtbar waren. Die Dicke der Umfassungsmauern wurde von der Größe der Zellen bestimmt, in welche die Frauen jeden Abend um zehn gesperrt wurden, um jeden Morgen um sechs in den Innenhof entlassen zu werden, wenn die Zellen mit einem Schlauch ausgespritzt wurden. Marilyn malte sich die Anlage als ein Labyrinth aus, wie sie es aus den Rätselheften kannte, die sie sich als kleines Mädchen gekauft hatte.

Die Mauern, die das gesamte Gefängnis umgaben, waren zweieinhalb Meter dick und bestanden aus einer Mischung von Bruchstein, Ziegeln und Beton. Die einzige Türöffnung, die in das Gefängnis führte, war auf der Vorderseite, wo die Gitterstangen einen Durchmesser von zehn Zentimetern hatten, und von dort führte ein gepflasterter Bogengang – ein Überbleibsel aus der Zeit, als das Bauwerk eine Festungsanlage war – zu einem zweiten Tor. Dahinter lagen links das Wachbüro und rechts der Durchsuchungsraum, wo die begüterten Häftlinge Kleidung und andere Gegenstände gekauft hatten, die sie fürs Überleben hier brauchten. Direkt hinter diesen Räumen führte ein drittes Gittertor auf den Hof, an dem die Männerzellen und die verschiedenen Werkstätten des Gefängnisses lagen. Marilyn und die anderen Frauen wurden durch dieses Tor und vorbei an den aufmerksamen Augen der männlichen Wachen und Gefangenen geführt, die sich in dem Hof aufhielten; einige hockten auf der Erde und spielten Karten, andere rauchten, unterhielten sich oder spielten Gitarre. Dann ging es in das kleinere, innen liegende Gefängnis, zuerst durch ein Gittertor und dann durch eine massive Holztür, die die Frauen von den neugierigen Blicken der männlichen Insassen abschirmte, jedoch nicht von den Augen der mit Maschinengewehren bewaffneten Wärter auf den vier Wachtürmen, die von ihren günstigen Aussichtspunkten direkt in die Umfriedung hineinblicken konnten.

In Marilyns Zelle waren, sie selbst eingeschlossen, sieben Frauen.

Die Zelle war zweieinhalb Meter lang und zwei Meter breit.

Auf jeder Seite der Zelle befand sich ein doppelstöckiges, hölzernes Bettgestell, zwischen den beiden Betten war ein knapper Meter Platz. Direkt hinter den Gittern war etwa sechzig Zentimeter Platz bis zum Fußende der Bettgestelle. In einer Ecke befand sich das Toilettenloch, über das sich die Frauen, voll im Sichtbereich der Wachen auf den Türmen, hocken mußten. Während der ersten drei Tage ihrer Haft hatte Marilyn keinen Stuhlgang. Ebensowenig aß sie das übelriechende Essen, das in der Gefängnisküche zubereitet und zweimal am Tag ausgeteilt wurde, acht Uhr morgens und vier Uhr nachmittags. Später erfuhr sie, daß die männlichen Gefangenen in der äußeren Anlage eine kleine *Cocina* betrieben und man dort eßbare Speisen kaufen konnte – doch am Anfang hatte sie ohnehin kein Geld.

Die vier Liegen waren von Häftlingen belegt, die schon vorher in der Zelle waren. Marilyn und eine andere der neu angekommenen Frauen schliefen, so gut es ging, auf dem Steinboden der Zelle. Teresa Delarosa, die Gattenmörderin, schlief auch auf dem Boden, auf der Matratze, die sie gekauft hatte, aber nur während ihrer beiden ersten Haftwochen. Als bekannt wurde, daß sie ihren Mann mit der Hacke sechsundzwanzigmal brutal im Gesicht, auf dem Kopf und am Hals getroffen und den bedauernswerten Mann fast geköpft hatte, bevor sie seine Halsschlagader mit einem kräftigen Schlag durchtrennte, wurde Teresa die gebührende Achtung erwiesen: Die Frau, die auf dem Bett links unten schlief, wechselte respektvoll zu einem Schlafplatz auf dem Fußboden. Marilyn schlief, den Rücken an die Wand gelehnt, sitzend in dem schmalen Raum direkt hinter dem Zellengitter gegenüber dem Toilettenloch, in das sich die Frauen die ganze Nacht über entleerten.

Im Hof war eine Dusche, und die Frauen benutzten sie einmal pro Woche; Sauberkeit war hier im Gefängnis weder erforderlich noch ein

Gebot des Anstands. Die Männer auf den Wachtürmen spähten mit Ferngläsern in die Duschkabinen hinein; das Sonnenlicht blitzte auf ihren Linsen. In den ersten beiden Wochen ihrer Kerkerschaft duschte Marilyn nicht. Den Kaftan zog sie kein einziges Mal aus. Vielleicht zog sie dadurch die Aufmerksamkeit des Gefängnisdirektors auf sich. Sie wußte nicht, daß die Wärter ihr bereits einen Spitznamen gegeben hatten. Wegen des langen, fließenden Gewands und des langen blonden Haars nannte man sie *La Arabe Dorada* – die goldene Araberin.

Als sie das erste Mal von dem Gefängnisessen kostete, erbrach sie alles in das stinkende Toilettenloch in der Zellenecke. Panchita, eine der anderen Frauen, war von Marilyns schlechten Eßmanieren offenbar nicht sonderlich angetan; sie begann heftig auf sie einzutreten, als sie gekrümmt über dem Loch kauerte und sich die Seele aus dem Leib würgte. Teresa machte eine laute Bemerkung dazu; Panchita wirbelte herum und stieß sie gegen die Zellenwand, und beide Frauen schrien sich gegenseitig an, während eine leuchtendgrüne Eidechse das Essen begutachtete, das Marilyn gerade erbrochen hatte. Wie sich herausstellte, hatte Teresa von einem der männlichen Häftlinge, der die *Cocina* draußen betrieb, einen rasiermesserscharf geschliffenen Löffel gekauft, und den zückte sie jetzt und stieß ein paar spanisch geflüsterte Sätze aus, die Marilyn die Haare zu Berge stehen ließen, obwohl sie kein Wort verstand. Panchita jedenfalls zog sich murrend auf ihre Pritsche oben rechts zurück. Die Eidechse huschte ins Sonnenlicht davon.

Die Namen der anderen Frauen lernte sie nur, weil sie sie immer wieder hörte, aber die Sprache verstand sie nicht, so daß sie kein Wort mit den anderen wechselte. Besuch bekam sie nicht. Sie konnte weder Papier noch Briefmarken kaufen, weil sie kein Geld besaß, und deswegen schrieb sie keine Briefe. Im Gefängnis war sie einsamer als jeder andere Insasse, einsamer, als sie je in ihrem Leben gewesen war. Und dann, ganz plötzlich, begriff sie die Sprache. In einem Moment war sie ihr unergründlich, im nächsten kristallklar.

»Ich erinnere mich noch«, sagte Panchita, »an das Fest der Jungfrau Maria vom Rosenkranz in Veracruz, wo ich geboren bin. Das war in der zweiten Oktoberwoche.«

»Ich war noch nie in Veracruz«, sagte Beatriz.

»Eine schöne Stadt«, wußte Teresa. »Mein Mann hat mich einmal mitgenommen.«

»Alle zogen in Kostümen durch die Straßen . . .«

»Zur Kirche an der Plaza Zamora«, sagte Engracia mit sehnsüchtigem Seufzen.

»Und nachher wurde in der Stadt getanzt.«

»Hier in der Festung wird nicht getanzt«, sagte Beatriz.

»Aber in Veracruz, ach«, sagte Panchita. *»En Veracruz, todos los dias eran dorados, y todas las nochas violetas.«* In Veracruz waren alle Tage golden und alle Nächte lila.

Panchita saß eine lebenslange Strafe ab, weil sie ihre beiden Kinder im Rio de la Babia ertränkt hatte. Belita und Engracia waren Lesbierinnen, sie teilten sich die Pritsche unter dem Bett Panchitas. Jede Nacht lagen sie sich in den Armen und flüsterten sich zum heimlichen Orgasmus. Eine andere Frau war schon fast zwanzig Jahre in Haft. Sie sagte nie ein Wort. Sie stand vor der Wand am Ende der Zelle und starrte durch die Gitterstäbe in den sonnenbeschienenen Innenhof. Die anderen Frauen nannte sie *La Sordomuda.* Beatriz, die wegen eines bewaffneten Raubüberfalls auf die Hertz-Filiale in Matehuala hier war, litt an Asthma. Sie bezahlte für die Medikamente, die sie wöchentlich vom »Personal« der Gefängnisklinik erhielt – es handelte sich um eine einzige Krankenschwester, selbst Häftling, die in einem kahlen Zimmer – genannt *La Enfermeria* – mit steinernen Mauern arbeitete. Häufig rang Beatriz mitten in der Nacht keuchend nach Atem; ihr Mund stand offen, sie lag auf dem Steinboden und stöhnte: *Quiero morir, quiero morir.«* Manchmal rief sie der Aufseherin am Ende des Ganges zu: *»Qué hora es?«* worauf die Frau immer nur *»Es tarde, cállate!«* antwortete.

Immer wenn jemand ins Büro des Gefängnisdirektors bestellt wurde, ließ man einen Boten aus dem äußeren Gefängnisring durch das innere Gittertor, und dann klopfte er gegen die Holztür, schrie den Namen der Frau und rief das gefürchtete Wort *»Alcaide!«*, was »Direktor« hieß. Dann entriegelte *El Carcelero*, der Gefangenenwärter, die innere Tür, und die Frau wurde unter den neugierigen Blicken der männlichen Häftlinge durch den Hof und das innere Gefängnistor geführt, um auf einer Holzbank vor dem Büro des Direktors zu warten, bis er bereit war, ihr eine Audienz zu gewähren.

Am zehnten Oktober hörte Marilyn ihren Namen rufen, gefolgt von dem Wort *»Alcaide!«*. Die Tür wurde aufgeschlossen, und sie ging hinter dem Boten durch den Hof. Sonnenlicht strömte durch den Kaftan, und die Männer begafften die Silhouette ihrer langen Beine.

Sie setzte sich auf die Holzbank und wartete.

Eidechsen huschten vor dem Büro über den Boden. Der Direktor rief hinter der geschlossenen Tür, und der Bote – ein Kalfaktor namens Luis, der auch den Frauen, die es sich leisten konnten, das Essen von der *Cocina* brachte – öffnete die Tür, winkte Marilyn hinein und ging dann wieder, die Tür hinter sich schließend.

Der Name des Direktors stand auf seinem Schreibtisch, ein kleines Holzschildchen aus der Tischlerwerkstatt des Gefängnisses: HERIBERTO DOMINGUEZ. Er war ein kleiner, dunkelhäutiger Mann mit einem bleistiftdünnen Oberlippenbart. Er trug die gleiche olivgrüne Uniform wie die Gefängniswärter, aber mit roten und grünen Streifen auf dem Jackenkragen, die offensichtlich seinen Rang auswiesen. Eine Reitgerte lag direkt neben seiner rechten Hand auf dem Schreibtisch. Auf der anderen Seite stand ein gerahmtes Foto, das eine Frau und zwei Kinder zeigte.

»Setz dich!« befahl er auf spanisch.

Sie setzte sich.

»Ich habe hier einige Wertgegenstände, die dir gehören«, sagte er.

Sie schwieg.

»Dein Paß – er ist doch wertvoll, eh?«

»Ja«, antwortete sie auf spanisch. »Mein Paß ist wertvoll.«

»Und einige Schmuckstücke. Hier in der Festung stehlen wir den Gefangenen nichts. Anderswo in Mexiko ist das nicht so. Am schlimmsten ist das Gefängnis in Saltillo. Hier nicht. Ich habe die Sachen für dich aufbewahrt.«

»*Mil gracias*«, sagte Marilyn.

»*Tu hablas Espãnol muy bien*«, sagte er.

»*Solo un poco*«, gab sie zurück.

»Nein, nein, du sprichst es sehr gut«, sagte er. »Die Schmuckstücke«, fuhr er fort, »die Schmuckstücke könnten dir hier in der Festung nützlich sein. Ich habe gehört, du schläfst auf dem Boden und besitzt nur das Kleidungsstück, das du jetzt trägst.«

»*Es verdad*«, bestätigte sie. »Das stimmt.«

»Möchtest du den Schmuck haben?« fragte er.

»Ja, gerne.«

»Dann werde ich ihn dir geben«, sagte er und lächelte. »Aber im Austausch gegen ein anderes Schmuckstück.«

Zuerst begriff sie nicht.

»*Tu mejor tesoro*«, sagte er. »Deinen größten Schatz.«

»Danke, nein«, sagte sie, stand auf und ging zur Tür.

»*Un momento*«, sagte er. »Ich habe dir nicht erlaubt zu gehen.«

»Ich möchte zurück in meine Zelle«, sagte sie.

»Du gehst zurück, wenn ich es dir erlaube.«

»Ich möchte das amerikanische Konsulat anrufen.«

»Ach ja, wir haben den Häftlingen einmal erlaubt, nach draußen zu telefonieren. Aber dieses Privileg wurde mißbraucht, über Telefon wurde eine Flucht vorbereitet.« Er zuckte die Achseln. »Wir gestatten es nicht mehr.«

»Wenn der Konsul kommt . . .«

»Ja, eigentlich sollte er einmal im Monat kommen. Aber Monterrey ist weit weg, nicht? Ist er schon hiergewesen?«

»*Wenn* er kommt . . .«

»Wir hatten einmal einen Amerikaner hier, einen Mann. Der Konsul hat ihn drei- oder viermal im Jahr besucht.«

»*Wenn* er kommt, werde ich ihm sagen, daß Sie meinen Paß haben.«

»Ach, das weiß er doch schon. Die persönlichen Besitztümer eines Häftlings werden den Behörden zur Aufbewahrung übergeben. Ich bewahre deinen Paß für dich auf, *Querida.* Weißt du, ich könnte ihn verbrennen, und dann wäre es sehr schwierig für dich, einen neuen zu erhalten, wenn du von hier entlassen wirst. Aber das liegt ja noch in ferner Zukunft. Für den Moment bewahre ich deinen Paß für dich auf. Und ich gebe dir den Schmuck, wenn du es willst. Der Schmuck wird es dir hier erleichtern. Es ist gar nicht so ein schlimmes Leben, wenn man das nötige Kleingeld hat. Der Schmuck kann dir das Leben erleichtern. *Ich* kann es dir erleichtern.«

Er nahm die Reitgerte, stand auf und kam um den Schreibtisch herum. Er war mindestens fünfzehn Zentimeter kleiner als sie, ein gedrungener, kleiner Mann in Reithose und hohen, braunen Lederstiefeln. Lächelnd trat er vor sie.

»Heb deinen Umhang für mich!« verlangte er.

»Nein«, entgegnete sie, drehte sich um und ging zur Tür.

Sie war von außen abgeschlossen.

Er war sofort hinter ihr und schlug ohne Vorwarnung. Die kurze Peitsche zischte auf ihre Schulter. Die Hände instinktiv gehoben, drehte sie sich zu ihm um, als er wieder zuschlug. Er traf sie direkt über dem Schlüsselbein, und ein weiterer Hieb peitschte über ihre Brust. Sie stieß ihn weg, wich ihm aus, rannte von der Tür zu dem kleinen Fenster, riß die Innenschlagläden auf – das Fenster war vergittert.

Sie rannte zur Tür zurück, drehte verzweifelt am Türknauf, die Reitgerte traf ihren Rücken, sie schrie »Hilfe!«, dann *»Socorro!«*, drehte sich zu ihm um, hob hilflos die Arme gegen die sausende Peitsche, spürte den stechenden Schmerz auf den Handflächen, wich zurück, zuckte unter jedem rhythmischen Klatschen, hielt die Hände vors Gesicht, krümmte sich unter den Hieben, die er auf ihre brennenden Schultern niederhageln ließ, fiel schließlich vor ihm auf die Knie, das Gesicht immer noch mit den Händen bedeckt.

Er hörte nicht auf, sie zu schlagen.

Er peitschte sie, bis sie wimmerte. Ihre Hände trugen blutige Striemen, Blut sickerte durch die Schultern des weißen Kaftans. »Bitte, bitte, helft mir«, stöhnte sie, und er schlug sie noch immer, lautes Ächzen begleitete das sausende Geräusch der Gerte, er peitschte sie, bis sie flach auf dem Boden lag, das Gesicht nach unten, die blutenden Hände hinter dem Nacken verschränkt. Dann rollte er sie auf den Rücken und hob den Saum des Kaftans mit der Spitze der Reitgerte.

»Du hast schöne Beine«, sagte er. *»Tienes hermosas piernas«.*

Mit beiden Händen riß er den blutbespritzten Kaftan über ihre Hüften hoch und hob die Peitsche, als wolle er sie auf ihren entblößten Unterleib niedersausen lassen. Sie krümmte sich in entsetzlicher Angst, aber er schlug sie nicht mehr. Statt dessen begann er zu lachen und knöpfte langsam seine Hose auf.

Anschließend zahlte er für ihre Dienste.

Mit einem Goldarmband, das sie in Los Angeles gekauft hatte.

Sie verkaufte das Armband für sechshundert Pesos, dem Gegenwert von zweihundert Dollars. In L. A. hatte sie vierhundert Dollar bezahlt. Mit dem Geld kaufte Marilyn Kleidung und eine Matratze. Es gelang ihr, den Rest für spätere Einkäufe »einzulochen«. Belita brachte ihr bei, Geld in ein Kondom (das Marilyn von Lius kaufte) zu stecken und sich ins Rektum zu schieben. Belita hatte seit dem vierzehnten Lebensjahr zahlreiche Gefängnisse von innen kennengelernt. Der spanische Ausdruck für das Einlochen im Mastdarm war *»Metertelo en el culo«.*

Mit einem Teil des Gelds kaufte sie Schreibpapier, Briefumschläge und Briefmarken. Sie gab Luis zweihundert Pesos zusätzlich, damit er ein Dutzend Briefe an Leute, die sie in Los Angeles und Houston kannte, aufgab. Später erfuhr sie, daß sämtliche Briefe über Dominguez' Schreibtisch gingen. Als sie nie Antwort erhielt, ging ihr auf, daß er ihre Weiterbeförderung nicht erlaubt hatte – aus Furcht, das hervorragende Abkommen zu verderben, das er mit ihr hatte. *»Nuestro pacto secreto«* nannte er es.

Jeden Nachmittag um drei klopfte Luis an die Tür zum Zellenblock, rief ihren Namen und das vertraute *Alcaide!«*, und sie wurde ins Büro des Gefängnisdirektors geführt, wo Dominguez – wie sämtliche Gefängnisinsassen wußten – sich mit *La Arabe Dorada«* vergnügte; der

Spitzname blieb an ihr haften, weil Dominguez darauf bestand, daß sie bei ihrem täglichen Besuch nicht den grauen Kittel anhatte, den sie jetzt im Zellenblock trug, sondern ihr *»Vestido de novia«*, wie er den Kaftan nannte – ihr Hochzeitskleid. Die Reitgerte benutzte er nur noch, um den Saum des Kaftans zu heben, wenn sie vor ihm stand. Der Baumwollstoff hing über der Spitze der Peitsche, während er in scheinbar immer wieder neuem Erstaunen ihr blondes Schamhaar betrachtete.

Er gewöhnte es sich an, sie Mariucha zu nennen – die spanische Koseform von Maria. In Hoffnung auf eine Reaktion von ihr streichelte er sanft ihren Schamhügel. Sie stand völlig kalt vor ihm; er hätte ihr Gynäkologe sein können. Dann bat er sie, den Umhang über ihre Hüfte zu heben, während er wie beim ersten Mal langsam und bedächtig die Hose aufknöpfte, als stände eine Enthüllung von einem Ausmaß bevor, das ihr unweigerlich ein bewunderndes Stöhnen entlocken müßte. Der Berg kreißte und gebar eine Maus. Mit einer winzigen Erektion führte er sie zu dem abgewetzten Sofa an der Wand und kam dort innerhalb von Minuten zu dem Höhepunkt, nach dem er seit dem Frühstück gierte.

Danach stieß er Schmähungen aus, bezichtigte sie der Korruption seiner religiösen Überzeugungen und moralischen Wertvorstellungen und überschüttete sie mit obszönen Beschimpfungen, die er aus dem stinkenden Sumpf seiner Gedanken zerrte. Dann klopfte er wütend gegen die Tür und befahl Luis barsch, sie aufzuschließen. Einmal sagte er ihr, er würde es nicht riskieren, einen Schlüssel in ihre Reichweite gelangen zu lassen. »Du bist eine heimtückische Fotze, Mariucha«, sagte er zu ihr, wobei das spanische Wort *»Concha«* trotz der wörtlichen Bedeutung »Muschel« nicht weniger verletzend klang.

Die Peitsche fürchtete sie noch immer.

Sicher, er hatte aufgehört, sie zu schlagen, aber die Peitsche lag stets in seiner Hand, selbst wenn er sich auf sie legte. Sie erlitt sein Gewicht auf sich, erlitt den Wurm seiner Männlichkeit in sich, erlitt seine tägliche Ejakulation, weil sie die Peitsche fürchtete und Angst hatte, er könne sie wieder benutzen, wenn sie sein Mißfallen erregte. Dann besser die Worte der Verachtung und Wut, die seinen erbärmlichen Zuckungen folgten. Besser der Kosename »Mariucha«. Und plötzlich kam ihr der Gedanke, daß sie schwanger von ihm werden und ein böses kleines Monster, ein Abbild des Mannes, gebären könnte, und dieser Gedanke ängstigte sie noch mehr als die Peitsche.

Als er eines Tages Anfang November großzügig ein weiteres Stück ihres eigenen Schmucks als Belohnung für ihre vermeintliche Leidenschaft anbot, bat sie statt dessen um ihr Pessar. Er hatte einen derartigen Gegenstand noch nie gesehen und wußte nicht, um was es sich handelte. Er nahm an, daß das Ding vielleicht wertvoller als ihr Schmuck war, konnte aber nicht erkennen, wieso. Er betrachtete das Pessar eingehend, drehte es zwischen den Fingern und suchte nach verborgenen Hinweisen auf seinen Wert. Achselzuckend händigte er es ihr zusammen mit der rätselhaften Tube Gel aus.

Ende November schien sein Interesse zu schwinden. Im Gefängnis ging das Gerücht, seine Frau, ein beeindruckendes Schlachtroß namens Margarita, habe von seinem Nachmittagsvernügen Wind bekommen und ihm mit der Drohung, ihr Bruder würde Dominguez die Bedeutung des Worts Ehre beibringen, ein abruptes Ende bereitet. Margaritas Bruder, wußte der Gefängnis-Nachrichtendienst, war ein Preisboxer, der erst kürzlich eine beachtliche Börse in Mexico City gewonnen hatte; vielleicht auch in Acapulco oder in Tampico – der Nachrichtendienst blieb bei derartigen Dingen oft vage. Was auch der Grund sein mochte, sie wurde nicht mehr zu ihm gerufen, und gegen Ende des Monats war Marilyn überzeugt, daß sie zum letzten Mal von Dominguez gehört hatte.

Und dann ertönte eines Tages das Klopfen an der dicken Holztür, und sie hörte Luis nach der goldenen Araberin rufen, hörte das Wort *»Alcaide«*! und wechselte einen furchtsamen Blick mit Teresa.

Das Wetter war ungewöhnlich kalt und feucht geworden. Die Zellenblöcke wurden nicht beheizt, und nur die Aufseherinnen genossen den Luxus eines Kohleöfchens in dem Gang, der dem Wind aus den Bergen ungeschützt offenstand. *»Ponte el vestido de novia«*, befahl Luis ihr, und sie zog den Kaftan unter der Matratze hervor. Zuerst zog sie den dünnen Mantel aus, den sie vom Rest ihres eingelochten Gelds gekauft hatte, dann den grauen Kittel und den Baumwollschlüpfer. Dann streifte sie rasch den Kaftan über den Kopf und zog den Mantel wieder an. Sie hockte sich, um das Pessar einzuführen, während Luis ihr vom Gang aus zusah. *»Puerco de mierda!«* schrie sie ihn an, und er lachte. Bevor sie die Zelle verließ, nahm Teresa ihre Hände und flüsterte: *»Coraje!«* – Nur Mut!

Die Männer bedachten sie mit Zurufen, als sie den windgepeitschten Hof überquerte.

»Hola, Arabe!«

»Quieras acostarti con migo, Arabe?«

»Mira, Arabe! Mira mi pija!«

Diesmal war ein Fremder bei Dominguez im Büro.

Er war vielleicht vierzig Jahre alt, ein pferdegesichtiger Mann in der Uniform eines Gefängniswärters. Er lächelte in bißchen einfältig, trat unbeholfen von einem Fuß auf den anderen und strich sich ab und zu über den spärlichen Schnauzbart unter seiner Knollennase.

»Mariucha«, sagte Dominguez lächelnd. »Ich möchte dir Señor Perez vorstellen. Er hat sein Interesse an dir bekundet.«

Sie stand direkt an der Tür, die Luis wieder von außen verschlossen hatte, und sagte nichts. Die Schlagläden vor dem vergitterten Fenster waren geschlossen. Sie wartete.

»Señor Perez und ich haben eine Vereinbarung getroffen«, sagte Dominguez.

»Was für eine Vereinbarung?« fragte sie sofort.

»Eine zufriedenstellende Vereinbarung, keine Sorge.«

»Was für eine Vereinbarung?« wiederholte sie und begann zu zittern. Sie steckte die Hände in die Tasche des Mantels und hoffte, ihr Zittern wäre nicht zu sehen.

»Zieh den Mantel aus!« sagte Dominguez. »Heb deinen Umhang hoch!«

»Nein«, sagte sie. »Sagen Sie Luis, er soll die Tür aufschließen. Bitte!« Ihre Stimme bebte. »Ich möchte in die Zelle zurück.«

»Was du möchtest, ist unerheblich für mich«, sagte Dominguez. »Señor Perez ist bereit, für deine Gesellschaft zu bezahlen, jetzt laß den Mann sehen, was er kauft! Tu, was ich sage!«

»Nein«, sagte sie wieder und zog die geballten Fäuste aus den Manteltaschen.

Dominguez kam bereits um den Schreibtisch herum, die Reitgerte gegen seine offene Handfläche klatschend.

»Bleib mir vom Leib, du Schwein!« stieß sie auf englisch hervor. »Ich bring' dich um«, sagte sie. *»Te mataré!«* wiederholte sie auf spanisch. Ihre Augen suchten in dem Zimmer etwas, das sie ihm ins Gesicht schmettern konnte.

Er hieb mit der Peitsche nach ihr, und als sie versuchte, sie ihm aus der Hand zu reißen, zog er sie zurück und schlug erneut, und dann hörte er nicht auf zu schlagen, während der grinsende Wärter zuschaute, zwang sie mit Schlägen auf die Knie, dann auf den Boden, zwang sie mit Tritten auf den Rücken. Sie wehrte sich, als er versuchte, den Mantel aufzuknöpfen, packte sein Handgelenk und biß ihm in die Hand, wehrte die Peitsche und dann die Faustschläge gegen ihr Gesicht und ihre Brüste ab, so gut sie konnte.

Ihre Nase begann zu bluten, und sie war sicher, daß er ihr das Nasenbein gebrochen hatte, aber sie wehrte sich weiter gegen ihn, bis sie keine Kraft mehr hatte, und selbst dann noch versuchte sie, sich von ihm wegzurollen, als er, rittlings auf ihr sitzend, nach den Knöpfen griff. Sie spie ihm ins Gesicht und schrie gellend, als er sie mit der offenen Handfläche schlug, immer wieder, rechts, links, Handrücken, Handfläche, unablässig, bis sie am Rand einer Ohnmacht war, Blut sprühte wie ein dünner roter Nebel, und sie wehrte sich noch immer. Schließlich riß er die Knöpfe vom Mantel, riß den Mantel auf und zog den Kaftan über ihre Hüfte hoch. Ihr Rücken wölbte sich, sie trat, wand sich, versuchte sich von ihm zu befreien. Fluchend und in blinder Wut hieb er mit der Peitsche auf ihre Schenkel ein, bis sie bluteten, und dann löste er sich von ihr, als sie schluchzend, zitternd und gebrochen auf dem Steinboden lag, und sagte zu Perez: *»Lleva la puta!«* – Nimm die Hure!

Als er das nächste Mal nach ihr schickte, hatte Marilyn in der Manteltasche den rasiermesserscharfen Löffel, den Teresa von dem Küchenbetreiber erworben hatte. Diesmal war ein anderer Mann bei Dominguez, ein gedrungener, stämmiger Brutalo, der ebenfalls die Uniform eines Wärters trug. Eine Messernarbe verlief quer über eine seiner buschigen Augenbrauen. Er musterte sie anerkennend, als sie das Zimmer betrat. In der rechten Manteltasche umklammerte ihre Hand den geschärften Löffel.

»Zeig dich ihm!« befahl Dominguez.

Sie schüttelte den Kopf.

Lächelnd kam Dominguez, die Reitgerte in der Hand, um den Schreibtisch herum.

»Willst du sie noch mal schmecken?« fragte er, hob die Gerte und sah das aufblitzende Metall in ihrer Faust einen Sekundenbruchteil, bevor sie zustach.

Er drehte sich seitlich weg, um dem auf sein Herz gezielten Stoß auszuweichen. Die Klinge traf ihn in den Oberarm. Entsetzt wich er vor ihr zurück, als sie ihn erneut attackierte. Ihre Augen waren schmale Schlitze, sie fletschte buchstäblich die Zähne. Der andere Mann stand plötzlich hinter ihr und ließ die verschränkten Hände wie eine große Faust auf ihren Nacken niedersausen. Die Wucht des Schlags ließ sie vorwärts stolpern, doch dann drehte sie sich zu ihm um, den Löffel immer noch in ihrer Faust. Er holte mit verschränkten Händen wie mit einem Baseballschläger aus. Diesmal traf der Schlag sie an der Schläfe, sie taumelte, das Zimmer schwankte, der Löffel fiel scheppernd auf den Boden, sie sank benommen auf die Knie, und die Peitsche zischte ihr auf den Rücken, Dominguez schrie Verwünschungen und schlug sie immer wieder, bis der Wärter sanft nach seinem Arm griff und ihm zuflüsterte, daß die Araberin bewußtlos sei.

Stunden später wurde sie in dem Loch wach, das von den Häftlingen *»El Pozo«* genannt wurde, einem dunklen Verlies, in den Steinboden eingelassen und von einem Gitterrost überdeckt. In dem würfelförmigen Hohlraum mit einer Kantenlänge von einem Meter konnte man sich nicht voll ausstrecken, nicht aufrecht sitzen, sich nicht einmal in Fötuslage auf der Seite zusammenrollen. Sie hockte nackt in dem Loch, die Lippen geschwollen und blutverkrustet, in der kalten Abendluft zitternd, schrie ihre Wut und Verzweiflung hinaus, schrie nach dem amerikanischen Konsul, schrie nach Gerechtigkeit. Sie beherrschte sich, solange sie es vermochte, doch dann beschmutzte sie den engen Raum; vom Geruch der eigenen Exkremente wurde ihr übel, und sie erbrach das Essen vom Vortag. Niemand kam, um ihr Essen zu bringen. Niemand brachte ihr Wasser. Sie kauerte auf dem kalten Steinboden, ihr Rücken schmerzte, ihre Glieder wurden steif und gefühllos.

Sie rief nach den Aufseherinnen, die nicht reagierten.

Sie schrie nach Teresa, bis sie heiser war, aber obwohl Teresa sie aus dem Zellenblock hören konnte, wurde ihr nicht erlaubt, sich dem Höhlenkäfig zu nähern.

Schluchzend rief sie den Präsidenten der Vereinigten Staaten an, ihr zu Hilfe zu kommen.

Sie flehte den Papst an, rief sich alle Gebete ins Gedächtnis, die sie in St. Ignatius gelernt hatte, sagte sie laut auf und flehte seine Heiligkeit an, zu ihrem Gefängnis zu kommen und selbst zu sehen, welches Unrecht ihr angetan wurde.

Immer wieder rief sie den Namen ihrer Mutter, weinend und erstickt. »Mama, bitte, hilf mir! Mama, sag ihnen, daß ich ein braves Mädchen bin!«

Am fünften Tag fieberte sie. Im Delirium bildete sie sich ein, auf einem Bahnsteig in einer namenlosen Stadt zu stehen und auf die Einfahrt des Zuges zu warten. Sie hielt einen Schirm in der Hand und sah ein Rudel Ratten aus den Gullys hervorkriechen und über die Gleise huschen.

Hunderte von Ratten.

Tausende.

Über die Gleise huschend.

Sie stand auf dem Bahnsteig im hellen Tageslicht, und Millionen von Ratten strömten auf sie zu. Die Ratten waren grau und braun, hatten lange Schwänze, die im Sonnenlicht zuckten, schienen im hellen Licht zu gleiten. Sie versuchte, ihnen zu sagen, wer sie war. Sie hielt den Schirm hoch. Es regnete nicht, die Sonne schien, aber sie hielt den Schirm hoch.

Jetzt nagten sie an ihren Füßen, kletterten ihre Beine hinauf, und sie versuchte, sie mit dem Schirm zu schlagen. Sie zerbissen ihren Schirm, zernagten den schwarzen Stoff, zernagten die Metallspeichen, fraßen den Holzgriff. Sie kletterten über ihre Brust, ihre Brust brannte, stand in Flammen. Aufhören, bitte, sagte sie, wo ist mein Schirm, was habt ihr mit meinem Schirm gemacht? Jetzt waren sie überall, griffen ihr Gesicht an. Sie konnte nicht atmen. Sie schlug nach ihnen. Die Ratten nagten an ihrem Gesicht. Sie rissen ihre Haut auf, Blut floß aus ihrem Mund. Aufhören! schrie sie, *aufhören*! und erwachte und merkte, daß der Alptraum Wirklichkeit war. In dem Verlies wimmelte es von Ratten, groß wie Hinterhofkatzen, die an ihren eingetrockneten Fäkalien knabberten, über ihren nackten Körper krochen, das festgebackene Blut von ihren Lippen leckten.

Sie schrie.

Sie schrie.

Sie schrie.

Am Morgen des sechsten Tages schickte Dominguez eine Aufseherin, um sie aus dem Käfig zu befreien. Die Aufseherin entriegelte den Gitterrost, schob ihn zur Seite, verzog das Gesicht und hielt sich die Nase zu. Sie streckte Marilyn die Hand entgegen und half ihr, aus dem Loch herauszusteigen. Marilyn versuchte, sich hinzustellen, und sackte auf die Knie. Sie versuchte es erneut und stürzte erneut. »Wow!« sagte sie und blinzelte in die Sonne.

Ungeduldig ging die Aufseherin auf den Duschverschlag zu, Marilyn taumelte hinter ihr her. Die Temperatur an dem Morgen betrug kaum zehn Grad, in der Dusche war nur kaltes Wasser, aber Marilyn stand unter dem eisigen Schauer, wusch das Blut und den Dreck von ihrem Körper, reinigte sich und empfand ein sonderbares Siegesgefühl. Ihre Lippen waren noch geschwollen, ihr rechtes Auge war fast schwarz und nur noch ein schmaler Schlitz, jeder Knochen in ihrem Körper schmerzte – aber sie hatte gewonnen.

Als Luis zu ihr kam, den weißen Kaftan über dem Arm, weigerte sie sich, ihn anzulegen, und bestand darauf, wie alle anderen Frauen den grauen Kittel zu tragen. Luis zuckte die Achseln. Auf dem Weg zu Dominguez' Büro versuchte er, ihr die Hand auf den Po zu legen. Sie schlug sie fort, und die Männer im Hof grölten und lachten. Bevor er an Dominguez' Tür klopfte, versuchte er, ihre Brust anzufassen, aber sie wich zurück und krümmte sich sprungbereit, als wolle sie ihm an die Kehle. Er wurde blaß. Eingeschüchtert klopfte er an die Tür.

»Ja, herein!« rief Dominguez.

Im Büro warteten ein Dutzend Wärter.

Sie verlor das Bewußtsein, bevor der fünfte Mann mit ihr fertig war.

Das nächste Mal würde er sie töten müssen.

Sie würde ihn zwingen, sie zu töten. Sie würde ihn zwingen, sie mit der Gerte oder seinen Händen totzuprügeln. In Houston war sie eine Hure gewesen, aber das hier war etwas anderes. Hier wurde sie wie sein Eigentum behandelt, und sie wollte kein Eigentum sein. Weder Dominguez' Eigentum, noch das Eigentum irgendeines anderen Mannes.

Erst kurz vor Weihnachten ließ er sie wieder in sein Büro rufen. Erneut weigerte sie sich, den Kaftan anzulegen, obwohl Luis ihr bedeutete, es wäre der besondere Wunsch des Direktors, daß sie an diesem Tag besonders schön aussah. »Scheiß auf den Direktor!« fluchte sie und folgte Luis über den Hof. Über dem verblichenen grauen Kittel trug sie den blauen Mantel, an dem die Knöpfe fehlten. Sie preßte ihn gegen den Körper, um sich vor dem Wind zu schützen. Der Hof blieb still. Die Männer wußten, was ihr angetan worden war, und es war kein Spaß mehr, sie mit Zweideutigkeiten und eindeutigen Zoten zu verhöhnen.

Ein Mann saß auf dem Holzstuhl neben Dominguez' Schreibtisch. Er trug einen dunkelblauen Anzug, eine graue Krawatte auf einem gestreiften Seidenhemd und auf Hochglanz geputzte schwarze Schuhe. In seinem Schoß lag ein grauer Hut. Er schien Ende Sechzig, ein gepflegter kleiner Mann mit einem akkuraten Schnurrbart unter der Nase und funkelnden braunen Augen, die sie aufmerksam musterten, als sie in das Zimmer trat und sich vor dem Schreibtisch aufstellte.

»Das ist die Frau«, sagte Dominguez.

»Spricht sie Spanisch?« fragte der Mann.

Seine Stimme war sehr leise. Marilyn vermutete, daß er es in seinem Leben noch nie nötig gehabt hatte, laut zu werden. Er betrachtete sie eingehend. Seine Worte waren an Dominguez gerichtet, aber sein Blick blieb auf sie gerichtet. Wenn er auch nur einen Finger auf mich legt, dachte sie, reiße ich ihm die Augen aus dem Kopf. Diesmal, dachte sie, werden sie mich töten müssen.

»Du hast die Frage gehört, Mariucha«, sagte Dominguez. Sie blieb stumm. Dominguez zuckte die Achseln. »Ja, sie spricht Spanisch«, sagte er.

»Sie wollen also nicht sprechen, Miss«, sagte der Mann.

»Wer sind Sie?« fragte sie auf spanisch.

»Ah, sehr gut«, reagierte er. »Ich bin Alberto Hidalgo.«

»*Don* Alberto«, korrigierte Dominguez.

»Zuviel der Ehre«, wiedersprach Hidalgo. »Nein, ich bin nicht, was Sie sagen. Nein, nein.« Lächelnd schüttelte er den Kopf.

»Was halten Sie von ihr?« fragte Dominguez.

»Sie ist ein bißchen dünn.«

»Dürrer Reis, rasches Feuer«, gluckste Dominguez. »Don Alberto ist aus Südamerika hergekommen«, sagte er. »Wir versuchen, deine Freilassung aus der Festung zuwege zu bringen.«

»Klar«, sagte sie auf englisch.

»Como?« fragte Hidalgo.

»Wie wollen Sie das zuwege bringen?« fragte sie auf spanisch.

»Don Alberto hat viele Freunde hier in Mexiko«, antwortete Dominguez. »Es mag möglich sein, daß du in seine Obhut entlassen wirst. Um den Rest deiner Strafe in seiner Obhut zu erfüllen. Möglicherweise lassen die Behörden das zu.«

»Wir sind uns natürlich nicht sicher«, sagte Hidalgo. »Wir sprechen jetzt von Argentinien. Es kann Probleme geben.«

»Nicht für einen Mann mit Ihren Freunden«, gab Dominguez sich überzeugt.

»Nun ja, vielleicht. Wir werden sehen.«

»Aber *falls* es ermöglicht werden kann . . .«

»Ja, ich bin interessiert«, befand Hidalgo. »Aber vielleicht zieht es die junge Dame vor, hierzubleiben.«

»Ich glaube nicht, daß sie es vorziehen wird, hierzubleiben«, sagte Dominguez lächelnd.

»Señorita?«

»Was sind Sie – ein Zuhälter?« fragte sie auf spanisch zurück.

»Nein, nein, nein, nein, nein«, versicherte er lächelnd. »Nein, nein, kein Zuhälter. Wie kommen Sie denn auf diese Idee?«

»Sie kam mir so in den Sinn«, antwortete sie auf englisch.

»Como?«

»Was sind Sie dann?«

»Geschäftsmann«, entgegnete er achselzuckend. »Ein Humanist, vielleicht. Ich würde es nicht gern sehen, daß eine so schöne Frau wie

Sie im Gefängnis schmachtet.« Auf spanisch waren die Worte besonders wohltönend, klangvoll kamen sie über seine Zunge – *»languideciendo en la càrcel«*. Wieder lächelte er. »Hat sie einen Paß?« fragte Dominguez.

»Ja, ich habe ihn für sie aufbewahrt«, antwortete der Gefängnisdirektor.

»Nun, das müßte es erleichtern«, sagte Hidalgo und wandte sich wieder an sie. »Also«, sagte er, »nun liegt es bei Ihnen. Wenn es möglich ist, wären Sie dann interessiert?«

Sie wog ihre Entscheidung nur einen Augenblick ab. Keine Sekunde glaubte sie, daß er etwas anderes war, als sie vermutet hatte: Er war ein Zuhälter und kaufte sie. Aber wenn er sie hier herausholen konnte, wenn sie ihn nach draußen begleiten konnte, hinaus ins helle Tageslicht und offene Straßen, fand sie vielleicht schließlich eine Gelegenheit zur Flucht.

»Ja, gut«, sagte sie. *»Muy bien.«*

»Si es asi, está hecho«, sagte Hidalgo. »In diesem Fall ist es beschlossene Sache.«

»Sie wird Ihnen keine Probleme bereiten«, versicherte Dominguez und fügte etwas hinzu, das Marilyn nicht ganz verstand. *»Ja está domesticada.«*

Er hatte Hidalgo erklärt, daß sie schon abgerichtet sei.

14

»Und dann?« fragte Willis.

»Ein Happy-End«, antwortete sie. »Ich war etwas länger als ein Jahr bei Hidalgo. Eines Tages rief er mich zu sich, gab mir meinen Paß und sagte mir, ich könnte gehen, wohin ich wollte.«

»Wieso das?«

Marilyn zuckte die Achseln. »Vielleicht hatte ich schon verdient, was er für meine Freilassung aus dem Gefängnis bezahlt hat, ich weiß es nicht. Oder vielleicht war er wirklich ein Humanist.«

»Einem humanistischen Zuhälter bin ich noch nie begegnet«, meinte Willis zweifelnd.

»Jedenfalls habe ich auf eigene Rechnung weitergemacht, bin noch vier Jahre in B. A. geblieben, habe jeden Cent gespart und eine hübsche Summe mit hierhergebracht.«

»Zwei Millionen Dollar, hast du mir gesagt.«

»So ungefähr.«

»Geteilt durch vier Jahre kommt man auf fünfhunderttausend pro Jahr.«

»In B. A. sitzt vielen Männern das Geld locker. Im Durchschnitt habe ich dreihundert pro Freier eingenommen. Multipliziert mit vier, fünf Freiern pro Nacht kommt man auf eine Menge Geld.«

Willis nickte. Wenn sie fünfhundert Riesen im Jahr bei dreihundert pro Freier verdient hatte, hatte sie im Jahr an die eintausendsiebenhundert Männer gehabt. Dreißig bis fünfunddreißig pro Woche. Wenn man fünf Freier in jeder Nacht der Woche rechnet. Volle vier Jahre lang.

»Angestoßene Ware, nicht mal zweiter Hand, hm?« sagte sie, als hätte sie seine Gedanken gelesen.

Willis sagte nichts.

»Hör mal, genau das hat das Mädchen aus *Verdammt in alle Ewigkeit* gemacht, oder? Das Buch. Das Mädchen in Hawaii.«

»Ich hab' das Buch nicht gelesen«, sagte Willis.

»Hast du den Film nicht gesehen?«

»Nein.«

»Na ja . . . Achselzuckend senkte sie die Augen. »Das hat sie gemacht.«

Siebzehnhundert Männer im Jahr, dachte er. Mit den vier Jahren multipliziert macht das sechstausendachthundert Männer. Nimmt man das Jahr hinzu, das sie für Hidalgo gearbeitet hat, kommt man auf vielleicht acht-, neuntausend. Marilyn Hollis war praktisch mit der gesamten männlichen Bevölkerung einer Kleinstadt im Bett gewesen. *Falls* es alles Männer waren. Waren auch einige hundert *Frauen* dabei? Ein halbes Dutzend Polizeihunde? Ein Araberhengst? O Gott!

Er schüttelte den Kopf.

»Und jetzt gehst du«, sagte sie.

Einen Moment gab er keine Antwort, dann fragte er: »Und keiner von ihnen hat das gewußt?«

»Wenn du meinst . . .«

»Ich meine McKennon, Hollander und Riley.«

»Keiner von ihnen hat es gewußt«, sagte sie leise.

»Und Endicott? Hast du es ihm gesagt?«

»Du bist der einzige, dem ich es jemals gesagt habe.«

»Ich Glückskind«, sagte er.

Das Zimmer wurde still.

Sie wandte ihren Blick nicht von ihm.

»Was wirst du deinem Partner sagen?« fragte sie schließlich.
»*Das* jedenfalls nicht.«
»Ich meinte ... was ich mit der Flasche gemacht habe.«
»Ich sage ihm, was du mir gesagt hast.«
»*Glaubst* du mir denn?«
Er zögerte scheinbar endlos.
Dann sagte er »ja« und nahm sie in den Arm.

Der mit Handschellen gefesselte Mann, der mit Meyer und Hawes im Vernehmungszimmer saß, war vielleicht fünfzig Jahre alt; ein besserer Herr, der ein braunes Sportjackett, ockerfarbene Hose, cremefarbenes Sporthemd, braune Socken und braune Halbschuhe trug. Sein Haar an den Schläfen war leicht angegraut. Auch sein Schnurrbart nahm graue Tönung an. Die Waffe auf dem Schreibtisch war eine Smith & Wesson vom Kaliber .38.

»Ich habe Ihnen Ihre Rechte vorgelesen«, sagte Meyer, »und ich habe Sie darauf hingewiesen, daß Sie, wenn Sie es wünschen, einen Anwalt hinzuziehen können; weiterhin habe ich Sie darüber informiert, daß Sie die Aussage gänzlich verweigern können und jederzeit während der Vernehmung weitere Aussagen ablehnen können ...«

»Ich will keinen Anwalt«, sagte der Mann. »Ich werde alle Fragen beantworten, die Sie mir stellen.«

»Und Sie wissen, daß dies hier ein Tonbandgerät ist und daß alles, was Sie sagen, aufgezeichnet wird, um ...«

»Ja, das weiß ich.«

»Und sind Sie nun bereit, die Fragen zu beantworten, die Detective Hawes und ich Ihnen stellen werden?«

»Das habe ich schon gesagt.«

»Ihnen ist doch klar, daß Sie das Recht haben, einen Anwalt hinzuzuziehen, wenn ...«

»Das ist mir klar. Ich will keinen Anwalt.«

Meyer sah Hawes an. Hawes nickte.

»Dürfte ich, bitte, Ihren vollen Namen wissen«, sagte Meyer.

»Peter Jannings.«

»Würden Sie den Nachnamen bitte buchstabieren?«

»Jannings. J-A-N-N-I-N-G-S.«

»Peter Jannings, korrekt? Kein zweiter Vorname.«

»Kein zweiter Vorname.«

»Und Ihre Anschrift, Mr. Jannings?«

»5318 South Knowlton Drive.«

»Eine Appartementnummer?«

»3-C.«

»Wie alt sind Sie, Mr. Jannings?«

»Neunundfünfzig.«

»Sie sehen jünger aus«, meinte Meyer mit einem Lächeln.

Jannings nickte. Wahrscheinlich war ihm das schon oft gesagt worden, dachte Meyer.

»Ist das Ihre Waffe?« fragte Meyer. »Ich zeige hier auf eine Smith & Wesson vom Kaliber .38, Modell 32, bekannt unter dem Namen Terrier Double Action.«

»Es ist meine Waffe.«

»Haben Sie eine Lizenz für sie?«

»Die habe ich.«

»Zum Besitz oder auch zum Führen der Waffe?«

»Zum Führen. Ich bin in der Diamantenbranche.«

»Waren Sie im Besitz dieser Waffe – ich beziehe mich wieder auf die Smith & Wesson, Modell 32 –, waren Sie im Besitz dieser Waffe, als die Beamten Sie festnahmen?«

»Das war ich.«

»War das heute um 16 Uhr 30?«

»Ich habe nicht auf die Uhr geschaut.«

»Die Zeit ist im Bericht der Beamten vermerkt und . . .«

»Wenn sie sagen, es war um 16 Uhr 30, dann wird das wohl so korrekt sein.«

»Und Sie wurden, Sir, in einem Lichtspieltheater festgenommen, das den Namen Twin Plaza trägt?«

»Ja.«

»3748 Knightsbridge Road?«

»Die Anschrift weiß ich nicht.«

»Dort gibt es zwei Kinos, Sir. Twin Plaza eins und Twin Plaza zwei. Bezeichne ich damit korrekt das Lichtspielhaus, in dem Sie festgenommen wurden?«

»Ja.«

»Und Sie waren in dem Kino Twin Plaza eins. Ist das richtig?«

»Ja.«

»Hielten Sie bei der Festnahme diese Smith & Wesson, Modell 32, in der Hand?«

»Das tat ich.«

»Hatten Sie die Pistole kurz vorher abgefeuert?«

»Ja.«

»Wie viele Schüsse hatten Sie abgegeben?«

»Vier.«

»Haben Sie auf einen Menschen geschossen.«

»Das habe ich.«

»Auf wen haben Sie geschossen?«

»Auf eine Frau.«

»Kennen Sie ihren Namen?«

»Nein, den kenne ich nicht.«

»Ist Ihnen bewußt, Mr. Jannings, daß eine Frau in dem Sessel direkt hinter Ihnen . . . hinter dem Sessel, in dem Sie bei Ihrer Festnahme saßen . . . viermal in Brust und Kopf geschossen wurde . . .«

»Ja, dessen bin ich mir bewußt. Ich habe die Schüsse selbst abgefeuert.«

»Sie haben auf die Frau geschossen, die hinter Ihnen saß – ist das richtig?«

»Ja.«

»Wissen Sie, daß die Frau auf dem Weg ins Krankenhaus gestorben ist?«

»Das habe ich nicht gewußt, aber ich bin froh darüber«, antwortete Jannings.

Wieder sah Meyer Hawes an. Das Tonband auf dem Schreibtisch lief.

»Mr. Jannings«, sagte Hawes, »können Sie uns sagen, warum Sie auf die Frau geschossen haben?«

»Sie hat geredet«, antwortete Jannings.

»Bitte?«

»Den ganzen Film über.«

»Geredet?«

»Geredet.«

»Sir?«

»Den ganzen Film über hat sie hinter mir *geredet.* Die einzelnen Rollen angesagt. Ach, guck mal, da ist der Ehemann! Ach, guck mal, jetzt kommt der Freund rein! Huh, da ist ein Löwe! Huh, sogar zwei! Dann die Schauplätze. Das ist ihre Farm. Jetzt sind sie im Dschungel. Das ist die Praxis des Arztes. Er ist der Arzt. Vorabkommentare zur Handlung. Bestimmt schläft sie mit ihm. Bestimmt findet der Mann es raus. An einer Stelle, als der Arzt sagte: ›Sie haben Syphilis‹, sagte die Frau hinter mir: ›Sie hat *was*?‹ Ich habe mich umgedreht und gesagt: ›Sie hat *Syphilis*, Madam!‹ Und sie hat gesagt: ›Kümmern Sie sich um Ihre eigenen Angelegenheiten, ich habe mit meinem Mann gesprochen.‹ Ich habe mir weiter den Film angeschaut – habe es *versucht.* Die Frau hat gesagt: ›Egal, was es ist, ich glaube, sie hat es von ihrem Mann.‹ Den ganzen Film über habe ich mich beherrscht, habe das ständige Geschwätz über mich ergehen lassen. Dann, gegen Ende des Films, konnte ich es nicht länger ertragen. Da ist eine lange Grabrede, Meryl Streep liest so ein hübsches Gedicht vor, und dann entfernt sie sich vom Grab und blickt in die Ferne, und wir wissen alles, was sie in diesem Augenblick empfindet, und die Frau hinter mir sagte: ›Die Frau bei dem Ehemann – das ist die reiche Erbin, die er geheiratet hat.‹ Ich habe mich umgedreht und gesagt: ›Madam, wenn Sie reden wollen, warum bleiben Sie dann nicht zu Hause und sehen fern?‹ Sie hat erwidert: ›Ich habe Ihnen doch gesagt, Sie sollen sich um Ihre eigenen Angelegenheiten kümmern!‹ Und ich habe gesagt: ›Das hier *ist* meine Angelegenheit. Ich habe für diesen Platz bezahlt.‹ Und sie hat gesagt: ›Dann bleiben Sie auf dem Platz sitzen und halten den Mund.‹ Und da habe ich sie erschossen.«

Hawes sah Meyer an.

»Ich bedaure nur, daß ich so lange gewartet habe«, fuhr Jannings fort. »Ich hätte sie eher erschießen sollen. Dann hätte ich mehr vom Film gehabt.«

Meyer frage sich, ob Jannings wohl mit einem Urteil wegen Totschlags unter mildernden Umständen davonkäme.

Captain Samuel Isaac Grossman saß über das Mikroskop gebeugt, als Carella am Samstag kurz vor siebzehn Uhr ins Polizeilabor kam. Die Tage wurden länger. Der Himmel hinter den großen Fenstern zur High Street hinaus zeigte erst jetzt die schwache Rosatönung der frühen Dämmerung, die Fenster der Nachbargebäude reflektierten blendendes Sonnenlicht. Grossman war völlig versunken. Ein großer, langgliedriger Mann, der eher auf einer Farm in New England als in der sterilen Ordnung eines Laboratoriums zuhause zu sein schien, saß er auf einem hohen Stuhl, justierte die Einstellung und spähte wieder in das Okular des Mikroskops. Carella wartete.

»Ich weiß, daß Sie da sind, wer Sie auch sein mögen«, sagte Grossman, drehte sich auf dem Stuhl und ließ die Brille von der Stirn auf den Nasenrücken hinabrutschen. »Hallo, hallo«, sagte er, »lange nicht gesehen.« Er stand auf und trat mit ausgestreckten Händen auf Carella zu. Die beiden Männer wechselten einen Händedruck.

»Kennen Sie den von dem Mann, der zu seinem Urologen geht?« fragte Grossman.

»Erzählen Sie ihn mir«, bat Carella lächelnd.

»Der Urologe fragt: ›Was ist Ihr Problem?‹ Der Mann sagt: ›Ich kann nicht pinkeln.‹ Der Urologe fragt: ›Wie alt sind Sie?‹ Der Mann sagt: ›Zweiundneunzig.‹ Sagt der Urologe: ›Dann haben Sie schon genug gepinkelt.‹«

Carella brach in lautes Lachen aus.

»Geht ein anderer Mann zum selben Urologen«, fuhr Grossman fort. »Der Urologe fragt: ›Was ist Ihr Problem?‹ Der Mann sagt: ›Ich habe bei einem Autounfall den Penis verloren.‹ Der Urologe sagt: ›Kein Problem, da machen wir eine Penisverpflanzung.‹ Der Mann sagt: ›Ich wußte gar nicht, daß es das gibt.‹ Der Urologe sagt: ›Sicher doch. Ich zeige Ihnen einige Exemplare.‹ Er zeigt dem Mann einen Penis. Der Mann sagt: ›Zu kurz.‹ Der Urologe zeigt ihm einen anderen Penis. Der Mann betrachtet ihn und sagt: ›Ich hoffte eigentlich auf etwas mit mehr Autorität.‹ Der Urologe zeigt ihm einen richtigen Prachtpenis. Der Mann betrachtet ihn. ›Das kommt der Sache schon näher‹, sagt er. ›Haben Sie den auch in Weiß?‹«

»Den muß ich Artie erzählen«, sagte Carella lachend.

»Ich liebe Urologenwitze«, sagte Grossman. »Was bringt Sie hierher?«

»Ich habe gestern angerufen«, sagte Carella.

»Mir hat niemand etwas gesagt. Worum geht's?«

»Wie erhalte ich reines Nikotin aus Zigarettenstummeln?«

Grossman blinzelte.

»Ich arbeite an einem Fall von Nikotinvergiftung«, erläuterte Carella. »Vielleicht sind es sogar zwei Fälle.«

»Das findet man heute selten«, sagte Grossman. »Nikotinvergiftung.«

»Deshalb möchte ich wissen, wie man das Gift aus offen zugänglichen Substanzen herstellt. Ich gehe davon aus, mein Mann weiß nicht, wie man es aus einem Insektizid gewinnt.«

»Sie wollen also wissen, wie man es aus Zigaretten gewinnt. Sie wollen wissen, wie man es *destilliert*.«

»Zigaretten, Pfeifentabak, was auch immer.«

»Mmm«, sagte Grossman.

»Ist es möglich?«

»Sicher«, sagte Grossman.

»Und wie mache ich es?«

»Wissen Sie, wie man Whiskey herstellt?«

»Nein. Mein Vater macht Wein.«

»Gärung. Ähnlich, aber nicht ganz. Wir reden von Destillation.«

»Und das ist?«

»Haben Sie eine Stunde Zeit?«

»Kompliziert, was?«

»Für mich ist es einfach. Für Sie . . .« Grossman zuckte die Achseln.

»Was brauche ich?«

»Nehmen Sie an, daß der Mann Zugang zu einer Laboreinrichtung hat? Nun, wahrscheinlich nicht. Sonst wäre Titration eine Möglichkeit.«

»So ist es.«

»Dann brauchen Sie einen Verwandten in Georgia, der sich aufs Schwarzbrennen versteht.«

»Da mir derartige Beziehungen fehlen . . .«

». . . müßten Sie Ihren eigenen Destillierapparat herstellen.«

»Wie mache ich das?«

»Sie wissen wohl gar nichts über Destillation, hm?«

»Gar nichts.«

»Na toll, man hat mir den Klassentrottel geschickt. Okay. Destillation besteht darin, einen flüssigen oder einen festen Stoff an anderer Stelle in seinen gasförmigen Zustand umzuwandeln, wo er wieder verflüssigt oder verfestigt wird.«

»Wozu?«

»Um ihn zu reinigen.«

»Was meinen Sie mit ›anderer Stelle‹? New Jersey? Kansas?«

»Haha«, sagte Grossman todernst. »Man hat mir tatsächlich den Klassentrottel geschickt. Passen Sie auf!«

»Ich passe auf«, sagte Carella.

»Schnaps stellt man her, indem man eine gegorene Getreidemaische destilliert – Roggen, Gerste, Weizen, Mais; hängt ganz vom Geldbeutel und vom Geschmack ab. Man erhitzt die Maische, leitet den Flüssigkeitsdampf ab und kondensiert ihn. Wenn Dampf kondensiert, bekommt man Flüssigkeit. *Voilá!* Schnaps!«

»Und Gift?«

»Praktisch genauso. Sagen wir mal, wir nehmen Tabak, in welcher Form auch immer. Man macht einen Brei aus, sagen wir, einem Dutzend Zigaretten. Die durchschnittliche Zigarette hat einen Nikotingehalt zwischen fünfzehn und vierzig Milligramm. Das heißt nicht, daß man tot aus den Schuhen kippt, wenn man eine Zigarre *raucht*, auch wenn so um die vierzig Milligramm als tödliche Dosis gelten. Wenn man sie zerkaut und ißt, wird man allerdings ganz schön krank. Und wenn man das Alkaloid aus der Zigarre destilliert . . .«

»Nicht schon wieder!« seufzte Carella.

»Okay, Schritt für Schritt: Man mischt einen Brei aus einem oder zwei Dutzend Zigarren, ganz gleich, wie viele. Zweiter Schritt: Man erhitzt den Brei. Bei Atmosphärendruck liegt der Siedepunkt von Nikotin ohne Zersetzung bei einhundertfünfzehn Grad Celsius.«

»Ist das wichtig?«

»Nur eine wissenschaftliche Anmerkung. Dritter Schritt: Man leitet den Dampf in einer Röhre ab. Sie haben doch sicher schon Fotos von Schwarzbrenner-Destillierapparaten gesehen. Mit den vielen Rohren und Windungen. Die Rohre dienen zur Ableitung des Dampfs, die Windungen zu seiner Kondensation. Das ist der vierte Schritt: die Kondensation.«

»Wie funktioniert das?«

»Ein natürlicher Prozeß. Wenn der Dampf abkühlt, setzt er sich. Jetzt hat man eine farblose Flüssigkeit, das Alkaloid mehr oder weniger – das toxische Nikotin, hinter dem Sie her sind.«

»Was meinen Sie mit ›mehr oder weniger‹?«

»Mehr oder weniger *rein.* Fünfter Schritt: Man nimmt die Flüssigkeit und destilliert sie erneut. Sechster Schritt: Man destilliert sie noch einmal. Und man destilliert immer weiter, bis man das reine Alkaloid hat. Peng! Man kippt es jemandem ins Glas, und der Jemand kippt tot um.«

»Ich dachte, Sie hätten gesagt, es sei kompliziert«, feixte Carella. »Tun Sie mir einen Gefallen?«

»Welchen?«

»Zeichnen Sie mir die Skizze eines Destillierapparats.«

Früh am Montagmorgen fuhr Carella wieder in die Innenstadt, diesmal nicht zum Labor an der High Street, sondern zum Gerichtsgebäude ein paar Türen weiter, wo er einem Richter zwei schriftliche Gesuche auf Ausstellung eines Durchsuchungsbefehls vorlegte. Das erste Gesuch sah folgendermaßen aus:

1. Ich bin Detective der städtischen Polizeibehörde und im 87. Revier eingesetzt.
2. Basierend auf Obduktionsberichten des Gerichtsmedizinischen Instituts verfüge ich über Informationen, daß Nikotin in zwei Mordfällen, in denen ich ermittle, als Gift verwandt wurde.
3. Durch ein Gespräch mit Captain Samuel Grossman vom Polizeila-

bor verfüge ich zudem über die Information, daß toxisches Nikotin aus gewöhnlichem Zigaretten-, Zigarren- oder Pfeifentabak destilliert werden kann.

4. Aufgrund persönlicher Kenntnis und Überzeugung gehe ich davon aus, daß sich ein derartiger Destillierapparat (Skizze liegt bei) im Haus von Miss Marilyn Hollis, wohnhaft 1211 Harborside Lane in Isola, befinden kann.
5. Basierend auf den obigen verläßlichen Informationen und meiner persönlichen Kenntnis und Überzeugung gibt es hinreichend Grund zu der Annahme, daß ein Destillierapparat im Besitz von Marilyn Hollis ein Beweisstück in einem Mordfall wäre. Daher ersuche ich das Gericht um Ausstellung einer Verfügung laut beigefügtem Vordruck zur Autorisierung der Durchsuchung des Hauses 1211 Harborside Lane. In dieser Angelegenheit ist bisher keinem anderen Gericht oder Richter ein solches Gesuch vorgelegt worden.

Der zweite Antrag war bis auf Name und Anschrift mit dem ersten völlig identisch. Statt Marilyn Hollis hatte Carella Charles Endicott Jr. eingetragen, statt 1211 Harborside Lane hatte er 493 Burton Street geschrieben. Jedem Antrag war eine Fotokopie von Grossmans Skizze eines Destillierapparats beigefügt:

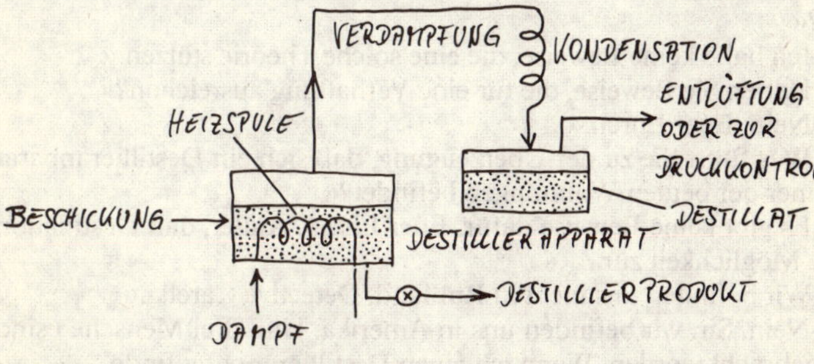

Der Richter las sorgfältig den ersten Antrag, begann dann den zweiten zu lesen, blickte plötzlich auf und fragte: »Sie sind beide identisch?«

»Ja, Euer Ehren«, sagte Carella. »Bis auf Namen und Anschrift.«

»Und es hat zwei Vergiftungen durch Nikotin gegeben?«

»Ja, Euer Ehren. Und eine Tötung mittels eines scharfen Gegenstands, die für die Anträge auf Durchsuchungsgenehmigungen ohne Belang ist.«

»Wo ist Ihre Begründung, Detective Carella?«

»Euer Ehren, zwei Menschen sind vergiftet worden . . .«

»Ja, ja, wo ist Ihre Begründung?«

»Die drei Opfer waren ohne Ausnahme Freunde von Miss Hollis. Mr. Endicott ist ebenfalls ein Freund von . . .«

»Ich suche nach einer Begründung dafür, daß ich Ihnen erlauben soll, die Privaträume eines Bürgers zu betreten und eine Durchsuchung vorzunehmen.«

»Ich erkenne an, Euer Ehren, daß meine Begründung möglicherweise nicht ausreichend erscheint . . .«

»Ich bin froh, daß Sie das anerkennen.«

»Aber falls jemand Gift hergestellt hat . . .«

»Genau das ist der Punkt! *Jemand* hat vielleicht. Aber was führt Sie zu der Annahme, dieser *Jemand* sei entweder Miss Hollis oder Mr. Endicott?«

»Euer Ehren, Miss Hollis unterhielt intime Beziehungen zu allen drei Opfern.«

»Und zu Mr. Endicott?«

»Zu ihm auch.«

»Kannte *er* die Opfer?«

»Nein, Euer Ehren. Nicht, wenn . . .«

»Worauf wollen Sie dann hinaus? Daß sie gemeinschaftlich handelten?«

»Ich habe keine Beweise, die eine solche Theorie stützen.«

»Haben Sie Beweise, die für eine Verhaftung ausreichen?«

»Nein, Euer Ehren.«

»Was führt Sie zu der Überzeugung, daß sich ein Destillierapparat in einer der beiden Wohnungen befindet?«

»Es gibt keine Beweise dafür, Euer Ehren. Außer, daß Destillation eine Möglichkeit zur . . .«

»Wir befinden uns nicht in Rußland, Detective Carella.«

»Nein, Sir, wir befinden uns in Amerika. Und drei Menschen sind umgebracht worden. Wenn ich einen Destillierapparat finde . . .«

»Ich lehne beide Anträge ab«, sagte der Richter.

So fing der Montagmorgen an.

Außerdem regnete es.

Carella war tropfnaß, als er ins Revier kam. Ein durchweichter Umschlag lag auf seinem Schreibtisch. Links oben prangte das Siegel des Gerichtsmedizinischen Instituts. Nach einem flüchtigen Blick auf den

Umschlag ging Carella zum Waschbecken in der Ecke des Raums, riß einige Papierhandtüchter ab und versuchte, sich die Haare damit abzutrocknen. Andy Parker saß an seinem Schreibtisch über einem Stapel von Einbruchsberichten.

»Gestern hab' ich einen guten Witz gehört«, sagte Carella.

»Und?« sagte Parker.

Carella erzählte ihm Grossmans Witz mit dem schwarzen Penis.

»Kapier' ich nicht«, meinte Parker. »Da liegt ein Umschlag für dich.«

»Schon gesehen«, sagte Carella, ging zu seinem Schreibtisch und riß den Umschlag auf. Er fand Blaneys getippten Bericht über den McKennon-Mord.

Carella sah auf den Schreibtischkalender.

13. April.

McKennon war am 23. März umgebracht worden.

Drei Wochen, um den Bericht zu bekommen, nicht schlecht für diese Stadt. Er blätterte die Seiten durch. Das meiste hatte Blaney ihm schon am Telefon gesagt. Aber es war auch ein Zahndiagramm beigefügt, das er sich nun ansah:

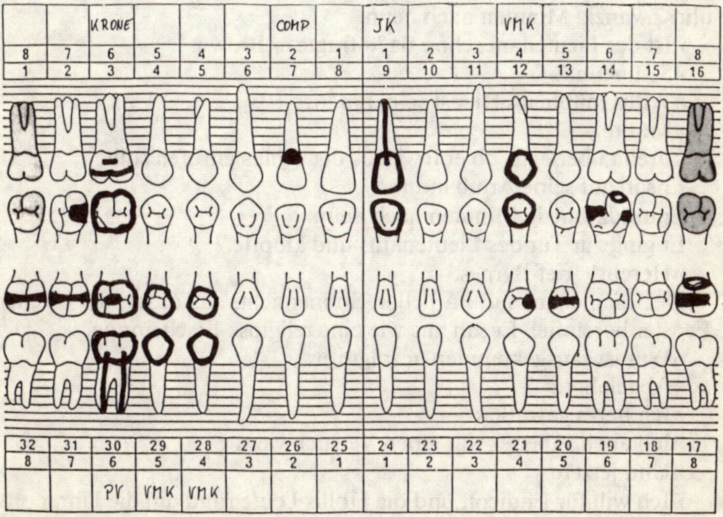

Er las Blaneys Notizen dazu, was die Kennzeichnungen der numerierten Zähne bedeuteten –

1. Zahn fehlt.
3. Krone, Gold.
7. Composite-Füllung.
9. Wurzelfüllung, Jacketkrone.
12. Metallkeramische Verblendkrone.
14. Amalgamfüllung, Karies.
16. Zahn fehlt.
17. Amalgamfüllung, Karies.
20. Amalgamfüllung.
21. Amalgamfüllung.
28. Metallkeramische Verblendkrone.
29. Metallkeramische Verblendkrone.
30. Wurzelfüllung, provisorische Krone, Karies.
31. Amalgamfüllung.
32. Amalgamfüllung.

– blätterte den Rest des Berichts durch, steckte ihn in den Umschlag zurück, ging zum Aktenschrank M–Z und legte den Umschlag in den Schnellhefter mit der Aufschrift MCKENNON. Er sah auf die Wanduhr. Zwanzig Minuten nach neun.

»Ist der Lieutenant schon da?« fragte er Brown.

»Seit neun.«

»Willis müßte im Dienst sein, hm?«

»Müßte.«

Carella überlegte, ob er im Haus der Hollis anrufen sollte.

Er sah auf seine Armbanduhr.

Einundzwanzig Minuten nach neun.

Er ging zur Tür des Lieutenants und klopfte.

»Herein!« rief Byrnes.

Der Lieutenant saß im hellen Sonnenlicht, das durch die offenen Fenster hereinfiel. Er sah aus wie eine religiöse Erscheinung.

»Was ist rausgekommen?« fragte er.

»Abgelehnt.«

»Ich hab's gewußt.«

»Ich auch. Aber es war einen Versuch wert.«

»Und jetzt?«

»Ich will für Endicott und die Hollis Leute rund um die Uhr.«

»Schutz?«

»Nein. Überwachung.«

Byrnes nickte. »Genehmigt«, sagte er.

Irgend etwas an Marilyns Geschichte störte Willis.

»Wieso das?« hatte er sofort gefragt, als sie ihm erzählte, daß Hidalgo sie nach etwas mehr als einem Jahr hatte gehen lassen. Dieselbe Frage stellte er sich noch immer. Er wußte nicht, was es Hidalgo gekostet hatte, sie aus dem mexikanischen Gefängnis freizukaufen, aber nach allem, was er über mexikanische Verhältnisse wußte, kam *la mordida* teuer zu stehen. Bei der Begegnung im Büro des Gefängnisdirektors hatte Hidalgo ihr gesagt, er sei Geschäftsmann. O ja, Humanist auch, aber in erster Linie Geschäftsmann. Willis kam es merkwürdig vor, daß ein Geschäftsmann – vor allem, wenn er zufällig auch noch Zuhälter war – bereit war, eine Einkommensquelle aufzugeben, für die er soviel hatte anlegen müssen. Selbst unter der Voraussetzung, daß sie in dem Jahr, das sie für ihn gearbeitet hatte, mehr als ihren Unterhalt verdient hatte: Wieso hätte er ihr den Paß geben und sie freigeben sollen? Zuhälter gingen anders vor, jedenfalls die Zuhälter, die Willis kannte. Zuhälter kassierten ab, solange es ging. Zuhälter nahmen es, wie es kam. Hidalgos großzügiges Handeln klang einfach nicht echt. Willis wollte ihr glauben, tat es aber nicht.

Er war an jenem Morgen nicht im Revier, da er mit Ermittlungsarbeit *außerhalb* des Reviers beschäftigt war. Sie hatte das Haus um halb elf verlassen, weil sie einen Termin bei ihrem Friseur in der Innenstadt hatte. Jetzt war es Viertel vor elf, und Willis durchstöberte in dem Flügel des Hauses, der als Lagerraum diente, die Kartons mit dem Plunder, den Marilyn aufbewahrt hatte. Er suchte nach Gegenständen, die womöglich ihre Jahre in Buenos Aires erhellten. Ein Jahr und ein bißchen länger bei Hidalgo, weitere vier Jahre selbständig.

Er fand keine Briefe.

Nun gut, das war verständlich. Der Kontakt zu ihren Freunden in Los Angeles und Houston war abgerissen, der Aufenthaltsort ihrer Mutter war damals nicht bekannt. Außerdem hatte sie genug damit zu tun, sich die Seele aus dem Leib zu vögeln, und fürs Briefeschreiben blieb da nicht viel Zeit.

Er fand weder Sparbücher noch Kontoauszüge, keine Quittungen, keine Kopien bezahlter Rechnungen; sonderbar für eine Frau, die vier Jahre auf eigene Rechnung gearbeitet hatte, »eine Unabhängige«, wie sie es genannt hatte – eine Frau, die zwei Millionen Dollar angehäuft hatte. Wo hatte sie das ganze Geld aufbewahrt? Unter ihrer Matratze?

Nun gut, vielleicht gehörte sie zu den Frauen, die ein Sparbuch wegwarfen, sobald das Konto aufgelöst war; vielleicht verfuhr sie ebenso mit bezahlten Rechnungen und mit alten Bankauszügen. Es gab solche Menschen, denen das viele Papier einfach über den Kopf wuchs. Aber warum hatte sie dann die Berge von Zeitungsausschnitten gesammelt? Ein Sammler sammelt, eine Ratte ist eine Ratte. Wieso fand sich kein Fetzen Papier aus den Jahren in Argentinien?

Er nahm sich die Zeitungsausschnitte vor.

Die Sammlung war enzyklopädisch, sie schien alles und jedes aufbewahrt zu haben, was ihr momentanes Interesse erregt hatte. Da fand sich ein Artikel über etwas, das sich Labondation nannte, wobei es sich um ein System handelte, um Ballettfiguren aufzuzeichnen; ein Artikel befaßte sich mit Cah-no-yu, der japanischen Teezeremonie, die ursprünglich aus China stammte und später von Zen-Priestern in Japan praktiziert wurde. Es gab Artikel über Marie Curie, altägyptische Möbel, Massagetechniken, Robert Burns und Datenverarbeitung. Es gab Artikel über englische Kunst, Wolfgang Amadeus Mozart, die Punischen Kriege, Motorräder, Farbfotografie und Geronimo, den Indianer. Und dann fand Willis auf einem Stapel von Artikel in einem Karton folgendes:

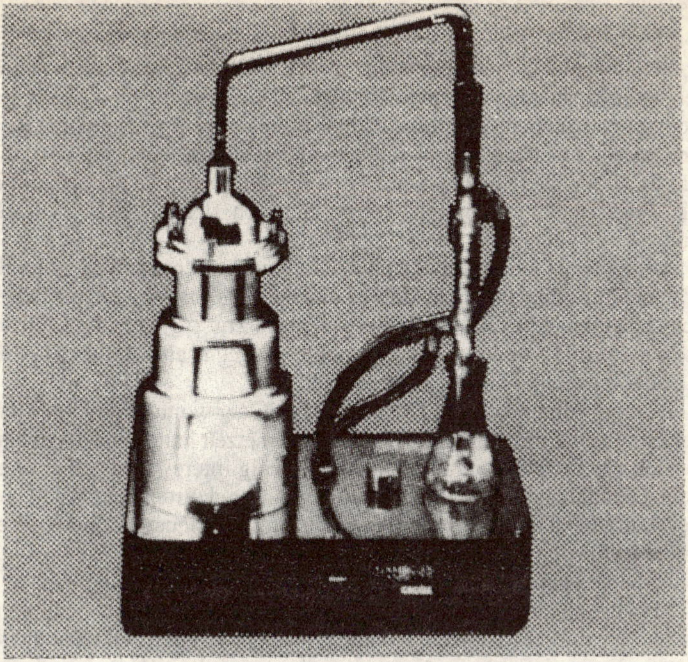

DAS ELEKTRISCHE GAGGIA-DESTILLIERGERÄT. Mit diesem Destilliergerät aus Mailand, Italien, können Sie Öle, Aroma- und Duftstoffe aus Blumen, Früchten oder jedem anderen organischen Stoff gewinnen, um zu Hause Ihre eigenen frischen Kochzutaten, Parfüms, Gesundheits- und Schönheitsöle herzustellen. Im Elektrofilter werden bis zu $1^1/_4$ Liter Flüssigkeit oder feste organische Stoffe Ihrer Wahl bei schrittweise zunehmender Temperatur erhitzt, wobei der gewünschte Aroma- oder Duftstoff langsam als Dampf extrahiert wird. Der Dampf wird durch einen Pyrex-Kondensator geleitet, der von drei Litern Wasser (ständig von einer 6-Watt-Pumpe umgewälzt) gekühlt wird, und das Destillat wird in einem Pyrex-Glaskolben gesammelt. Die Reinheit des Destillats ist durch die Verwendung von Kupfer- und Glasrohren sowie Messingarmaturen gewährleistet. Ein 18-Watt-Ventilator kühlt das zirkulierende Wasser. Das zur Ausstattung gehörende Quecksilberthermometer, oben in das Destilliergerät eingeführt, hilft die Temperaturen zu bestimmen, bei denen bestimmte Aromastoffe verdampfen. Kunststoffsockel. Füllmengen-Anzeige. Ein/Aus-Schalter. An jede Steckdose anzuschließen. Höhe: 64 Zentimeter. Breite: 42,5 Zentimeter. Länge: 30 Zentimeter. Gewicht: 14,2 Kilogramm.

20659R **$395.00**

Versandfrei und uneingeschränkte Garantie

15

Meyer stellte es sich langweilig vor, einen Rechtsanwalt zu beschatten, weil Rechtsanwälte eben von Grund auf langweilig waren. In seinem ganzen Leben hatte er nur drei interessante Rechtsanwälte kennengelernt. Die übrigen waren so aufregend wie das Telefonbuch. Und häufig waren sie seine Gegner. Sagen Sie mir, Detective Meyer, als Sie die Festnahme vornahmen, waren Sie sich der Tatsache bewußt, daß ...

Aber Meyer kannte noch nicht alle Anwälte dieser Welt, deshalb war es immerhin möglich, daß er eines Tages mal wieder auf einen interessanten Vertreter dieser Berufsgruppe traf – Hoffnung hilft Lasten tragen. Bis es soweit war, mochte er Rechtsanwälte nicht. Und Charles Endicott Jr. war Rechtsanwalt.

Darüber hinaus war er ein Rechtsanwalt, der womöglich zwei Menschen vergiftet und einen dritten niedergemetzelt hatte. Was ihn, sollte es sich als Tatsache herausstellen, ein wenig interessanter, aber auch weitaus gefährlicher machte als den üblichen gelehrten Gegner. Meyer beschattete ihn nicht gern, und er wünschte, der Lieutenant hätte einen anderen für den Job ausgesucht.

Außerdem goß es wie aus Kübeln.

Meyer hatte zwei Stunden zuvor mit der Überwachung begonnen, indem er sämtliche Berichte studierte, die Willis und Carella abgeheftet hatten. Dann rief er in Endicotts Kanzlei an, stellte sich als Lieutenant Charles Wilson vor, verantwortlich für Öffentlichkeitsarbeit, und fragte, ob die Polizeibeamten, die kürzlich zu seinem Schutz abgestellt worden waren, sich höflich und entgegenkommend verhalten hätten. Endicott bejahte die Frage und wollte wissen, warum sie wieder abgezogen worden seien. Meyer sagte, darüber wisse er nichts, aber er sei froh, daß die eingesetzten Männer ihre Aufgabe ordnungsgemäß erfüllt hätten.

Mit dem Anruf wollte er sich nur vergewissern, daß Endicott in der Kanzlei war.

Das war sieben Minuten nach elf, fünf Minuten, nachdem er die Akten zugeschlagen hatte. Er wollte vor der Mittagsstunde mit der eigentlichen Beschattung beginnen. Der Lieutenant hatte ihm gesagt, Hawes würde ihn um vier Uhr nachmittags ablösen. Hawes wiederum würde um Mitternacht von O'Brien abgelöst. Lückenlose Überwachung.

Um Viertel vor zwölf rief Meyer Endicott erneut an, diesmal aus einer Telefonzelle gegenüber dem Kanzleigebäude an der Jefferson Avenue. Mit verstellter Stimme fragte er, ob Endicott auch Scheidungen übernehme, und nachdem dieser ihm versicherte, daß Hackett, Rawlings, Pearson, Endicott, Lipstein und Marsh derartige Fälle in der Tat bearbeiteten, gab er seinen Namen mit Martin Milstein an und verabredete einen Termin mit Endicott für Freitag um halb fünf. Im Lauf der Woche würde er wieder anrufen, um den Termin abzusagen. Jetzt jedenfalls wußte er erst einmal, daß Endicott noch in der Kanzlei war, und er hoffte, der Anwalt würde wie die meisten Menschen zwischen zwölf und eins irgendwo zu Mittag essen.

Der einzige Detective des Reviers, der wußte, wie Endicott aussah, war Hal Willis. Aus Gründen, die Meyer nicht mitgeteilt wurden, wurde es für besser gehalten, ihn nicht mit der Überwachung zu betrauen. Deshalb wartete ein Streifenpolizist in Zivil auf Meyer, als er die Telefonzelle verließ. Der Polizist war einer der sechs Männer, die vorher zu Endicotts Schutz abgestellt worden waren. Er begleitete Meyer nur für die erste Identifizierung. Es wurde erwartet, daß er zu seinen normalen Pflichten zurückkehrte, sobald er ihm Endicott gezeigt hatte.

Jetzt standen die beiden Männer im strömenden Regen vor dem Bürogebäude.

Der Streifenpolizist beklagte sich bitter über das lausige Wetter.

Meyer behielt den Vordereingang des Gebäudes im Auge. Der einzige Zu- und Ausgang. Wenn Endicott herauskam, mußte er durch die Drehtür.

»Halten Sie ein Auge auf die Tür«, sagte er zu dem Streifenpolizisten.

»Was denn sonst?« erwiderte der Mann.

Meyer war gespannt, ob er es wirklich tat.

Zehn Minuten nach zwölf stieß der Polizist Meyer an.

Der Mann, der durch die Drehtür kam, war groß und schlank, hatte braune Augen und weißes Haar. Endicotts Beschreibung in den Berichten. Der Streifenpolizist nickte, und Meyer machte sich auf den Weg. Endicott trug einen Burberry-Regenmantel – nicht gerade günstig für eine Beschattung. In dieser Stadt schossen bei Regen Burberry-Mäntel wie Pilze aus dem Boden.

Endicott war schnell zu Fuß, und anscheinend genoß er den Regen. Ohne Hut hüpfte er wie Gene Kelly durch die Tropfen, trat achtlos in Pfützen, jagte bei roten Fußgängerampeln über die Straße – ein Mann, der es verflixt eilig hatte. Meyer mochte Beschattungen nicht, wenn es sich um eilige Fußgänger handelte. Meyer bevorzugte Überwachungen in kleinen, gemütlichen Cafés.

Der Mann ging geschlagene acht Blocks zu Fuß durch den strömenden Regen.

Meyer hätte schwören können, daß er dabei auch noch pfiff.

Schließlich bog er von der Jefferson Avenue in eine Seitenstraße ab, in die der Regen vom Harb her in dichten Güssen peitschte. Wie eine Galeone unter vollen Segeln tauchte Endicott in den Regen, ging einen halben Block weit, trat dann unter eine rot-weiß-grüne Markise, öffnete eine Holztür mit Messingknauf und war außer Sicht. Die Aufschrift auf der Markise verriet, daß er das Ristorante Bonatti besuchte. Meyer fühlte sich wie Popeye Dole in *French Connection*, als er die Schultern gegen Wind und Regen hochzog und hoffte, Endicotts Lunch würde nicht zu lange dauern.

Wenn man die Freundin seines Partners beschattet, fühlt man sich wie ein Stück Scheiße. Carella hatte sich um halb elf am Morgen vor dem Haus an der Harborside Lane an Marilyn Hollis' Fersen geheftet, war ihr zum Friseurladen gefolgt, hatte draußen gewartet, bis sie zwanzig nach zwölf herauskam und war ihr zu Fuß bis zur Stem gefolgt, wo sie ein Taxi heranwinkte. Er hatte sofort das nächste Taxi genommen, sich als Polizeibeamter ausgewiesen und den Fahrer angewiesen, das Taxi vor ihm nicht zu verlieren. Dem Fahrer gefiel es nicht, einen Cop zu chauffieren. Durch seinen Kopf geisterten Bilder, die ihn als Leiche zeigten.

Marilyns Taxi fuhr Richtung Innenstadt, erst auf der Stem, dann weiter auf der Culver, rund um den Van Buren Circle und nach Süden auf der Grover Park West und der Hall Avenue, dann nach rechts und drei Blocks weiter nach links. Schließlich hielt der Wagen vor einem Haus mit einer rot-weiß-grünen Markise über dem Eingang. Marilyn stieg aus, bezahlte den Fahrer und eilte auf die Tür mit einem Messingknauf zu. Zwei Wagen dahinter hielt Carellas Taxi an. Sehr zur Verblüffung des Fahrers gab Carella ihm ein üppiges Trinkgeld, bevor er in den Regen hinaustrat.

Die Aufschrift auf der Markise lautete: Ristorante Bonatti.

Meyer Meyer stand vor dem Restaurant und spähte angestrengt durch das Tafelglasfenster.

Carella tippte ihm auf die Schulter.

Überrascht wandte Meyer sich um. »Sieh da!« sagte er.

»Gefällt's dir im Regen?« fragte Carella.

»O ja, sehr. Vielen Dank.«

»Ist Endicott dort drin?«

»Mit einer Blondine, die gerade reingegangen ist«, sagte Meyer.

Um Viertel nach vier am Nachmittag des Montags löste Arthur Brown Carella vor dem Haus der Hollis ab. Carella erzählte ihm den Witz von dem schwarzen Penis. Brown schüttelte sich vor Lachen und fragte im selben Moment, ob es wohl ein rassistischer Witz sei. Ebenso rasch verwarf er den Gedanken – dafür kannte er Carella zu gut. Immer noch lachend, sagte er: »Den muß ich Caroline erzählen, wenn ich nach Hause komme. Wer löst mich ab?«

»Delgado.«

»Hoffentlich ist er pünktlich. Ich stehe nicht gern im Regen rum.«

Carella hatte seit morgens um zehn im Regen gestanden, abzüglich vielleicht einer Stunde in Taxis, als er Marilyn kreuz und quer durch die Stadt und schließlich wieder zurück zu ihrem Haus gefolgt war.

»Setz mich ins Bild«, sagte Brown.

»Weiße, blond, vierundzwanzig Jahre, einszweiundsiebzig, etwa fünfundfünfzig Kilo. Sie heißt Marilyn Hollis.«

»Worauf kommt es besonders an?«

»Kann sein, daß sie eine Mörderin ist. Vielleicht schlägt sie noch einmal zu.«

»Wie nett«, sagte Brown.

»Wir sehen uns morgen«, sagte Carella und ging durch den Regen davon.

Die erste Überraschung erlebte Brown um halb fünf, als gegenüber von seinem Standort unter einem Baum im Park ein Wagen hielt, ein Mann ausstieg, den Wagen abschloß und auf das Haus 1211 Harborside Lane zuging. Der Mann nahm die wenigen Stufen zur Haustür, zog einen Schlüssel aus der Tasche, steckte ihn ins Schlüsselloch, öffnete die Tür und ging hinein.

Brown blinzelte.

War das wirklich Willis gewesen?

Jedenfalls hatte er unbedingt wie Willis ausgesehen.

Aber Carella hatte kein Wort davon gesagt, daß Willis an der Überwachung beteiligt war. Hatte er sich eines Dietrichs bedient? Er hatte nicht ausgesehen wie ein Mann, der einen Ring mit Dietrichen herumschleppt. Er hatte ausgesehen wie ein Mann, der einen Schlüssel zur Tür eines Hauses besaß, in dem eine Frau wohnte, die nach Carellas Meinung womöglich eine Mörderin war.

Die zweite Überraschung erlebte Brown um zwanzig nach sieben, als die Haustür wieder aufging und zuerst die blonde Marilyn Hollis herauskam, die Carella ihm beschrieben hatte, und als nächster Willis, der die Tür hinter sich ins Schloß zog; und dann nahm die Frau Willis' Arm, sie gingen gemeinsam die Straße entlang und bogen an der Ecke rechts ab in Richtung Stem.

Brown wunderte sich, was hier vorgehen mochte.

Er folgte den beiden bis zur Stem, dann die Stem hinab stadteinwärts. Die Neonlichter wurden jetzt durch einen feinen Nieselregen gedämpft, die Autoreifen machten auf dem schwarzen Asphalt zischende Geräusche. Brown blieb in einigem Abstand hinter den beiden, denn offenbar war Willis *nicht* an der Beschattung beteiligt, und er wollte nicht von einem erfahrenen Cop entdeckt werden. Aber wenn er *nicht* beteiligt war, was zum Teufel hatte er dann mit einer Puppe zu tun, die vielleicht jemanden umgebracht hatte?

Vor ihnen war ein Restaurant namens Buddha's Feast.

Willis öffnete der Blonden die Tür, sie ging hinein, und Willis folgte ihr.

Brown spähte durch das Tafelglasfenster hinein, und in diesem Moment erlebte er seine dritte Überraschung.

Denn an einem der Tische saß ein Mann, der sehr nach Bert Kling aussah, es war tatsächlich Bert Kling, und Kling gegenüber saß seine Freundin, Eileen Burke, die ebenfalls Polizeibeamtin war, und Willis und die Blondine gingen zu dem Tisch, und es sah so aus, als stelle Willis die Frau den beiden vor, und dann setzten Willis und die Frau sich, und Willis winkte nach dem Kellner.

O Mann, dachte Brown, die Aktion ist ja viel größer angelegt, als ich dachte! Die ganze *Polizeibehörde* steckt mit drin!

Eileen Burke versuchte, ihre linke Gesichtsseite zu verbergen. In Willis' Augen hatte die plastische Chirurgie hervorragende Arbeit geleistet. Man konnte, selbst wenn man nach der Narbe suchte, kaum erkennen, daß Eileens Gesicht vor gar nicht so langer Zeit mit einem Rasiermesser aufgeschlitzt worden war. Aber Willis fiel auf, daß sie die Wange häufig mit der linken Hand bedeckte.

»Eileen arbeitet viel für die Fahndungsgruppe Vergewaltigung«, sagte er zu Marilyn.

»Wirklich?« reagierte Marilyn.

»Als Lockvogel«, sagte Willis.

»Ich glaube nicht, daß mir diese Arbeit gefallen würde«, sagte Marilyn und verdrehte die Augen.

Willis saß neben Kling, Marilyn und Eileen ihnen gegenüber. Die beiden Frauen sahen sehr attraktiv nebeneinander aus, dachte Willis, Eileen mit ihrem roten Haar und den grünen Augen, Marilyn blond und blauäugig; die eine Frau kräftig mit vollen Brüsten, die andere schmal und blaß und irgendwie zerbrechlich wirkend. Eine hübsche Kombination.

Er wollte, daß es ein ganz besonderer Abend wurde. Marilyns Vorstellparty, sozusagen. Er wollte sie mit zwei Menschen bekannt machen, die er mochte und bewunderte und die beide als Detectives arbeiteten. Und er wollte, was vielleicht noch wichtiger war, die beiden *ihr* vorstellen. Er kannte Carella gut genug, um sicher sein zu können, daß er den anderen Cops des Reviers nichts über Marilyns Vergangenheit verraten hatte. Dem Lieutenant schon, Carella hatte es als seine Pflicht angesehen, ihn zu informieren, daß Willis bei einer ehemaligen Prostituierten eingezogen war, die Carella als Mordverdächtige einstufte. Aber außer dem Lieutenant niemandem, nein. Carella war ein Cop, kein Tratschmaul. Carella war ein Freund.

An diesem Tisch gab es Geheimnisse.

Marilyns Geheimnis war, daß sie auf den Strich gegangen war.

Eileens Geheimnis war, daß sie bei Ausübung ihres Dienstes vergewaltigt und mit einem Rasiermesser entstellt worden war.

Und es gab unausgesprochene Fragen an diesem Tisch.

Willis war gespannt, ob zwei erfahrene, scharfäugige Detectives beim ersten Blick auf Marilyn wissen würden, was sie früher gemacht hatte.

Kling war gespannt, ob Marilyn Fragen stellen würde, die erneut Erinnerungen an die gräßlichste Nacht in Eileens Leben auslösen würden. Er wünschte, Willis hätte ihre Tätigkeit als Lockvogel nicht erwähnt.

Willis wünschte, daß niemand Marilyn fragte, welcher Tätigkeit *sie* nachging.

»Und in welcher Branche arbeiten *Sie*?« fragte Eileen.

»Ich lebe von meinem Vermögen«, sagte Marilyn forsch-fröhlich. »Wie wär's mit dem Orangenhühnchen?« fragte sie dann in die Runde.

Eileen sah Kling an.

»Wie schafft man es, von seinem Vermögen leben zu können?« fragte Kling.

»Ich habe einen reichen Vater«, sagte Marilyn und lächelte.

Kling dachte daran, daß er einmal mit einer Frau verheiratet gewesen war, die sehr viel mehr Geld als er selbst verdient hatte. Er fragte sich, ob es Willis mit dieser Frau ernst war. Falls ja, wußte sie, wieviel ein Detective Dritten Grades verdiente?

»Was machen Ihre Kollegen mit Ihnen?« fragte Marilyn. »Werden Sie einfach so auf die Straße geschickt?«

»Praktisch ja«, sagte Eileen. »Möchte jemand den Grillfisch?«

»Ich hätte schreckliche Angst«, sagte Marilyn.

Ich *habe* schreckliche Angst, dachte Eileen. Seit jener Nacht habe ich immer nur Angst.

»Man gewöhnt sich daran«, sagte sie und hob erneut die Hand zum Gesicht.

»Warum bestellen wir nicht einfach das große Menü?« meinte Kling. »Meint ihr, das wäre zuviel?«

»Ich bin wie ausgehungert«, sagte Marilyn.

»Also gut, machen wir das«, sagte Willis und winkte dem Kellner.

Der Kellner trottete an den Tisch.

»Das große Menü, viermal«, sagte Willis. »Und noch einmal Drinks für alle, bitte.«

»Ich fange Mitternacht an«, sagte Kling. »Für mich bitte nichts mehr.«

»Ach was, einen noch«, sagte Eileen.

»Nein, wirklich nicht«, widersprach Kling und hielt die Hand über sein Glas.

»In der Nachtschicht läßt sich's gut schlummern«, sagte Eileen. »Nimm noch einen Drink.«

»Viermal großes Menü«, sagte der Kellner. »Noch einmal Getränke.«

»Warum klingen chinesische Kellner immer so mürrisch?« fragte Marilyn. »Ist Ihnen das aufgefallen?«

»Weil sie mürrisch *sind*«, sagte Kling.

»Rassistische Äußerung«, sagte Eileen.

»Wer? Ich? Ich habe nichts gegen Schlitzaugen«, sagte Kling.

»Rückfalltäter«, sagte Eileen.

Marilyn fragte sich, ob sie den ganzen Abend im Polizeijargon reden wollten.

Eileen fragte sich, ob Marilyn wußte, daß Kling das Wort »Schlitzauge« absichtlich benutzt hatte, um ihr Wortgeplänkel auf die Spitze zu treiben.

»Das war Absicht«, sagte sie.

»Was denn?« fragte Marilyn.

»Daß er ›Schlitzauge‹ sagte.«

»Wirklich, ich mag Schlitzaugen«, sagte Kling. »Auch Japse. Wir haben einen Japs im Revier.«

»Das auch«, sage Eileen. »Absicht. Seine Art von Humor.«

»Ich habe keinen Humor«, sagte Kling unbewegt.

»Habt ihr euch auch gefragt, warum es keine blauäugigen Chinesen gibt?« fragte Willis.

»Mendelsches Gesetz«, sagte Marilyn. »Wenn man eine schwarze Katze mit einer weißen Katze paart, bekommt man ein weißes Kätzchen, ein schwarzes Kätzchen und zwei graue Kätzchen.«

»Was hat das mit blauäugigen Chinesen zu tun?« fragte Willis.

»Braune Augen sind dominant, blaue Augen sind rezessiv. Wenn alle Leute braune Augen haben, dann haben auch alle Kinder braune Augen. Nun ja, ganz stimmt es nicht. Bei Menschen funktioniert es nicht *immer* so wie bei Fliegen oder Katzen, außer wenn jeder dominante Gene hat. Mein Vater zum Beispiel hatte braune Augen, und meine Mutter hatte blaue Augen, aber in früheren Generationen muß es einige rezessive blaue gegeben haben. Wenn zwei Rezessive zusammenkommen, kriegt man einen weiteren Rezessiven – und genau das bin ich, rezessiv blau.«

»Woher weißt du das?« fragte Willis.

»Ich habe einen Zeitungsausschnitt darüber aufbewahrt«, sagte Marilyn.

Er fragte sich, warum sie das Inserat für ein elektrisches Destilliergerät aufbewahrt hatte. Er hatte sie noch nicht gefragt. Sofort, als er am Nachmittag das Haus betreten hatte, hatte sie ihm von ihrer Begegnung mit Endicott erzählt. Sie hatte ihn zum Essen getroffen und ihm gesagt, daß sie sich nicht mehr mit ihm treffen würde. Deshalb hatte er es aufgeschoben, sie wegen des Destilliergeräts zu befragen, obwohl in Carellas letztem Bericht die Methode erwähnt war, durch Destillation von Tabak hausgemachtes Nikotin herzustellen.

»Sind Ihre beiden Eltern tot?« fragte Kling.

Oha, dachte Willis. Cop stößt auf eine Unstimmigkeit. Als sie vorher ihren Vater erwähnt hatte, hatte sie im Präsens gesprochen: Ich *habe* einen reichen Vater. Und jetzt war sie aufs Imperfekt gewechselt: Mein Vater *hatte* braune Augen.

Kling wartete auf eine Antwort. Keine Vernehmung, kein Cop im Job, kein Argwohn – nur eine offene Frage, die der Klärung bedurfte.

»Ja«, sagte Marilyn.

»Denn vorher«, sagte Eileen, »hatte ich den Eindruck, daß Ihr Vater noch lebt.«

Der nächste bitte, dachte Willis.

»Nein, er ist vor einigen Jahren gestorben. Und hat mir eine runde Summe hinterlassen«, sagte Marilyn und senkte den Blick.

»Ich dachte, das gibt es nur im Märchen«, sagte Eileen.

»Manchmal auch im richtigen Leben«, sagte Marilyn.

»Früher habe ich Grimms Märchen gerne gelesen«, sagte Eileen ein wenig wehmütig, als rede sie über eine unkomplizierte, lange zurückliegende Zeit.

»Wußten Sie, daß Jacob Grimm – der, der die Märchen geschrieben hat – derselbe Grimm ist, von dem das Grimmsche Gesetz stammt?«

Gut taktiert, dachte Willis. Neue Aufstellung, Themenwechsel.

»Was ist das Grimmsche Gesetz?« fragte Kling.

»Paragraph 314, Absatz 76«, sagte Eileen. »Verkehr mit Elfen.«

»Sexistische Äußerung«, sagte Kling.

»Es hat damit zu tun, daß die P's zu B's werden, und V's werden zu W's oder umgekehrt. Genau weiß ich's nicht mehr«, sagte Marilyn. »Es stand in einem Zeitungsausschnitt, den ich aufbewahrt habe. Im Deutschen, natürlich, in der deutschen Sprache.«

»Der Ausschnitt war in Deutsch?« fragte Eileen.

»Nein, nein, das Gesetz. Das Grimmsche Gesetz. Es bezieht sich auf die deutsche Sprache. Grimm war Deutscher.«

»Wieso braucht er so lange für die Drinks?« fragte Willis und winkte dem Kellner.

»Die Getränke kommen schon«, sagte der Kellner und ging in die Küche.

»Seht ihr?« sagte Kling. »Sauer wie 'ne Zitrone.«

»Vielleicht versteht er kein Englisch«, sagte Eileen.

»Spricht hier jemand Chinesisch?« fragte Kling.

»Marilyn spricht fließend Spanisch«, sagte Willis und hätte sich am liebsten im selben Moment die Zunge abgebissen. Idiot! Falsche Weiche gestellt!

»Ich wünschte, *ich* könnte fließend Spanisch sprechen«, sagte Kling. »Wäre in unserem Revier ganz praktisch.«

»Ein paar Brocken kennst du doch«, sagte Eileen.

»Ja, sicher, man schnappt einiges auf, aber das ist nicht *fließend.* Wo haben Sie es gelernt?« fragte er Marilyn. »In der Schule?«

»Ja«, antwortete sie ohne Zögern.

»Hier in der Stadt?« fragte Eileen.

»Nein, in Los Angeles.«

Sie gerät immer tiefer hinein, dachte Willis.

»Sind Sie dort aufs College gegangen?«

»Nein, ich hab' es auf der High-School gelernt.«

Immer tiefer.

»Die Sprache ist viel einfacher als Englisch«, sagte Marilyn, erneut auf ein anderes Terrain wechselnd. »Ich wäre nicht gern ein Ausländer, der Englisch lernen muß. Die ganzen Worte, die sich ähnlich aussprechen, aber unterschiedlich schreiben. Oder die ganzen Worte, die die gleiche Schreibweise haben, aber unterschiedlich ausgesprochen werden. Ich würde durchdrehen.«

»Sag etwas auf spanisch«, forderte Willis sie auf.

»Yo te adoro«, sagte sie und lächelte.

Die Getränke kamen zusammen mit dem Essen.

»Na, toll«, murrte Willis.

Aber er war froh über die Unterbrechung. Ihm war Marilyns Ablenkungstaktik ein wenig zu offenkundig vorgekommen; das Thema, wo und wie sie die Sprache gelernt hatte, hatte ihr zu deutlich Unbehagen bereitet. Kauften ihr zwei erfahrene Cops, darauf trainiert, Nuancen in Sprache und Verhalten wahrzunehmen, wirklich alles ab, was sie ihnen erzählte?

Doch während des Essens kam es nur einmal zum offenen Zusammenstoß; Cop kontra Zivilist, Polizeimentalität gegen . . . Hurenmentalität? Kling sprach über einen Fall, den er vor kurzem gehabt hatte. Ein Mann hatte regelmäßig und wiederholt die Frau des Nachbarn vergewaltigt, und die Frau sagte ihrem Mann nichts, weil sie fürchtete, er würde sie windelweich prügeln, wenn er es erfuhr.

»Ich hätte sie beide umgebracht«, sagte Marilyn mit einer Heftigkeit, die die Unterhaltung abrupt unterbrach.

Eileen sah sie an.

Kling sagte: »Genauso ist es beinahe gekommen. Sie ist mit einem Beil auf den Mann von nebenan losgegangen. Ein Nachbar hörte den Lärm und rief die 911 an. Doch bevor die Streife eintraf, kam der Ehemann nach Hause. Sie hatte dem Nachbar schon die Hand abgehackt und attackierte seinen Kopf, als plötzlich der Ehemann vor ihr stand. Und sie ging jetzt auf *ihn* mit dem Beil los. In diesem Moment kam die Streife. Vier Cops waren nötig, um sie von ihm wegzureißen.«

»Von dem Ehemann?« fragte Eileen.

»Ja, sicher. Der andere lag reglos am Küchenboden.«

»Und was passiert jetzt mit ihr?« fragte Marilyn.

»Anklage wegen versuchten Mordes in zwei Fällen.«

»Ihr Anwalt wird es auf gefährliche Körperverletzung runterhandeln«, sagte Willis.

»Nein, bestimmt geht er auf Notwehr«, widersprach Eileen.

»Bei dem Nachbarn, vielleicht«, sagte Kling. »Aber ihr Mann hat nichts getan, außer hereinzukommen.«

»So oder so geht sie ins Gefängnis, oder?« fragte Marilyn.

»Nun ja, sie hat beide ganz schön zerhackt«, sagte Kling.

»Beide hatten die Frau in Angst und Schrecken versetzt«, sagte Marilyn. »Sie hatten es verdient, zerhackt zu werden.«

»Es gibt Gesetze gegen das Zerhacken von Menschen«, sagte Eileen.

»Sag das mal Lizzie Borden«, sagte Kling. »*Sie* ist damit davongekommen.«

»Na ja, die Axt im Haus . . .«, sagte Eileen.

». . . ist schlimmer als der Elefant im Porzellanladen«, sagte Kling.

»Ich weiß wirklich nicht, was daran so lustig ist«, sagte Marilyn, und am Tisch wurde es wieder still.

Willis brach sein Glücksplätzchen auf.

»›Du wirst neue Kleider haben‹«, las er laut vor.

»Das heißt vielleicht, daß du befördert wirst«, sagte Kling. Er hatte die Augen von Marilyn abgewandt, die eine Zigarette aus dem Päckchen Virginia Slims schüttelte, mit zitternder Hand ein Streichholz anriß und nach dem ersten Zug heftig den Rauch ausstieß.

Eileen sah auf die Uhr.

»Hast du wirklich Friedhofsschicht?« fragte sie Kling.

»Würde ich über den Friedhof Witze reißen?« sagte Kling.

»Dann los«, sagte Eileen. »Ich spendiere dir ein Taxi.«

Im Taxi fragte Kling: »Was hältst du von ihr?«

»Von dem wandelnden Lexikon?« sagte Eileen und setzte zu einer gelungenen Imitation Marilyns an: »Kennen Sie das Mendelsche Gesetz? Schwarze Katzen und weiße Katzen, braune Augen und blaue, dominant und rezessiv? Wissen Sie, daß in der englischen Sprache viele Worte gleich klingen, aber unterschiedlich geschrieben werden? Oder umgekehrt? Wußte Sie, daß das Grimmsche Gesetz blaue Elfen in rosa Elfen verwandelt? Wußten Sie, das *Yo te adoro* heißt ›Ich bete dich an‹? Wußten Sie . . .?«

»Heißt es das wirklich?«

»Nein, es heißt ›Möchtest du Yo-Yo mit mir spielen‹? Bert, die Frau ist ein harter Brocken, glaub' mir, beinhart. Hast du das Funkeln in ihren Augen gesehen, als sie sagte, sie hätte beide Männer umbringen können? O Mann, ich hab's ihr geglaubt. Das letzte Mal habe ich solche Augen bei einem Mann gesehen, der gerade seine ganze Familie mit der Maschinenpistole niedergemäht hatte.«

»Vielleicht schafft man es auf diese Weise, von seinem Vermögen leben zu können«, sagte Kling.

»Ach ja, und *diese* Geschichte«, sagte Eileen. »Hab' ich geträumt, oder hat sie wirklich gesagt, ›Ich *habe* einen reichen Vater‹?«

»Genau das hat sie gesagt.«

»Und wieso ist sie dann fünf Minuten später eine Vollwaise?«

»Versprecher.«

»Klar, weil die englische Sprache so *gegensätzlich* ist, was? Meint Hal es ernst mit ihr?«

»Ich glaube, sie wohnen zusammen.«

»Ich hoffe nur, er lädt sich nicht mehr Probleme als nötig auf«, sagte Eileen.

»Ich nehme an, du magst sie nicht sonderlich.«

»Nicht sonderlich«, bestätigte Eileen.

»So schlimm fand ich sie gar nicht«, sagte Kling.

»Na ja«, meinte Eileen achselzuckend. »Die Geschmäcker sind eben verschieden ...«

»Wie findest du sie?« fragte Willis.

»Sie sind in Ordnung«, sagte Marilyn.

Sie gingen in Richtung Harborside Lane. Es hatte zu regnen aufgehört, aber es war sehr kalt geworden. Dem April war in dieser Stadt nicht zu trauen. Sie hatte sich bei ihm eingehakt und beugte den Kopf gegen den Wind, der vom Fluß her blies.

»Nur in Ordnung?«

»Mit Einschränkung«, sagte sie. »Wieso hat Eileen sich auf die Seite der beiden Saukerle gestellt?«

»Sie hat sich nicht auf ihre Seite gestellt. Sie hat sich auf die Seite des *Gesetzes* gestellt. Sie ist ein Cop. Und die Frau ist ja nun tatsächlich mit einem Beil auf ...«

»Eileen wäre also bereit, sie hinter Gitter zu bringen, ohne die Umstände in Betracht zu ziehen. Sie sollte mal versuchen, selbst einige Zeit im Knast zu verbringen. Dann würde sie vielleicht keine Witze mehr über ...«

»Sie hat einiges hinter sich«, unterbrach Willis sie. »Ich gönne ihr jeden Witz, den sie macht.«

»Ach ja, das Leben ist hart«, sagte Marilyn.

»Für sie vielleicht noch härter. Sie ist vor einiger Zeit vergewaltigt und dabei übel zugerichtet worden.«

»Wie ist das passiert?«

»Ein Fall, in dem sie ermittelt hat. Der Typ hat sie mit dem Rasiermesser bearbeitet und vergewaltigt. Man braucht seine Zeit, um über so etwas hinwegzukommen. Vor allem, wenn einen der Job als Lockvogel auf die Straße schickt.«

Marilyn blieb einige Sekunden stumm.

Dann sagte sie: »Ich wünschte, du hättest es mir vorher gesagt.«

»Nun ... das ist eine ganz persönliche Sache«, sagte Willis.

»Ich dachte, mit uns wäre es auch ganz persönlich.«

»Ich meine ... nun, wir reden nicht über das, was Eileen passiert ist.«

»Wir«, sagte Marilyn.

»Das Revier«, sagte er.

Sie nickte. Schweigend gingen sie weiter und bogen um die Ecke.

»Tut mir leid, daß ich das über sie gesagt habe.«

»Schon gut, mach dir deswegen keine Sorgen.«

»Wirklich, es tut mir leid.«

»Schon gut.«

Sie näherten sich dem Haus. Er überlegte, daß er sie nach dem elektrischen Destilliergerät fragen mußte. Hatte sie das Ding gekauft? Befand es sich irgendwo im Haus? Hatte sie es schon benutzt? Zu viele Fragen. Er seufzte laut.

»Was ist?« fragte sie.

»Ich muß den Wagen umsetzen.«

»Was?«

»Die Parkerlaubnis wechselt zur anderen Straßenseite. Ich muß ihn vor Mitternacht umsetzen.«

»Hast du denn keine Identifikation hinter der Windschutzscheibe?«

»Doch, aber ...«

»Irgendwas, daß du ein Cop bist?«

»Ich verstoße nicht gern gegen das Gesetz«, sagte Willis lächelnd. »Ich bin im Nu fertig, geh schon mal hinein.«

»Beeil dich«, sagte sie und ging auf die Haustür zu.

Willis ging die Straße hinauf zu seinem Auto.

Brown war ihnen von dem chinesischen Restaurant in einigem Abstand aus gefolgt. Die Straßen waren um diese Zeit leer, es bestand keine Gefahr, sie zu verlieren. Halb zwölf, die Frau ging jetzt ins Haus, und Delgado würde ihn in einer Viertelstunde ablösen. Ob Willis vorhatte, die Nacht mit ihr zu verbringen? Zog er etwa mit der Hollis zusammen? Gehörte das zur Überwachung?

Er bog gerade um die Ecke, als er Willis auf sich zukommen sah. Sofort trat er einen Schritt zurück und drückte sich in den nächsten Hauseingang. Was nun? fragte er sich, und dann sah er, daß Willis seinen Wagen aufschloß. Nun gut, dachte er, der Mann macht's schließlich doch nicht mit ihr; der Mann fährt nach Hause in seine . . .

Zwei Schüsse krachten durch die spröde Nachtluft.

Zwei Schüsse schnell hintereinander, abgefeuert irgendwo in dem kleinen Park gegenüber dem Haus.

Willis warf sich flach auf den Boden.

Brown stürzte aus dem Hauseingang, die Pistole schon in der Hand, und rannte auf den Park zu.

Noch ein Schuß, dann noch einer. Die Kugeln prallten als Querschläger über Willis' von dem Auto ab.

»Ich bin's, Hal!« schrie Brown über die Schulter. »Artie Brown.«

Versicherung dagegen, daß Willis ihm ein paar Kugeln in den Rükken jagte.

Willis kam hoch, riß die Pistole aus dem Holster und rannte über die Straße zu dem Weg, den Brown bereits unter den Füßen hatte. Er hörte Brown ein Stück voraus rennen und hörte schnelle Schritte eines anderen Menschen noch weiter vorn. Jemand rannte den Pfad entlang und tauchte jetzt zwischen die Sträucher. Was zum Teufel machte Brown hier? fragte er sich. Fast im gleichen Moment ging ihm auf, daß sie Marilyn beschattet hatten.

»Polizei!« hörte er Brown schreien. »Stehenbleiben, oder ich schieße!«

Zwei Schüsse in der Schwärze vor ihm, Mündungsfeuer in der Nacht. Er erreichte Brown, der, die Pistole in der Hand, schwer atmend am Rand des Wegs stand und in die Büsche spähte.

»Hast du ihn erwischt?« fragte er.

»Nein.«

»Steckt er noch da drin?«

»Ich glaube nicht«, sagte Brown. »Sehen wir mal nach.«

Sie rückten in das Gesträuch vor. Mit rund sechs Metern Abstand voneinander suchten sie systematisch das Gelände ab, bis sie den Rand des Parks erreichten.

»Vom Winde verweht«, sagte Brown.

»Hast du ihn gesehen?«

»Nein. Aber der Mann hat versucht, dich zu erschießen.«

»Was du nicht sagst.«

Sie gingen durch die Sträucher zurück zum Pfad.

»Bist du zur Beschattung eingesetzt?« fragte Willis.

»Ja«, sagte Brown. »Du auch?«

»Nein. Wer hat sie angeordnet?«

»Der Lieutenant.«

Das hieß, Carella hatte darum nachgesucht.

»Sehen wir mal nach, ob wir Patronenhülsen finden können«, sagte Brown.

»Wir brauchen Licht«, sagte Willis. »Ich funk' das Revier an.«

Er verließ den Park und ging auf seinen Wagen zu, als sich die Haustür öffnete. Marilyn stand dort in einem Hauskleid.

»Waren das Schüsse?« fragte sie.

»Ja«, sagte er.

»Wer?«

»Weiß ich nicht. Er ist entkommen.«

»Hat er auf dich geschossen?«

»Ja.«

Sie kam zum Wagen herüber. Aus der offenen Haustür fiel Licht auf den Bürgersteig. Willis klappte das Handschuhfach auf und nahm das Walkie-talkie heraus.

»Siebenundachtzig«, sagte er in das Gerät. »Willis hier.«

»Nur zu, Hal!«

»Wer spricht?«

»Murchison.«

»Dave, ich bin hier in der Harborside Lane, Haus Nummer 1211. Jemand hat gerade versucht, mich zu durchlöchern, Brown und ich brauchen Beleuchtung auf der Szene.«

»Kriegt ihr«, sagte Murchison.

»Wer ist oben auf Schicht?«

»Kling und Fujiwara sind eben gekommen.«

»Sag ihnen, sie sollen sich um Charles Endicott Jr. kümmern. Adresse im Revier, sie finden sie in der McKennon-Akte. Ich will wissen, ob er zuhause ist. Wenn er nicht zuhause ist, sollen sie auf ihn warten, bis er nach Hause kommt.«

»Ich sag's ihnen«, versprach Murchison.

»Danke«, sagte Willis. Er nahm eine Taschenlampe aus dem Handschuhfach, hakte das Walkie-talkie an seinen Gürtel, drückte die Tür zu und verschloß sie. »Ich schätze, jetzt werde ich ihn wohl doch nicht umsetzen müssen«, sagte er.

»Du glaubst, daß es Chip war, nicht?« fragte Marilyn.

»Ich weiß nicht, wer es war«, sagte Willis.

»Warum schickst du dann Polizisten zu ihm?«

»Weil er derjenige ist, dem du heute den Laufpaß gegeben hast.«

»Wofür brauchst du Licht?«

»Wenn er eine automatische Waffe benutzt hat, liegen Patronenhülsen herum. Besser, du gehst nach drinnen, das kann eine Weile dauern.«

Er schaltete die Taschenlampe ein und richtete sie auf die Wagentür.

»Das Schwein hat zwei Löcher reingeballert«, sagte er. »Direkt über der Stelle, wo mein Kopf war.«

Marilyn sah sich die Löcher in der Tür an. Eins war vielleicht vierzig Zentimeter über der Bordsteinkante, das andere eine knappe Handbreit höher. Er sah ihren verblüfften Gesichtsausdruck.

»*So* klein bin ich nun auch wieder nicht«, sagte er und lächelte. »Ich lag platt auf dem Boden.« Er ließ das Licht über den Bordstein wandern.

»Wonach suchst du?« fragte sie.

»Nach Kugeln«, sagte er.

»Was verraten sie dir?«

»Was für eine Waffe er benutzt hat.«

Sie umarmte ihn und drückte sich fest an ihn.

Die Scheinwerfer im Park blieben bis zwei Uhr morgens eingeschaltet. Zahlreiche Nachbarn versammelten sich, um den Polizeibeamten bei ihrer Arbeit zuzusehen. Keiner von ihnen wußte, was sich ereignet hatte. Falls jemand vorher die Schüsse gehört hatte, hatte er sie für Fehlzündungen gehalten. Als die Polizei schließlich die Scheinwerfer abschaltete, gingen die Nachbarn wieder in ihre Häuser. Sie konnten sich vorstellen, daß etwas passiert war, wußten aber immer noch nicht, was. Der Polizeikleinlaster mit der tragbaren Ausrüstung fuhr los. Einer nach dem anderen rangierten die Streifenwagen rückwärts auf die Straße und rollten in die Nacht hinein. Willis ging zu dem Haus auf der anderen Straßenseite und öffnete die Tür mit seinem Schlüssel.

Marilyn lag bereits im Bett. Schweigend zog er sich aus und legte sich neben sie. Sofort kuschelte sie sich an ihn.

»Habt ihr etwas gefunden?« fragte sie.

»Drei Kugeln und vier Patronenhülsen.«

»Das ist doch gut, oder?«

»Falls wir jemals auf eine Pistole stoßen, zu der sie passen.«

»Du hast kalte Füße«, sagte sie und schmiegte sich noch enger an ihn. »Möchtest du mit mir schlafen?«

»Nein, ich möchte reden«, sagte er.

»Über das, was heute nacht geschehen ist?«

»Nein. Über das, was heute nachmittag passiert ist. Während du mit Endicott gegessen hast.«

»Das habe ich dir doch schon erzählt. Er hat sehr nett reagiert ... nun, er ist ein sehr netter Mann. Hat mir viel Glück gewünscht und ...«

»Marilyn«, sagte er, »ich habe in dem Lagerraum einen Zeitungsausschnitt gefunden. Eine Anzeige über ein elektrisches Destilliergerät. Kostet knapp vierhundert Dollar.«

»Möchtest du es mir kaufen?« fragte sie.

»Nein. Ich möchte wissen, ob *du* es gekauft hast.«

»Warum sollte ich mir so etwas kaufen?«

»Das frage ich dich. Warum hast du den Ausschnitt aufbewahrt?«

»Ich dachte, es könnte ganz lustig sein, mir mein eigenes Parfüm herzustellen.«

»Oder dein eigenes Gift«, sagte Willis.

Einen Moment blieb sie stumm.

»Verstehe«, sagte sie schließlich. »Was willst du nun tun? Das Haus durchsuchen?«

»Muß ich das?« fragte er.

»Wenn du glaubst, ich würde hier *Gift* herstellen ...«

»Hast du?«

»Durchsuchen wir doch das verdammte Haus!«

»Sag mir nur, daß du das Destilliergerät nicht gekauft hast.«

»Ich hab's nicht gekauft.«

Er nickte.

»Genügt dir das?« fragte sie.

»Ja«, sagte er und küßte sie leidenschaftlich.

Sie redeten und liebten sich bis in den Morgen hinein, wie beim ersten Mal hier in diesem Haus, nur lag diesmal der Geruch von Holzfeuer aus einem Kamin irgendwo in der Straße in der Luft. Er kam durchs offene Fenster geweht, und als Marilyn im Orgasmus schrie, versuchte sie, nicht zu laut zu schreien, denn sie wollte nicht, daß Cops an ihre Tür klopften und wissen wollten, wer hier ermordet würde. Niemand wurde ermordet. Abgesehen von kleinen Toden kam niemand ums Leben.

Aber wenn Verschwörungstheorien den Moment in Rechnung ziehen, in dem Hände unwiderruflich ineinander verklammert sind und ewige Treue geschworen wird, dann, ja dann waren sie der hexenbesprochene Macbeth und seine ehrgeizige Lady, die sich im Schmelztiegel der Morgendämmerung gegenseitig versichern, daß dieses Metall und dieses Metall zu dieser Legierung verschmolzen sind und daß sie, komme, was da wolle, so unwandelbar und eng miteinander verbunden sind, wie Eisen und Kohlenstoff sich zu Stahl verbinden.

»Ich liebe dich«, sagte er. »O mein Gott, wie ich dich liebe!«

»Ich liebe dich auch«, sagte sie.

Sie weinte.

16

Dienstagmorgen, am 14. April, trafen sich Willis und Carella in Byrnes' Büro. Überall in der Stadt saßen viele Bürger über den letzten Seiten ihrer Einkommensteuererklärung. Aber der Tod ist so sicher wie die Steuern, und die Männer waren zusammengekommen, um über drei Leichen zu reden. Und über einen Angriff auf Willis, der auch ihn zur Leiche hätte machen können.

»Schon was von der Ballistik?« fragte Byrnes.

»Wir erwarten, im Lauf des Tages von ihnen zu hören«, sagte Willis.

»Vier Schüsse?«

»Drei Kugeln und die Patronenhülsen wurden gefunden.«

»Wenn es derselbe ist, ist er ein vielseitiger Mann«, sagte Byrnes trocken.

»Oder ein verzweifelter Mann«, meinte Carella.

»Wo war Endicott zu der Zeit?« fragte Byrnes.

»Zu Haus im Bettchen«, sagte Willis. »Kling hat Hawes angefunkt – ich wußte übrigens nicht, daß er Endicott beschattete. Jedenfalls klopfte Hawes fünf Minuten nach den Schüssen an Endicotts Tür. Es wäre ihm niemals möglich gewesen, so schnell zu seiner Wohnung zu kommen.«

»Also können wir Endicott streichen«, stellte Byrnes fest. »Was ist mit der Frau?«

»Zuhause«, sagte Willis.

»Auf der anderen Straßenseite?«

»Ja.«

»Und die Schüsse kamen aus dem Park?«

»Ja.«

»Damit ist sie auch draußen«, sagte Byrnes.

»Es sei denn, einer von beiden hat den Schützen engagiert«, sagte Carella.

»Ach, Steve!« fuhr Willis hoch.

»Es ist eine Möglichkeit«, sagte Byrnes, »allerdings eine sehr entfernte. So wie ich es sehe, haben wir gerade zwei Verdächtige verloren.«

»Ich hoffe, wir verlieren sie nicht für immer«, sagte Willis.

»Wie meinen Sie das?«

»Ich würde empfehlen, die Schutzüberwachung wiederaufzunehmen.«

»Ich rede mit Frick.«

»Je eher, desto besser«, sagte Willis.

»Ich höre, Sie leben mit der Frau zusammen«, sagte Byrnes.

»Ja, Sir. Und ich muß Ihnen sagen, daß ich es beschissen finde, daß ich über ihre und Endicotts Beschattung nicht informiert worden bin.«

»Lassen wir das einmal . . .«

»Nein, Sir, ich möchte das als formelle Beschwerde verstanden wissen. Soweit ich weiß, arbeite ich immer noch an diesem Fall, und mir Informationen vorzuenthalten . . .«

»Schon gut, ich habe es verstanden. Wir dachten allerdings . . .«

»Wer ist wir?«

»Ich und Steve.«

»Gut. Dann lassen Sie es mich das nächste Mal wissen, was Sie denken, okay? Und *tun.*«

»Ich sagte ja, ich habe verstanden«, entgegnete Byrnes. »Aber was haben wir derzeit in der Hand?«

»Irgendwann heute müßten wir etwas über die Schußwaffe erfahren«, sagte Carella. »Über das scharfe Instrument gibt es nur Vermutungen. Und was das Nikotin angeht: Es könnte aus einem Pestizid titriert oder aus Tabakbrei destilliert worden sein.«

»Dafür braucht man Geräte.«

»Ja, Sir.«

»Die sich überall in der Stadt befinden könnten.«

»Ja, Sir.«

»In jedermanns Besitz.«

»Ja, Sir.«

»Wo fangen wir also an? Der Fall ist drei Wochen alt, und wir fangen gerade erst an, verdammt noch mal!«

»Sir«, sagte Carella, »was letzte Nacht vorgefallen ist . . .«

»Und ich wünsche mir, daß Sie beide mit dem verdammten ›Sir‹ aufhören! Immer wenn ein Cop mich mit ›Sirs‹ bedenkt, habe ich den Eindruck, daß er seinen Job nicht erledigt.«

»Tut mir leid«, sagte Carella und zerdrückte das »Sir« auf der Zungenspitze.

»Also, was ist mit der letzten Nacht?«

»Bis letzte Nacht haben wir an zwei Möglichkeiten gearbeitet: Mann kennt Frau oder Tarnung. Jemand legt Marilyn Hollis' Freunde um – irgendein Eifersüchtiger, ein verschmähter Liebhaber, jemandes Freundin oder sonstwer. Oder die Lady selbst macht sie, aus welchem Grund auch immer, kalt und versucht es wie ›Mann kennt Frau‹ aussehen zu lassen. Okay, letzte Nacht hat jemand versucht, Hal zu erwischen. Die Lady hat die Schüsse nicht abgefeuert, ebensowenig Endicott. Wenn wir nicht von einem Mietkiller ausgehen . . .«

»Ich glaube, diese Annahme können wir ausscheiden«, sagte Byrnes.

»Eine Möglichkeit ist es immer noch«, sagte Carella. »Genau wie ›Mann kennt Frau‹. Das einzige Problem ist jetzt . . .«

»Ich *kenne* das Problem«, sagte Byrnes. »Das Problem ist, daß uns die Verdächtigen ausgegangen sind.«

»Oder vielleicht haben wir zu *viele* Verdächtige«, sagte Carella. »Das hängt von der Lady ab.«

»Wieso das?« empörte sich Willis erneut.

»Davon, wie aktiv sie gewesen ist.«

Byrnes blickte von Carella zu Willis.

»Wie lange ist sie schon in der Stadt?« fragte er.

»Etwas länger als ein Jahr«, sagte Willis.

»Ich will eine Liste, auf der jeder steht, den sie hier kennt«, sagte Byrnes. »Männer wie Frauen. Leute, mit denen sie sich privat verabredet hat; Leute, mit denen sie gesellschaftlich verkehrt hat . . .«

»Noch mehr, Pete«, sagte Carella. »Ich hätte gern die Namen von jedem, mit dem sie jemals zu tun hatte, und sei es nur flüchtig – ihr Friseur, ihr Arzt, ihr Schuster, ihr Lebensmittelhändler, der ganze Umkreis. Wenn jemand einen Groll . . .«

»Einverstanden«, sagte Byrnes und wandte sich an Willis: »Können Sie die Liste von ihr bekommen?«

»Ich werd's versuchen«, sagte Willis.

»Sie sollen's nicht *versuchen*, Sie sollen die Liste *bekommen*! In der Zwischenzeit rede ich mit Frick über eine erneute Überwachung rund um die Uhr. Wollen Sie auch Schutz?«

»Ist das eine rhetorische Frage?« fragte Willis.

»Ich weiß nicht, was das heißt«, sagte Byrnes. »Ja oder nein?«

»Nein.«

»Gut«, sagte Byrnes und nickte kurz. »Dann los!«

»Jeden, den ich kenne?« sagte Marilyn. »Das ist lächerlich.«

»Jeden«, sagte Willis. »Egal, für wie unbedeutend du ...«

»Ich weiß, daß der Mann in meiner Reinigung keine Leute umbringt!«

»Hattest du jemals eine Auseinandersetzung mit ihm?«

»Nie.«

»Nie eine Beschwerdc über einen Fleck, der nicht rausging? Nie?«

»Nun ja, vielleicht. Aber ...«

»Genau das ist der Punkt«, sagte Willis. »Wenn wir es hier mit einem Irren zu tun haben ...«

»Ein Fleck auf einem Rock ist kein Grund, jemanden *umzubringen.*«

»Für *dich* ist es kein Grund, für *mich* ist es kein Grund, aber für einen Irren könnte es sehr wohl ein Grund sein.«

»Das macht jeden in der Stadt verdächtig.«

»Kennst du jeden in dieser Stadt?«

»Nein, aber jeder in dieser Stadt ist ein Irrer.«

»Ich will nur die Leute, die du kennst. Fang mit allen Männern an, mit denen du dich privat verabredet hast, seit du hier bist. Dann alle deine Freundinnen. Danach will ich die Namen aller Leute, die dich von Berufs wegen kennen – dein Internist, dein Gynäkologe, dein Zahnarzt ...«

»Der alte oder der neue?«

»Beide. Dein Urologe ...«

»Habe ich keinen.«

»Dein Hautarzt, dein ...«

»Einen Hautarzt habe ich auch nicht.«

»Dein Chiropraktiker, dein Anwalt, dein Anlageberater ...«

»Seinen Namen hast du schon.«

»Schreib ihn noch mal auf. Dein Steuerberater ...«

»Den Namen hast du auch.«

»Der Makler, der dir das Haus vermittelt hat ...«

»Ich habe es direkt vom Eigentümer gekauft.«

»Dann schreib seinen Namen auf die Liste. Dein Banker, dein Klempner, dein Elektriker, dein Metzger, dein Bäcker ...«

»Mein Kerzenmacher . . .«

»Begreifst du allmählich, worauf es ankommt?«

»Allmählich bekomme ich Kopfschmerzen.«

»Die sind nichts im Vergleich zu den Kopfschmerzen, die *wir* haben werden.«

Marilyn seufzte.

»Okay?« fragte er.

»Ich brauche einen Berg Papier«, sagte sie.

Der Mann von der Ballistikabteilung rief um drei Uhr nachmittags an.

Er berichtete, daß die Untersuchung der Geschosse und der Patronenhülsen darauf hinwies, daß sie aus einer Automatikpistole, einer Colt Super vom Kaliber .38, abgefeuert worden waren.

Er erklärte Carella – was Carella schon wußte, aber er war immer willens, einem Fachmann sein Bad in der Sonne zu gönnen –, daß die Funktionsweise einer Automatikpistole es ermöglichte, die Patronen zu identifizieren, die aus einer derartigen Waffe abgefeuert werden. Da die Automatikfunktion zahlreiche bewegliche Teile voraussetzte und da diese Teile aus Stahl gefertigt sind, wogegen Patronengehäuse aus weicheren Metallen wie Kupfer oder Messing bestehen, hinterlassen die Bestandteile der Waffe immer Spuren auf den Patronenhülsen. Und da keine zwei Schußwaffen völlig gleich sind, hinterlassen keine zwei Waffen die gleichen Spuren auf einer Hülse. Ähnlich kann ein Geschoß auf Richtung der Riefelung sowie auf Anzahl und Beschaffenheit der Rillen untersucht werden, was – zusammen mit den Daten der Hülse – Rückschlüsse auf Modell und Fabrikat der Waffe erlaubt. Brauchte Carella im Moment noch etwas? Carella sagte, im Moment brauche er nichts mehr.

Er schaute auf die Wanduhr.

Wieso brauchte Willis so lange, um die Liste zu bekommen?

»Das sind alle«, sagte Marilyn und warf den Stift auf den Schreibtisch. »Ich habe einen Schreibkrampf.«

Willis blickte flüchtig über die Liste.

»Was meinst du? Um die sechzig?«

»Ich habe das Gefühl, das es *hundert*sechzig sind.«

Er küßte sie auf den Scheitel.

»Danke«, sagte er.

»De nada«, erwiderte sie.

»Ich fahre zurück aufs Revier. Ich rufe dich später an, dann können wir überlegen, was wir heute abend tun, okay? Wir werden Gesellschaft haben. Sie stellen dich wieder unter Schutz.«

»Oh, großartig«, sagte sie und verdrehte die Augen.

Er ging auf die Tür zu, als sie sagte: »Hal?«

»Ja?«

»Glaubst du wirklich, es könnte jemand sein, der einen Groll hegt?«

»Könnte sein.« Er sah sie an und fragte dann: »Wieso?«

»Nur so«, meinte sie achselzuckend.

Er kam ins Zimmer zurück.

»Fällt dir jemand ein?« fragte er.

»Eigentlich nicht. Ich meinc, es könnte schließlich jeder sein, oder? Der Fleck auf der Bluse.«

»Oder etwas, das wichtiger als ein Fleck ist.«

Er sah sie unverwandt an.

Sie erwiderte seinen Blick.

»Hal«, sagte sie, »einmal angenommen . . . angenommen, vor langer Zeit habe ich etwas getan, das . . . das jetzt vielleicht jemand . . . zu rächen versucht.«

»Was hast du getan?« fragte er sofort.

»Ich sage nur, angenommen.«

»In Ordnung. *Angenommen*, du hast etwas getan. Beispielsweise was?«

»Beispielsweise etwas, das . . . das jemand herausgefunden hat, und jetzt versuchen sie . . . irgendwie . . . mich dafür zu *kriegen.* Oder vielleicht meine *Freunde* dafür zu kriegen. Vielleicht als eine Art Warnung, weißt du? Daß sie hinter *mir* her sind.«

»Wer, Marilyn? Wer könnte hinter dir her sein?«

»Ich habe viele schlimme Leute gekannt, Hal.«

»Redest du von Zuhältern? Meinst du, Seward ist hinter dir her? Weil du ihm in Houston davongerannt bist?«

»Nein, er hat mich mit seinem Segen gehen lassen, das habe ich dir doch gesagt.«

»Wer dann? Dein Schläger aus Los Angeles? Das ist doch urlange her . . .«

»Nein, er nicht. Aber . . . vielleicht jemand aus Buenos Aires.«

»Hidalgo? Der Typ, der dich aus dem mexikanischen Gefängnis freigekauft hat?«

»Nein, der auch nicht. Aber vielleicht . . . falls jemand in Buenos Aires denkt, ich hätte etwas *getan* . . .«

»Was hast du getan, Marilyn?«

»Nichts. Ich sage nur, vielleicht kommt jemand da unten auf den *Gedanken*, ich hätte etwas getan . . .«

»Wer? Und wieso kommt er auf den Gedanken?«

»Leute kommen manchmal auf Gedanken.«

»Was für Leute?«

»Du weißt schon, Leute eben. Man trifft im Leben viele Leute. Hidalgo hatte viele Freunde.«

»Hidalgo hat dich gehen lassen. Er hat dir deinen Paß gegeben und dich gehen lassen. Warum sollte einer seiner Freunde . . .?«

»Nun, Leute kommen auf Gedanken, weißt du.«

»Was für Gedanken?«

»Du weißt nicht, wie spanische Männer sind.«

»Nein, ich weiß nicht, wie sie sind. Erzähl mir, wie sie sind!«

»Der ganze Macho-Scheißdreck. Du weißt schon. Blutsbrüder. Rache. Du weißt schon.«

»Rache wofür?«

»Für etwas, von dem sie glauben, jemand hätte es getan.«

»Marilyn, was zum Teufel hast du getan?«

Sie schwieg lange.

Dann sagte sie: »Ich werde dich verlieren.«

»Nein, das wirst du nicht. Erzähl es mir.«

»Ich werde dich verlieren, ich weiß es.«

»Verdammt, wenn jemand hinter dir her ist . . .«

»Hidalgo hat mir den Paß nicht *gegeben*«, sagte Marilyn. »Ich habe ihn *genommen*.«

»Du . . .«

»Ich habe ihn gestohlen.«

»Mehr nicht?« sagte Willis erleichtert. »Liebes, Liebes . . .«

»Es war mehr.«

Er setzte sich neben sie.

»Also gut«, sagte er. »Laß es mich hören.«

Hidalgo war ein vermögender Mann, ein ehrgeiziger Zuhälter mit einer umfangreichen Kundschaft, der er mit einem kleinen Stall dienlich war. Geboren in Caracas, hatte er sich in Buenos Aires niedergelassen und war so paranoid, wie nur jemand sein kann, der viel zu verlieren hat. Obschon er wußte, daß er Marilyn völlig in der Hand hatte, ließ er sie kaum einmal aus den Augen, weil er fürchtete, sie würde entweder davonlaufen oder zur amerikanischen Botschaft gehen. Beides wäre ihr möglich gewesen, wären ihr die wahren Umstände bewußt gewesen. Die Amerikanerin namens Mary Ann Hollis war für die amerikanischen wie für die mexikanischen Behörden bereits verschwunden. Geld hatte den Besitzer gewechselt, Aufzeichnungen waren vernichtet worden, sie war regelrecht an Hidalgo verkauft worden.

Aber sie glaubte, ihre Bewährung (oder was immer es war) würde widerrufen und sie selbst in die *Fortaleza* zurückgeschickt, wenn sie ihm nicht gehorchte. Hidalgo nährte dieses Mißverständnis von Beginn an, sagte ihr als erstes, daß sich ihr Paß in seinem Besitz befand (was stimmte) und daß man, sollte sie sich wegen der Ausstellung neuer Papiere an die US-Botschaft wenden, sofort entdecken würde, daß sie eine rechtmäßig verurteilte Verbrecherin war, die man zur Bewährung in die Obhut von Alberto Hidalgo gegeben hatte, der in Argentinien über einigen Einfluß verfügte.

»Einfluß, ganz bestimmt«, sagte sie. »Sie sind ein Zuhälter.«

»Ja«, erwiderte er, »das mag sein, aber dennoch haben die mexikanischen Behörden es für richtig gehalten, dich für den Rest deiner Gefängnisstrafe in meine Obhut zu geben. Wie du weißt, bist du frei, überall hinzugehen und zu tun, was du willst, sobald du die volle Zeit abgeleistet hast. Aber, Mariucha, meine Liebe« – das alles mit seiner weichen, schmeichelnden Stimme –, »du hast erst vier Monate abgeleistet, bevor du in meine Obhut kamst, und du mußt noch fünf Jahre und acht Monate ableisten, bis die Behörden deine Schuld als bezahlt anrechnen. Dann werden sie natürlich die amerikanischen Behörden unterrichten. Doch zur Zeit, Mariucha, bis du keine freie Frau. Das darfst du nicht vergessen.«

In Hidalgos Stall waren sechs weitere Huren, jede von ihnen rentables Fleisch, Rennpferdchen, wie sie in der Branche genannt wurden, die pro Stunde hundert aufwärts einbrachten. Die meisten waren – wie Marilyn – aus Gefängnissen freigekauft oder ganz eindeutig als weiße Sklavinnen verschleppt worden, wie eine dralle Blondine aus München von sich behauptete. Jede der Frauen – Hidalgo nannte sie *las muchachitas,* die kleinen Mädchen – fühlte, daß er absolute Kontrolle über ihr Leben und ihr Schicksal hatte. Wenn sich einmal eine über entwürdigende Behandlung beklagte, die ihr zugemutet worden war oder werden sollte, folgte stets die Drohung, die Erinnerung daran, daß sie nicht Herrin ihres Tuns war.

»Ich gehe nicht«, sagte Marilyn ihm.

»Doch, du gehst«, sagte Hidalgo.

»Nein. Ich bin nicht Ihr Eigentum.«

»Gewiß, *mein* Eigentum bist du nicht. Du bist Eigentum des mexikanischen Gefängnissystems. Ich bin nur dein gesetzlich bestellter Aufseher. Aber, Mariucha, ich muß dir sagen, daß es für mich einfacher sein wird, überhaupt nichts mehr mit dir zu tun zu haben, wenn du zu problematisch wirst.«

»Das würden Sie nicht tun«, sagte sie. »Sie haben gutes Geld für mich bezahlt, Sie würden mich nicht zurückschicken.«

»Das Geld wäre eben schlecht investiert gewesen«, entgegnete Hidalgo mit einem Achselzucken. »Ich werde den Behörden sagen, daß du nicht besserungsfähig bist.«

»Sie sind ein Zuhälter, man würde Ihnen nicht glauben.«

»*Dir* würde man natürlich glauben«, sagte Hidalgo. »Einer Frau, die wegen Rauschgifthandels verurteilt ist.«

»Ich habe nicht damit gehandelt!«

»Einer billigen Hure«, sagte Hidalgo.

»Ich bin keine billige Hure«, sagte Marilyn und begann zu weinen.

Er nahm sie in die Arme. »Aber, aber, mein Kleines«, sagte er. »Müssen wir denn so streiten? Glaubst du, es macht mir Freude, dir drohen zu müssen?«

»Ja«, sagte sie schluchzend.

»Nein, nein, Kleines. Bitte, keine Tränen mehr, hm? Und jetzt geh zu diesem Herrn und tu, was er sich von dir wünscht. Er wird gut zu dir sein, Mariucha, das verspreche ich.«

»Nein«, sagte sie. »Ich laufe weg. Sie werden mich nie finden. Ich laufe bis nach Santa Cruz, ich . . .«

»Aber du hast keinen Paß«, sagte er sanft.

»Ich brauche keinen Paß, um mich in Argentinien zu bewegen. Ich spreche Spanisch, jeder wird denken . . .«

»O ja, bei deinem blonden Haar wird man dich bestimmt für eine Einheimische halten.«

»Ich färbe es schwarz.«

»Und deine Augen? Wirst du sie auch schwarz färben? Mariucha, Mariucha, die Polizei wird in einer Sekunde wissen, daß du Amerikanerin bist. Sie werden dich nach deinem Paß fragen.«

»Das ist mir egal. Sie können mich hier nicht festhalten.«

»Weißt du, was passiert, wenn du wegrennst? Nehmen wir einmal an, dir gelingt es, in eine andere Stadt zu kommen. Nehmen wir an – obwohl es unmöglich ist –, daß du es sogar schaffst, über die Grenze nach Chile, Bolivien oder Paraguay zu kommen. Nehmen wir das einmal an. Weißt du, was dann mit dir geschieht? Einer Frau ohne eigene

Mittel? Einer Frau ohne Paß? Du wirst eine ganz gewöhnliche Straßenhure, die Touristen anmacht. Willst du das?«

»Ja.«

»Mariucha, Mariucha.«

»Ich bin nicht Ihr Eigentum«, sagte sie.

Aber sie wußte, daß sie es doch war.

Sie hatte nie einen Peso zur eigenen Verfügung. Zu und von ihren verschiedenen Terminen nahm sie Taxis, aber das Geld kam aus Hidalgos Tasche, bevor sie die Wohnung verließ, in der sie mit ihm und den anderen Mädchen wohnte. Ihr Essen bezahlte sie stets mit Geld, das Hidalgo ihr gab, und normalerweise aß sie mit den anderen Mädchen in einem kleinen Restaurant um die Ecke von ihrer gemeinsamen Wohnung. Hidalgo kaufte ihre gesamte Bekleidung – Kleidungsstücke, die er für elegant hielt, die in Wahrheit aber herausfordernd waren. Wenn sie einmal ins Kino gehen wollte, gab Hidalgo ihr vorher das Eintrittsgeld und fragte oft nach dem Wechselgeld, wenn sie in die Wohnung zurückkam. Wenn sie sich beleidigt gab oder gar aufsässig, zwang er sie, sich mit Männern zu treffen, deren Praktiken sie verabscheute, damit sie zu Kreuze kroch.

»Aber was hast du denn dagegen?« fragte er. »Ich weiß, was in der Festung geschehen ist. Meinst du, mir wäre nicht klar, was man dort mit dir gemacht hat?«

»Ich habe Angst«, sagte sie.

»Ich würde niemals zulassen, daß dir jemand Schaden zufügt, das weißt du. Aber die Männer in der Festung waren brutale Kerle, und die Männer hier sind vornehme Herren, die . . .«

»Aber ja.«

»Das sind sie, wirklich. Und sie haben speziell um deine Dienste gebeten.«

»Schicken Sie eins der anderen Mädchen!«

»Nein, nein, das kann ich nicht.«

»Bitte, Alberto. Wenn ich Ihnen überhaupt etwas bedeute . . .«

»Natürlich bedeutest du mir etwas, Mariucha, das weißt du doch.«

»Dann schicken Sie eine von den anderen. Bitte, Alberto, bitte, *querido*, tun Sie das für mich!«

»Allmählich machst du mich ungeduldig«, sagte er. »Du wirst um vier Uhr dort erwartet, und es ist schon halb vier. Fahr jetzt sofort hin und mach, um was sie bitten, und mach es liebenswürdig, sonst – das verspreche ich dir – wirst du Grund genug haben, deine Unhöflichkeit zu bereuen.«

»Eines Tages«, sagte sie, »lasse ich es drauf ankommen.«

Aber das tat sie nie.

Und der eiserne Griff wurde enger.

»Mariucha, was ist denn *jetzt*? Wogegen hast du denn *jetzt* etwas einzuwenden? Ich begreife dich nicht. Manchmal glaube ich, du bist nicht ganz bei Sinnen. Was ist es denn *diesmal*?

»Papa«, sagte sie – sie hatte sich angewöhnt, ihn wie die anderen Mädchen mit Papa anzusprechen – »Papa, ich gehe nicht hin. Schick mich zurück ins Gefängnis, ja? Ruf an, wen du anrufen willst! Sag ihnen, sie sollen mich abholen.«

»Ich rufe sofort die mexikanische Botschaft an«, sagte er und ging zum Telefon. »Ganz wie du es wünschst. Aber willst du mir nicht wenigstens sagen . . .«

»Ja, ich werde es dir sagen«, fiel sie ihm ins Wort. »Ich sage es dir. Wenn du mich weiter zu diesen Ekeln schickst« – das spanische Wort hieß *patanes* –, »dann gehe ich lieber ins Gefängnis zurück. Ich mein' es ernst, ruf ruhig an, nur los!«

»Von wem redest du überhaupt?« fragte Hidalgo.

»Ich rede von Arabella, bei dem ich letzte Woche war, über den Mann, zu dem du mich jetzt wieder schickst. Ich rede von dem Ekel, das . . .«

»Er ist ein vornehmer Mann«, sagte Hidalgo.

»O ja, Arabella hat mir *gesagt*, was für ein vornehmer Mann er ist.«

»Er stammt aus einer guten Familie.«

»Vielleicht gefällt es ihm deshalb, Frauen aufs Gesicht zu scheißen.«

»Ich mag es nicht, wenn du so vulgär bist«, sagte Hidalgo.

»Und *ich* mag es nicht . . .«

»Vergib mir, Mariucha, aber ich nehme an, tief in deinem Herzen sehnst du dich wirklich nach der Festung zurück. Ich werde anrufen.«

»Gut. Tu es!«

»Das werde ich.«

»Weil es dir scheißegal ist, Papa. Die Gefühle eines Menschen sind dir völlig egal.«

»Du bedeutest mir sehr viel, Mariucha. Alle meine kleinen Mädchen bedeuten mir sehr viel. Aber, bitte, ich habe genug von dir. Bitte, mehr nicht! Genug!« Er hob den Hörer ab.

»Warum schickt du nicht Constantia?« sagte sie. Sie meinte das Mädchen aus München. »Sie macht alles.«

»Ja, sie ist keine Undankbare. Vielleicht schicke ich sie ja, aber erst, wenn du schon unterwegs bist. Ich rufe an, damit sie dich abholen.

Hast du irgendwelche Sachen, die du packen möchtest? Du weißt ja, wie es im Gefängnis ist. Nimm nur mit, was dir dort nützlich sein kann. Ich mißgönne dir keins der vielen Geschenke, mit denen ich dich überhäuft habe.«

»Papa, bitte«, sagte sie. »Bitte schick mich nicht zu diesem Mann, Papa, ich flehe dich an.«

»Aber ich schicke dich doch gar nicht zu ihm. Ich schicke dich ins Gefängnis zurück«, sagte er und begann zu wählen.

»Por favor«, sagte sie. *»Por favor.»*

Er ließ den Hörer auf die Gabel krachen. »Wann hört das endlich einmal auf?« schrie er. »Oder muß ich mir das für immer Tag und Nacht anhören?«

»Ich . . .« Sie schüttelte den Kopf.

»Ja, was?«

»Nichts«, sagte sie. »Gib mir die Adresse.

»Du brauchst Geld fürs Taxi«, sagte er.

»Ja«, sagte sie und wandte sich ab, damit er nicht sah, daß sie weinte.

Im fünften Jahr ihres Frontdiensts für ihn wurde sie trotz aller Vorsichtsmaßnahmen von einem der »vornehmen Herren« Hidalgos schwanger. Großzügig bot Hidalgo ihr an, die Abtreibung zu zahlen, aber er sagte ihr nicht, was er sonst noch mit *»el médico«* vereinbart hatte, der die Operation im schmuddeligen Hinterzimmer eines Haushaltswarenladens in einem der schlimmsten Viertel der Stadt vornahm. Marilyn wurde bewußtlos, während er an ihr herumpfuschte. Als sie Stunden danach zu Bewußtsein kam, blutete sie stark. Und Hidalgo teilte ihr mit, daß der Doktor – er bestand darauf, ihn Doktor zu nennen – auch ihre Gebärmutter wegoperiert hatte.

Sie ging mit geballten Fäusten auf Hidalgo und den Schlächter los, und dann lief sie auf die Toilette und übergab sich in dem dreckigen Becken. Sie wurde wieder ohnmächtig. Als sie Stunden später in der Wohnung zu Bewußtsein kam, überfiel sie der ganze Horror des Erlebnisses, und sie schrie wie damals in Mexiko, als die Ratten über ihren Körper gelaufen waren. Sie schrie, bis eins der Mädchen sie ins Gesicht schlug und barsch forderte, sie solle still sein. Noch bevor sie völlig genesen war, schickte Hidalgo sie wieder zur Arbeit.

Das war der Moment, in dem sie beschloß, ihn umzubringen.

»Nein«, sagte Willis. »Nicht. Bitte, Marilyn, du hast . . .«

»Doch. Ich habe ihn umgebrachtt!«

»Ich will es nicht hören. Bitte! Ich will es nicht hören.«

»Ich dachte, du wolltest die Wahrheit.«

»Ich bin ein Cop!« schrie er. »Wenn du einen Menschen *umgebracht* hast . . .«

»Ich habe keinen *Menschen* umgebracht, ich habe ein *Ungeheuer* umgebracht! Er hat mir einen Teil meines Körpers rausgerissen, ich kann keine Kinder bekommen, verstehst du das? Er hat mir . . .«

»Bitte, bitte«, sagte er kopfschüttelnd, »bitte, Marilyn . . .«

»Ich würde ihn wieder umbringen«, sagte sie. »Auf der Stelle!«

Kopfschüttelnd saß er neben ihr, unfähig, das Kopfschütteln zu stoppen. Er fürchtete, sie würde zu weinen beginnen. Er legte die Hände vors Gesicht.

»Ich habe ihn vergiftet«, sagte Marilyn.

Er hörte nicht auf, den Kopf zu schütteln.

»Zyanid«, sagte sie. »Gegen Ratten.«

Er schüttelte den Kopf. Sog keuchend den Atem ein.

»Und dann bin ich in sein Schlafzimmer gegangen und habe die Kombination seines Safes gesucht, weil ich wußte, daß mein Paß da drin liegen mußte. Ich habe die Kombination gefunden. Ich habe den Safe geöffnet. Mein Paß lag drin. Und an die zwei Millionen Dollar in argentinischer Währung.«

Willis seufzte tief. Er nahm die Hände vom Gesicht.

»Und nun?« fragte sie. »Sperrst du mich ein?«

Die Tränen kamen. Er zog sein Taschentuch heraus und preßte es gegen die Augen. Wieder begann er, den Kopf zu schütteln. Er schluchzte, wischte die Tränen fort.

Er wußte nicht, was er sagen sollte.

Er war ein Cop.

Er liebte sie.

Er war ein Cop.

Er liebte sie.

Immer noch schluchzend, ging er zur Tür, tastete nach der Klinke, öffnete die Tür . . .

»Hal?«

. . . und ging in den nach Frühling duftenden Nachmittag hinaus.

17

Seine Augen waren verschwollen und rot. Carella wußte, daß er geweint hatte, fragte ihn aber nicht, warum. Sie saßen nebeneinander an Carellas Schreibtisch, Willis auf einem Stuhl, den er herangezogen hatte, und studierte die Namensliste, die Marilyn zusammengestellt hatte. Unter normalen Umständen wäre das ein Teil der Polizeiarbeit gewesen, den sie ohnehin öde gefunden hätten, aber an Willis war eine melancholische Teilnahmslosigkeit, die die normale Langeweile der ermüdenden Routine noch steigerte und wie eine dunkle Sturmwolke über dem Schreibtisch hing. Carella war versucht zu fragen, »Was ist los, Hal?«, wollte sagen, »Erzähl's mir!«. Statt dessen konzentrierte er sich auf die Arbeit, als wäre es normale Routine, obwohl er mit jeder Faser seines Körpers wußte, daß dies nicht der Fall war.

Gemeinsam betrachteten sie die erste Seite, auf der die Männer aufgelistet waren, mit denen Marilyn sich seit ihrer Ankunft in der Stadt im letzten Jahr privat getroffen hatte. Die Liste war nicht außergewöhnlich lang. Mit fünfundzwanzig Namen, schätzte Carella.

»Nicht viele Adressen«, sagte er.

»Nur die, die sie auswendig wußte«, sagte Willis. Seine Stimme war tonlos. Er hielt die Augen gesenkt. Sie blieben auf das Papier geheftet, auf dem in ihrer Handschrift die Namen standen. Carella hatte absolut keine Vorstellung, welche Bilder hinter diesen Augen sein mochten.

»Das heißt, wir müssen uns ins Telefonbuch versenken«, sagte er.

»Ja.« Eine tote Stimme.

»Hat sie dir etwas über diese Leute erzählt?«

»Alles, an das sie sich erinnern konnte. Einige hat sie nur ein- oder zweimal getroffen.«

»Fällt dir jemand besonders auf?«

»Auch auf den zweiten Blick nicht.«

»Okay«, seufzte Carella, »fangen wir an!«

Sie gingen mit Marilyns Liste zum Schreibbüro und kopierten die Liste. Ihre Handschrift war jetzt verdoppelt, die Namen schienen vervielfacht, obwohl die Liste nicht länger als vorher war. Carella begann mit dem Telefonbuch von Isola, Willis mit dem von Calm's Point. Sie hockten wie Buchhalter über dem Journal. Schweigend arbeiten sie nebeneinander. Willis' düsterer Blick war beinahe spürbar, während sie Adressen und Telefonnummern notierten und jeden Namen markierten, für den kein Name ausgedruckt war, um sich später bei der Telefongesellschaft nach diesen Anschlüssen zu erkundigen. Sie brauchten eine knappe Stunde, um die Namen der Männer mit einer Teilliste von Adressen und Telefonnummern aus allen fünf Telefonverzeichnissen zu ergänzen. Die Liste der Frauennamen war kürzer. In nur vierzig Minuten hatten sie die entsprechende Liste von Adressen und Telefonnummern zusammengestellt.

Es war fast sechs, als sie die Liste mit den beruflich bedingten Kontakten in Angriff nahmen.

Sie waren sie zur Hälfte durchgegangen, als Carella sagte: »Den haben wir schon gehabt, oder?«

»Was?« reagierte Willis. Er studierte mit leeren Augen wie ein Automat seine eigene Liste.

»Der hier.«

»Wen?«

»Hier.«

Willis las den Namen. »Aha«, sagte er und nickte. »Ihr Zahnarzt.«

»Bist du sicher? Ist er nicht auf der anderen . . .?«

»Früher, jedenfalls. Sie . . .«

»Aber ich hab' den Namen doch auf der anderen Liste gesehen?« sagte Carella, nahm sich die erste Seite wieder vor und fuhr mit dem Finger an ihr entlang. »Klar«, sagte er, »hier haben wir's: Ronald Ellsworth. Einer der Männer, mit denen sie sich privat getroffen hat.« Erneut sah er sich den Namen an. »Ellsworth«, sagte er stirnrunzelnd. »Haben wir nicht . . .?« Plötzlich hob er den Kopf und sagte: »Hal . . .«

»Was ist denn?« fragte Willis.

»Er war McKennons Zahnarzt«, sagte Carella, schob seinen Stuhl zurück und stand auf. »Wo zum Teufel ist die Akte?« sagte er und trat an den Schrank. »Hat sie sich wirklich privat mit ihm getroffen? Oder ist das ein Irrtum? Sein Name auf der zweiten Liste.«

»Nein, sie hat sich einen Monat oder so mit ihm getroffen.«

Carella zog die Schublade heraus, griff nach der McKennon-Akte und blätterte sich durch die Seiten. »Hier«, sagte er. »Ich habe mit Ellsworth gesprochen, nachdem wir den Hollander-Fall übernommen haben. Hier ist der Bericht. Erster April. Ich habe ihn in seiner Wohnung gesprochen, hier ist die Adresse.«

Die beiden Männer sahen sich an.

»Ruf Marilyn an!« sagte Carella. »Frag sie, *wann* sie sich mit ihm getroffen hat, wann sie *aufgehört* hat, sich mit ihm zu treffen, und *warum* sie aufgehört hat! Wo ist das Zahndiagramm, das Blaney rübergeschickt hat?«

Willis wählte bereits Marilyns Nummer. Carella warf einen kurzen Blick auf McKennons Zahndiagramm und wählte dann das Büro des Polizeiarztes an.

»Marilyn«, sagte Willis ins Telefon, »ich bin's. Was war mit diesem Ellsworth?«

»Hallo, ja«, sagte Carella in sein Telefon. »Paul Blaney, bitte.«

»Wann war das?« fragte Willis. »Hmhm. Wie lange? Hmhm. Und warum hast du ihn nicht mehr getroffen?«

»Paul«, sagte Carella, »Steve Carella hier. Ich hab' ein paar Fragen zu dem Zahndiagramm von McKennon.«

Es war schon halb acht am Abend, als sie Ellsworths Wohnung an der Front Street erreichten, denn sie mußten erst durch die Innenstadt. Ellsworth – er stellte sich als Claire vor – war eine attraktive Frau – Ende Dreißig, wie Carella schätzte – mit bemerkenswert schönen braunen Augen.

»Wir wollten gerade noch einen Kaffee nehmen«, sagte sie. »Möchten Sie auch einen?«

»Nein, danke«, sagte Carella. »Wir haben nur noch ein paar Fragen an Ihren Mann.«

»Dann setzen Sie sich zu uns«, sagte sie.

»Vertraulich«, sagte Carella und beobachtete Ellsworths Gesicht. Nicht die mindeste Regung. Mrs. Ellsworth schien einen Moment verwirrt, dann sagte sie: »Gut, dann lasse ich Sie allein.« Sie sah ihren Mann noch einmal an und ging dann in ein Nebenzimmer – das Schlafzimmer, nahm Carella an. Einen Moment später hörte er, wie ein Fernsehgerät eingeschaltet wurde.

»Nun«, sagte Ellsworth, »kommen Sie voran?«

Er trug Bluejeans und einen weiten Pulli, dessen Ärmel er hochgeschoben hatte. Der Pulli paßte farblich zu seinen blauen Augen. Die Augen lächelten hinter der breitgerahmten Brille. Auch auf den Mund unter dem rotblonden Schnurrbart lag ein Lächeln. Er hätte gerade einem Patienten mitteilen können, daß er keine Karies gefunden hatte.

»Dr. Ellsworth«, sagte Carella und schlug sein Notizbuch auf, »als ich am ersten April hier war, habe ich Ihnen einige Fragen gestellt . . .«

»Ja?« sagte Ellsworth.

»Ich habe Sie gefragt, ob Mr. McKennon jemals einen der folgenden Namen erwähnt hat: Marilyn Hollis, Nelson Riley, Charles Endicott und Basil Hollander. Sie haben mir gesagt, das habe er nicht.«

»Richtig«, sagte Ellsworth.

»Das haben Sie mir doch gesagt, oder?«

»Wenn Sie es so notiert haben . . .«

»Ja, so habe ich es notiert«, sagte Carella und schlug das Notizbuch zu. »Dr. Ellsworth, gehörte Marilyn Hollis jemals zu Ihren Patienten?«

»Marilyn . . . Wie war doch der Nachname?«

»Hollis. H-O-L-L-I-S.«

»Nein, ich glaube nicht.«

»War sie nicht von Dezember letzten Jahres bis Anfang Februar *dieses* Jahres Ihre Patientin?«

»Nicht, soweit ich mich erinnern kann.«

»War sie nicht diejenige, die Ihnen Jerome McKennon empfohlen hat?«

»Ich glaube nicht, daß Mr. McKennon mich auf jemandes Empfehlung aufgesucht hat«, sagte Ellsworth.

Er zieht's durch, dachte Carella. Wir haben ihn erwischt, und er zieht's durch.

»Dr. Ellsworth«, sagte Willis, »trifft es denn nicht zu, daß Sie im vergangenen Dezember, als Marilyn Hollis noch Ihre Patientin war, sie eingeladen haben . . .«

»Nein, das trifft nicht zu«, sagte Ellsworth schroff und warf einen Blick zur Schlafzimmertür.

». . . und sich sechsmal mit ihr getroffen haben, bevor sie . . .«

»Ich habe mich nie mit ihr getroffen! Was soll das alles?« fragte Ellsworth empört.

Sie sagen immer das gleiche, dachte Carella. Das empörte »Was *soll* das alles?«

»Dr. Ellsworth«, sagte Willis, »wir haben Grund zu der Annahme, daß Sie sich mit Marilyn Hollis privat getroffen haben, daß Sie mit Miss Hollis intim waren und daß sie die Verbindung zu Ihnen im Februar abbrach, als sie erfuhr . . .«

»Ich glaube, jetzt reicht es aber«, sagte Ellsworth.

Auch das hatte Carella schon früher gehört.

»Dr. Ellsworth«, sagte er, »ich habe hier einen Durchsuchungsbefehl, der heute am frühen Abend ausgestellt wurde und mich ermächtigt, Sie als Person, die Wohnung hier und die Praxis an der Carrington Street zu durchsuchen. Möchten Sie den Durchsuchungsbefehl sehen, Dr. Ellsworth?«

»Durchsuchung? Ein Durchsuchungsbefehl? Wieso?«

»Vor allem wegen einer Automatikpistole Colt Super vom Kaliber .38. Besitzen Sie eine solche Waffe?«

»Sie liegt in der obersten Schublade seiner Kommode«, sagte Mrs. Ellsworth.

Die Detective drehten sich um. Sie stand in der offenen Tür zum Schlafzimmer.

»Du Schwein!« sagte sie.

Und Ellsworth rannte auf die Wohnungstür zu.

Willis' Pistole flog aus dem Holster.

»Stehenbleiben!« schrie er.

Ellsworth rannte.

»Stehenbleiben, oder ich schieße!« schrie Willis. Die Waffe zitterte in seiner Hand. Die Mündung war auf Ellsworth' Rücken gerichtet.

»Zwingen Sie mich nicht!« schrie er.

Ellsworth blieb stehen.

Er drehte sich um.

Er blickte an den beiden Detectives vorbei zu seiner Frau, die immer noch in der Tür stand. Aus dem Fernsehgerät hinter ihr schepperte das künstliche Publikumsgelächter einer Unterhaltungssendung.

»Es tut mir leid«, sagte er zu ihr.

Auch diesen Satz hatte Carella schon hundertmal und öfter gehört.

Das Frage-und-Antwort-Spiel fand am selben Abend um Viertel vor zehn im Büro von Lieutenant Byrnes statt. Anwesend waren Detective/Lieutenant Peter R. Byrnes, Detective Zweiten Grades Stephen L. Carella, Detective Dritten Grades Harold O. Willis, ein stellvertretender Bezirksstaatsanwalt namens Martin J. Liebowitz und der Mann, den sie des dreifachen Mordes sowie eines Mordversuchs bezichtigten, Dr. Ronald B. Ellsworth.

Weil Willis mit Marilyn Hollis über ihre Beziehung zu Ellsworth gesprochen hatte, nahm er den Beginn der Vernehmung in die Hand. Weil Carella mit Paul Blaney über McKennons Zahndiagramm gesprochen hatte, übernahm er die Führung, als Willis fertig war.

F: Können Sie uns sagen, wann Marilyn Hollis zum ersten Mal in Ihre Praxis kam?

A: Irgendwann im Dezember. Dezember letzten Jahres.

F: Miss Hollis sagt, es war der vierte Dezember, nach ihrem Terminkalender ein Mittwoch.

A: An das genaue Datum erinnere ich mich nicht. Wenn das in Ihrem Terminkalender steht . . .

F: Ja, so steht es in Ihrem Terminkalender. Ist sie danach regelmäßig als Patientin zu Ihnen gekommen?

A: Allerdings. Sie brauchte eine umfangreiche Behandlung. Ihre Zähne befanden sich in schlechtem Zustand. Ich weiß nicht, warum sie sie so lange ohne zahnärztliche Behandlung gelassen hat.

F: Laut Miss Hollis haben Sie sie kurz vor Weihnachten privat eingeladen. Trifft das zu?

A: Das trifft zu.

F: Und seitdem haben Sie sich mehr oder weniger regelmäßig mit ihr getroffen . . .

A: Ich habe mich sechsmal mit ihr getroffen.

F: Insgesamt sechsmal im Dezember, Januar und Februar – dann beendete sie die Beziehung.

A: Ja. Sechsmal.

F: Sind Sie mit Miss Hollis intim gewesen?

A: Ja.

F: Können Sie uns sagen, warum Miss Hollis die Beziehung abgebrochen hat? Pardon, zuerst möchte ich Sie fragen, ob sie gleichzeitig Ihre Dienste als Zahnarzt nicht mehr in Anspruch genommen hat.

A: So war es.

F: Und das war Anfang Februar, oder?

A: Ja.

F: Warum hat sie die Beziehung aufgelöst, Dr. Ellsworth?

A: Ich habe einen Fehler gemacht.

F: Wie bitte?

A: Sie hat ständig von absoluter Aufrichtigkeit geredet. Ich habe den Fehler gemacht, aufrichtig zu ihr zu sein.

F: Inwiefern?

A: Ich habe ihr gesagt, daß ich verheiratet bin.

F: Wie hat sie darauf reagiert.

A: Sie hat mir gesagt, sie will mich nie wiedersehen. Sie hat gesagt, sie trifft sich nicht mit verheirateten Männern.

F: Wie haben *Sie* darauf reagiert?

A: Was glauben Sie wohl? Ich war fuchsteufelswild.

F: Aber Ihre Erregung hatte keine Wirkung auf sie, oder? Sie hat den Kontakt zu Ihnen eingestellt.

A: Das hat sie.

F: Ab wann, Dr. Ellsworth, kam Mr. McKennon als Patient zu Ihnen?

A: Ab Ende Januar.

F: Und er kam auf Miss Hollis' Empfehlung?

A: Ja. Sie hat ihm gesagt, ich sei ein guter Zahnarzt. Das war, natürlich, bevor wir Schluß gemacht haben. Danach war ich nicht mehr so ein guter Zahnarzt. Danach wollte sie mich nicht mehr sehen.

F: Hat er gesagt, sie hätte Sie als guten Zahnarzt empfohlen?

A: Er hat mir gesagt, eine Bekannte hätte mich empfohlen. Ich bin mir nicht sicher, ob er mir damals schon gesagt hat, daß diese Bekannte Marilyn war. Vielleicht habe ich das erst später erfahren.

F: Hat er ihren Namen beim ersten Besuch nicht erwähnt?

A: Vielleicht ja, ich erinnere mich nicht. Vermutlich ja. Aber damals wußte ich nicht, wie Marilyn zu ihm stand. Eine Bekannte, mehr hatte er nicht gesagt. Ich wußte nicht, daß sie mit ihm schlief.

F: Wann haben Sie das entdeckt?

A: Irgendwann im Februar.

F: Wie haben Sie das entdeckt?

A: Bis dahin war er mehrere Male bei mir in der Praxis gewesen. Ich habe ihm einen Zahn gezogen, wenn ich mich recht erinnere, und mehrere Füllungen vorgenommen. Außerdem habe ich ihm empfohlen, am unteren ersten Backenzahn rechts eine Wurzelfüllung vorzunehmen. Wir hatten ein ganz gutes persönliches Verhältnis entwickelt – im Rahmen einer beruflichen Beziehung, versteht sich. Ich glaube, während einer der Besuche hat er Marilyn erwähnt.

F: Hat er gesagt, daß er mit ihr intim war?

A: Na ja, Sie wissen ja, wie Männer reden.

F: Was, genau, hat er gesagt, Dr. Ellsworth?

A: Er hat gesagt, er bumst eine unheimlich tolle Frau, eine Frau, wie er sie noch nie im Leben kennengelernt hat.

F: Damit hat er Marilyn Hollis gemeint.

A: Ja. Am Anfang hab' ich das nicht gewußt. Erst später hat er mir ihren . . .

F: Später beim selben Besuch?

A: Ja. Als er den Mund ausspülte, glaube ich. Er hat gesagt: »Wissen Sie noch, wer Sie mir empfohlen hat? Das ist die Frau, die ich bumse.«

F: Und wie haben Sie darauf reagiert?

A: Ich war wütend.

F: Warum?

A: Weil sie *mir* den Laufpaß gegeben hat. Einem gutsituierten Mann. Und dafür hat sie sich mit einem eingelassen, der *Alarmanlagen* verkauft!

F: Haben Sie ihm gegenüber erwähnt, daß Sie sich privat mit Miss Hollis treffen?

A: Selbstverständlich nicht! Ich bin verheiratet!

F: Also hat er nicht gewußt, daß Sie ebenfalls ein privates Verhältnis zu ihr hatten?

A: Das hat er nicht gewußt.

F: Ihre Verärgerung ...

A: *Wut!*

F: Hat Mr. McKennon etwas davon bemerkt? War ihm ...?

A: Nein, selbstverständlich nicht. Er hatte nie den mindesten Verdacht.

F: Was für einen Verdacht, Dr. Ellsworth?

A: Daß ich ihn umbringen wollte.

F: Haben Sie ihn umgebracht?

A: Das habe ich.

F: Haben Sie auch Basil Hollander umgebracht?

A: Das habe ich.

F: Warum?

A: Aus dem gleichen Grund. Ein Steuerberater, mein Gott! Wissen Sie, nachdem McKennon aus dem Weg geräumt war, habe ich mich gefragt, ob es noch andere gab. Ich bin ihr gefolgt. Und natürlich gab es andere, viele andere. O ja, ich kann Ihnen sagen, sie ist ganz schön abgebrüht.

F: Haben Sie Hollander mit einem Messer getötet?

A: Mit einem Skalpell. Aus meiner Praxis.

F: Haben Sie auch Nelson Riley getötet?

A: Ja. Er gehörte auch dazu. Alles in allem war sie mit vier Männern zusammen. Als nächstes wollte ich Endicott umbringen, den Anwalt. Aber dann ...

F: Ja?

A: Nehmen Sie's nicht persönlich!

F: Was, Dr. Ellsworth?

A: Nun, sie ließ sich mit *Ihnen* ein. Ich ... ich hatte vor, Endicott auf die gleiche Weise zu kriegen, wie ich Riley gekriegt hatte. In das Atelier zu kommen, war kein Kinderspiel, glauben Sie mir! Und Sie waren ganz praktisch. Sie haben bei ihr gewohnt, nicht? Jedenfalls bin ich davon ausgegangen. Deshalb war es einfach, Ihnen auf der Spur zu bleiben. Die Pistole habe ich übrigens schon lange, mit Lizenz. Ich hab' den Behörden gesagt, daß ich manchmal Gold transportiere, für Füllungen. Damit hab' ich die Wahrheit ein bißchen strapaziert, aber die Lizenz habe ich bekommen.

F: Sie haben versucht, mich zu töten – für das Band identiziere ich mich als Detective Harald O. Willis, Detective Dritten Grades, 87. Polizeirevier –, und zwar mit dieser Waffe – richtig? Ich zeige Ihnen eine Automatikpistole Colt Super, Kaliber .38, mit der Seriennummer 3478-842-106.

A: Richtig, das ist meine Pistole.

F: Wie haben Sie Nelson Riley getötet?

A: Ich habe Nikotin in eine Flasche Scotch gegossen, die ich auf einem Regal in seiner Atelierwohnung gefunden habe.

F: Wie haben Sie Jerome McKennon getötet?

A: Mit Nikotin. Ich hätte Nikotin auch bei Hollander benutzt, aber ich hatte keine Gelegenheit, es ihm beizubringen.

F: Wie sind Sie in die Wohnung gekommen?

A: Ich bin einfach hineingegangen.

F: Hat er Sie in die Wohnung gelassen?

A: Nein, nein. Ich hab' die Klinke gedrückt, und die Tür stand *offen.* Ich konnte es nicht glauben! In dieser Stadt? Und ein Mann läßt seine Tür unverschlossen? Also bin ich hineingegangen. Er saß im Wohnzimmer und hat gelesen. Ich habe ihm die Kehle aufgeschlitzt.

F: Wenn die Tür zu gewesen wäre, was hätten Sie dann getan?

A: Geklopft. Und wenn er an die Tür gekommen wäre, hätte ich ihm die Kehle aufgeschlitzt.

F: Weil Sie auch auf ihn wütend waren. Ist das richtig?

A: O ja. Auf alle war ich wütend.

F: Weil Miss Hollis Ihnen den Laufpaß gegeben hatte ...

A: Ja.

F: Und sich mit den anderen noch traf.

A: Ich habe sie geliebt.

F: Steve?

F: Dr. Ellsworth, ich zeige Ihnen jetzt dieses Zahndiagramm, angefertigt von Polizeiarzt Dr. Paul Blaney. Es zeigt den Zustand vom Gebiß Jerome McKennons zum Zeitpunkt der Obduktion. Wenn Sie die Zeichnung betrachten, können Sie mir dann sagen, ob es sich um eine präzise Darstellung handelt?

A: Ja, doch, das würde ich sagen. Da ist die Ziehung, die ich durchgeführt habe, der linke obere Weisheitszahn. Und da die Füllung, die ich vorgenommen habe. Ja, das ist sein Gebiß. Die anderen Arbeiten sind wohl schon gemacht worden, bevor er bei mir war.

F: Und die Wurzelfüllung?
A: Ja, Zahn Nummer dreißig. Der erste Backenzahn unten rechts.
F: Dort haben Sie die Wurzelfüllung vorgenommen. Richtig?
A: Richtig.
F: Sie haben den Nerv entfernt, haben Sie mir, glaube ich, erzählt, als Mr. McKennon im Februar bei Ihnen war ...
A: Wenn das damals war, ja.
F: Dann haben Sie den Wurzelkanal verschlossen ...
A: Ja.
F: Und am siebten März haben Sie eine provisorische Krone aufgesetzt ...
A: Ja. Eine provisorische Kunststoffkrone.
F: Und als er eine Woche später bei Ihnen in der Praxis war, haben Sie einen Zahnabdruck für die endgültige Krone genommen und – wie Sie mir gesagt haben – die provisorische Krone wieder aufgesetzt.
A: Ja.
F: Dr. Blaney, unser Polizeiarzt, meint, daß Sie bei diesem Besuch womöglich noch etwas anderes gemacht haben. Trifft das zu?
A: Ja.
F: Was haben Sie gemacht, Dr. Ellsworth.
A: Ich habe den Zahn bis auf den Boden der Pulpakammer ausgehöhlt.
F: Haben Sie sonst noch etwas gemacht?
A: Ja. Ich habe eine Gelatinekapsel Nummer fünf in den Zahn eingeführt. Wissen Sie, das ist der größte Zahn im Mund, und die Nummer fünf ist die kleinste Kapsel, die es gibt, nur zehn Millimeter lang und vier Millimeter dick. Trotzdem mußte ich die Kapsel noch etwas abschleifen – an der Stelle, wo die beiden Teile ineinanderstecken –, um sie in den Zahn zu bekommen.
F: Was haben Sie dann gemacht?
A: Ich habe die provisorische Krone wieder befestigt.
F: Mit der Kapsel in dem Zahn?
A: Ja.
F: Und die haben Sie mit der provisorischen Krone zugedeckt?
A: Ja.
F: Was befand sich in der Kapsel, Dr. Ellsworth?
A: Eine tödliche Dosis Nikotin.
F: Dr. Blaney hat auf dem Diagramm angezeichnet, daß in der provisorischen Krone eine Aushöhlung war – hier ist die Markie-

rung, Dr. Ellsworth, der kleine Kreis auf dem Zahn Nummer dreißig. Er hat eine Theorie, wie die Aushöhlung zustande gekommen ist, aber ich möchte gern von Ihnen die Erklärung hören.

A: Nun, sehen Sie, ich hatte die Unterseite der Kaufläche abgeschliffen. An der provisorischen Krone. Bevor ich sie wieder auf dem Zahn befestigte. Und ich habe Jerry – Mr. McKennon – gesagt, daß er bis zum nächsten Besuch normal kauen und Zähneputzen könne.

F: Der wäre am achtundzwanzigsten März fällig gewesen, zwei Wochen nach dem Besuch vom vierzehnten.

A: Ja.

F: Was sollte nach Ihrer Erwartung passieren, Dr. Ellsworth?

A: Ich habe erwartet, daß die normale Mahlbewegung des oberen und unteren Backenzahns die provisorische Krone erodiert.

F: Und dann?

A: Dann würde die Gelatinekapsel sich auflösen und das Gift freisetzen.

F: Worauf Mr. McKennon binnen Minuten sterben würde.

A: Die Kapsel Nummer fünf enthält zwischen fünfundsechzig und einhundertdreißig Milligramm, je nachdem, um welche Substanz es sich handelt. So viel habe ich gar nicht gebraucht.

F: Vierzig Milligramm Nikotin ist die tödliche Dosis, nicht?

A: Ja.

F: Wie kamen Sie an das Nikotin in toxischer Stärke, Dr. Ellsworth? Haben Sie es aus Tabak destilliert?

A: Nein, ich habe ein Insektizid genommen, es heißt Spot Forty. Ich habe es im Nachbarstaat in einem Geschäft gekauft. Es hat einen Nikotingehalt von vierzig Prozent.

F: Wie haben Sie Nikotin in toxischer Stärke aus . . .

A: Ich bin Zahnarzt. Ich hatte Zugang zu einer Laborausstattung.

F: In Ihrer Praxis?

A: Nein, in einem Forschungslaboratorium. Ich habe vorgegeben, daß ich an einem Experiment über die Wirksamkeit von Fluoriden bei der Entfernung von Nikotinflecken auf Zähnen arbeite. Sie haben mir sogar den Gebrauch chromatographischer Instrumente gestattet.

F: Dann haben Sie also eine Dose des Insektizids Spot Forty mit ins Labor genommen

A: Nein, es waren *mehrere* Dosen. Und zuerst habe ich sie in Glasbehälter entleert.

F: Und dann haben Sie die Lösung so lange titriert, bis Sie Nikotin vom gewünschten Reinheitsgrad hatten.

A: Ja.

F: Wie lange haben Sie dafür gebraucht?

A: Nicht lange. Auf dem College hatte ich in Chemie nur gute Beurteilungen, lauter A's, wenn ich mich recht erinnere. An dem Tag, als Jerry mir von sich und Marilyn erzählt hat, habe ich beschlossen, ihn zu töten. Am siebten März, als ich den Wurzelkanal bearbeitete, war ich bereit, ihn zu töten. Bis dahin hatte ich das Gift.

F: Hal?

A: Nichts mehr.

F: Mr. Liebowitz?

A: Nichts.

F: Möchten Sie Ihrer Aussage noch etwas hinzufügen, Dr. Ellsworth? Oder möchten Sie etwas ändern?

A: Nein. Außer . . .

F: Ja?

A: Wissen Sie, ich hatte mir vorgestellt, daß sie zu mir zurückkehrt. Wenn die anderen weg sind, hatte ich mir gedacht, hätte ich eine Chance, sie zurückzugewinnen.

F: Verstehe.

A: Ja. Das war es.

F: Sonst noch etwas, Dr. Ellsworth?

A: Nein. Aber . . .

F: Ja?

A: Nein, nichts.

F: Dann danke ich Ihnen, Dr. Ellsworth.

A: Nur . . . Würden Sie das Band für mich noch einmal abspielen, bitte?

Sie verließen das Revier und gingen auf den umzäunten Parkplatz hinter dem Gebäude, wo ihre Wagen standen. Die Nacht war lau; der Frühling hatte sich durchgesetzt.

»Ich habe mich geirrt«, sagte Carella.

»Wir haben uns beide geirrt«, sagte Willis. »Wir haben uns auf einen zu engen Bereich konzentriert. Wir hätten auf breiterer Basis suchen müssen.«

»Das habe ich nicht gemeint, Hal. Ich hatte unrecht.«

»Okay«, sagte Willis.

Carella streckte die Hand aus. »Gute Nacht, hm?« sagte er.

Willis nahm die Hand. »Gute Nacht, Steve.«

Sie stiegen in ihre Wagen, fuhren aus dem Parkplatz und dann in entgegengesetzte Richtungen. Carella zu seinem Haus in Riverhead, Willis zu dem Haus an der Harborside Lane.

Es war kurz vor Mitternacht, als er dort ankam. Sie saß im Wohnzimmer, ein Glas Brandy neben sich auf dem Tisch. Sie trug einen weißen Kaftan. Er wußte nicht, ob es derjenige war, den sie vor so vielen Jahren getragen hatte, als sie in einem Gefängnis, das »Die Festung« hieß, als die goldene Araberin bekannt war. Sie trug kein Make-up. Ihre Augen sahen verschwollen aus. Er ging zum Schrank und goß sich einen Cognac ein.

Er erzählte ihr von Ellsworth und sagte ihr, daß sie ein unterschriebenes Geständnis hätten.

Die Uhr auf dem Kaminsims schlug Mitternacht.

Zwölf leise Glockenschläge in der Stille des Zimmers.

»Du hast geweint«, sagte er.

»Ja.«

»Warum?«

»Weil ich weiß, daß ich dich verloren habe.«

»Marilyn . . .«

»Ach, Scheiße, jetzt ist es soweit.«

»Marilyn, ich bin ein kleiner, häßlicher Kerl . . .«

»Du bist schön.«

»Und du bist groß und hinreißend . . .«

»Sicher – mit roten Augen und triefender Nase.«

»Ich bin in meinem ganzen Leben mit vielleicht sechs Frauen im Bett gewesen . . .«

»Den restlichen Frauen in der Welt entgeht etwas.«

»Und du hast tausend Männer gekannt . . .«

»Du bist der einzige Mann, den ich jemals wirklich gekannt habe.«

»Marilyn, du bist eine Hure . . .«

»War.«

»Und eine Diebin . . .«

»Stimmt.«

»Und eine Mörderin.«

»Ja, ich habe das Schwein umgebracht, das dabei war, mich zu zerstören.«

»Marilyn . . .«

»Und ich habe es *genossen*! So wie du es genossen hast, den Jungen mit dem .357er Magnum in der Faust zu töten. Nur hatte ich einen besseren Grund.«

»Marilyn . . .«

»Was willst du mir denn erzählen? Bist du ein Cop? Okay, du bist ein Cop. Also verhafte mich!«

»Wissen Sie, daß du ihn umgebracht hast?«

»Wer? Die argentinischen Cops? Wieso sollten sie sich wegen eines toten Zuhälters krummlegen? Aber ja, ich bin die einzige, die sich abgesetzt hat, ja, und der Safe stand offen, und eine Menge Kies war weg, also haben sie sich wahrscheinlich ausgemalt, daß ich es war.«

»Besteht ein Haftbefehl gegen dich?«

»Das weiß ich nicht«, sagte sie.

Schweigen.

»Was wirst du nun tun?« fragte sie. »In Argentinien anrufen? Fragen, ob es einen Haftbefehl gegen Mary Ann Hollis gibt – eine Person, die ich nicht einmal mehr *kenne. Was*, Hal? Herrgott, ich liebe dich, ich möchte für immer mit dir zusammenleben, ich liebe dich, mein Gott. Ich *liebe* dich, was wirst du *tun*?«

»Ich weiß es nicht«, sagte er.